鬥芳華

6

目次

壹之章　蕭郎下廚弭怨　07
貳之章　素手鬥香招商　43
參之章　夫妻臨別纏綿　91
肆之章　妯娌爭權掌家　127
伍之章　百官叩闕廢儲　173
陸之章　栽贓嫁禍攤牌　213
柒之章　暴露底牌過招　249
捌之章　文武官員對壘　279

壹之章 蕭郎下廚弭怨

蕭家後院的練武場非常寬敞，作為自大梁開國以來就世代相傳的武將世家，什麼刀槍劍戟十八般兵器在這裡自然是應有盡有，蕭洛辰今日練的是槍。

俗話說：「年拳，月棒，久練槍。」

槍這種兵器不僅難練，亦是與那些近身搏擊的小巧兵器不同，武將用之馬上多於步下，講究的是靈動之中須有霸氣。

蕭洛辰此刻雖然沒有騎馬，但是點、穿、劈、圈、挑、撥、崩，一桿墨鐵點纓槍在他手裡巧時似靈貓撲鼠，猛時如雷霆萬鈞，更有那殺招處彷彿靈蛇出洞般刁鑽狠辣，周身只見得一道黑氣掛著紅點，在他身邊流動不已。

「停！」正舞得酣暢之時，忽聽得一聲清脆的停字。

擾人練武是極為失禮之事，若放在一兩年前，蕭洛辰只怕便要大怒。不過，現在嘛，蕭洛辰卻是一個收勢就把那長槍穩穩收住，不光是停了下來，居然還跑到這打斷他練武的人面前笑嘻嘻地問道：「娘子有事？剛剛去見母親的結果如何？」

「好啊，挺不錯的，陪著婆婆說了好一會兒話，她老人家還把各房媳婦們召集起來一起吃飯立家法，說是這段日子裡誰在後宅裡折騰挑事，那就二話不說家法伺候！」

「有這等事？那敢情好，想來母親知道咱們在金街那頭的壓力很大，這是事先替咱們防著後院起火了！」

蕭洛辰何等聰明人，安清悠提了個頭，便緊接著想到了後面的一串，只是安清悠卻似有點不高興，嘛著嘴道：「不好！」

「不好？哪裡不好？」蕭洛辰愕然，難道是這中間又攪出了什麼事來？

「我是說你這槍使得不好！」安清悠嘴噘得更高了，一臉的不滿意。

「槍使得不好？」

蕭洛辰一愣，隨即笑了出來。槍使得好不好，向來只有他指點別人的。整個大梁國裡有資格說他槍使得不好的，恐怕也只有皇上身邊的皇甫公公了。眼瞅著安清悠繃著俏臉，便湊上去賊兮兮地笑著道：「娘子說為夫哪桿槍使得不好？要不，今晚咱們再大戰……」

「呸呸呸！和你說正經的呢！」安清悠衝著蕭洛辰啐了一口，一本正經地指著兵器架上的墨鐵槍道：「就是你剛才用的這一桿，破綻多，槍法又亂，舞起來拖泥帶水，簡直就是差勁到了極處！」

「這個……」蕭洛辰苦笑，安清悠對於武藝之事是半點也不懂的。

這幾句話隨便說什麼人都可以，此等點評說了等於白說，只是他蕭洛辰天不怕地不怕，就是拿愛妻沒轍，當下只好兩手一攤，無奈地道：「好好好，我破綻多，槍法又亂，舞起來拖泥帶水，簡直就是差勁到了極處。那請問娘子，這槍到底是怎麼個練法才叫好？」

蕭洛辰自然是明白問題不在槍法上，繞了個彎相問，不過是想看看愛妻究竟是怎麼了，誰知道安清悠回答得更絕：「想學？我教你！」

蕭洛辰差點被嗆死，也不知道媳婦這是犯了哪門子癔症，居然有槍棒教頭的癮，便不可思議地指著自己的鼻尖道：「妳？教我？」

「你敢不學？」

「學！」蕭洛辰苦著一張臉，還真就不敢說不學。

只是這安教頭教槍法的地方卻是有些古怪，現成的練武場不用，居然把蕭洛辰拉到了廚房。

「娘子啊，這廚房和槍法有什麼關係，咱們教槍學棒，怎麼學到廚房來了？」蕭洛辰看著一屋子的鍋碗瓢盆傻了眼，他雖說也會弄些吃食，但擅長者主要是野外燒烤。

君子遠庖廚，他一個大男人雖說不是君子，便是真有興趣想親自擺弄一下灶臺，那也是早有下人嚴防死守——讓五公子幹這等丟人事，下人們還要不要命了？

「娘子我這路槍法，就是從廚房練起的！」

安清悠居然還振振有詞，什麼古時某某隱士授徒先挑水劈柴啊，什麼一代大俠是在鍋灶上耍菜刀耍成天下無敵啊，總之說得蕭洛辰是暈頭轉向，真不知道自家娘子這許多故事是從哪聽來了的。

「行行行！娘子，妳別說了，讓我挑水我就挑水，讓我劈柴我就劈柴，妳覺得怎麼著能練出個天下無敵的大俠什麼的，咱們就怎麼練！」蕭洛辰討饒，卻又念叨了一句：「這女人又開始發瘋了……」

安清悠心裡一甜，自家這男人不是沒脾氣，這是寵著自己呢！

蕭洛辰湊過來笑道：「我說，娘子啊，妳今天到底是為什麼……」

「去去去！我這槍法還沒教完呢！」安清悠打斷了蕭洛辰的話，收斂笑容，繃著臉作態道：「不叫你挑水不叫你劈柴，咱們是直接上灶。蕭洛辰，你聽好了，兩個葷菜是一道玲瓏燴鴨胗、一道銀絲牛肉捲，兩個素菜是一道南瓜素丸子、一道地鮮八寶菜，再加一道西湖翠瓜蝦仁湯。材料齊備，菜譜便在這裡，限時一個時辰內做好。」

安清悠伸手在袖袋中一掏，拿出一卷紙來，卻是這幾道菜品的做法。

蕭洛辰傻了，半天才回過神來，「娘子，妳到底怎麼了？若是嫌咱們自己家的廚子做的飯菜不可口，派個下人去外面館子訂了送來便是，好端端的非要為夫的下廚，這……這不是難為人嗎……」

蕭洛辰死活不肯動，安清悠索性倚進了丈夫的懷裡，撒嬌道：「人家今天就是想吃這個，想吃夫君你親手做的菜嘛……」

蕭洛辰低頭一看，只見懷中佳人媚眼如絲，不由得連骨頭都酥了。

就當是小孩子玩家家酒唄，上灶就上灶！

要說蕭洛辰也真是了得，昂首而立圍裙繫腰，當真是頗有大廚風範。

手中菜刀一揮，隱隱有風雷破空之聲。管他什麼土豆南瓜，什麼鴨胗蝦仁，咱是要切絲就切絲，要切塊就切塊，單說這刀工一項，連那積年的大廚都難以望其項背。

問題是，安清悠點的不是涼菜，那用物調味、火候掌控，哪一個不是大學問？刀工只是其中一個小小的條件而已……

於是，等到四菜一湯端上桌來的時候，齊刷刷有著外焦裡嫩的賣相。外焦就是從外面看全都是黑乎乎的一團，裡嫩則是指裡面有些部分根本沒熟透。

就是這麼一桌子東西，文韜武略無一不精的蕭洛辰蕭五爺居然還做得超時了，足足比安清悠規定的時間多了半個多時辰，所以最後一道湯擺上桌面時，第一道菜已經涼了。

原本瀟灑的白衣少年郎，此時變成了十足的賣炭翁，滿面灰塵，兩鬢蒼蒼，身上還飄著一股蔥花味。旁邊的安清悠也好不到哪去，一副灰頭土臉的僕婦模樣。

她剛才幫忙吹灶生火來著。

屋裡，兩口子對著一桌子黑糊糊的東西愣了半天，最後還是安清悠先有了行動，靠過去依偎著蕭洛辰道：「夫君，你對我真好！」

百鍊鋼繞指柔啊！蕭洛辰差點掉下兩滴英雄淚來，他伸手在安清悠臀上重重拍了一記，很是沒好氣地道：「折騰吧，妳就折騰吧！這時候才知道為夫對妳好？可他媽累死我了！老子寧願明天就拿著刀槍去刺殺那個北胡頭子博爾大石，也打死不做飯了！」

這話倒是不假，蕭洛辰做了這一頓飯，出的汗比連挑北胡十八員大將都多。

「人家知道錯了，就是偶爾想跟你撒撒嬌而已嘛……」安清悠一隻手捂著臀部作疼痛狀，一隻手卻是提起筷子就向那盤子裡黑乎乎的一團夾去。

「別吃！」一聲驚叫陡然響起，安清悠的筷子伸得再快，又哪裡快得過蕭洛辰？只聽啪的一聲脆響，蕭洛辰手中的一雙筷子後發先至，凌空便將安清悠的筷子撥到了一邊。

「陪妳胡鬧一下罷了，妳還真吃啊！」蕭洛辰又在安清悠的豐臀上打了一記，只是這一下卻是輕了許多，低下頭來，滿臉疼愛之色，「這玩意兒會讓人吃壞肚子的，我可捨不得！」

安清悠心裡甜蜜，口中卻還不依道：「那個……就嘗那麼一點點好不好？我真的很想知道夫君做出來的飯菜究竟是什麼滋味呢！」

蕭洛辰沒轍，憋了半天才憋出一句話：「一會兒要是……要是覺得滋味太怪，趕緊吐了……」

安清悠噗哧一笑，自家夫君在這方面還是真有自知之明。於是，伸筷子夾了一塊黑糊糊的物事，很沒淑女形象地張大了嘴，整個塞進口中，當下臉色立刻就變了。

那味道簡直就是「驚天地泣鬼神」，只見安清悠臉色發紫，繼而轉青，一張俏臉都扭曲了。

「快吐！」蕭洛辰急得大喊，可是已經晚了，安清悠已經嚥了下去，結果滿頭大汗，就剩下劫後餘生般的喘息了。

「要妳吐的，妳怎麼就是不聽呢？」蕭洛辰皺起眉頭，心疼不已。

「怎麼說這也是夫君做的，多少總得吃上那麼一口，我……我樂意！」安清悠死鴨子嘴硬。

「好好好，妳樂意！來，吃啊！妳吃我也吃，咱們倆這頓飯還就吃這個了！」蕭洛辰氣笑了，提起筷子就向桌上那些菜品夾去。

安清悠待要提著筷子去搶，又怎麼比得過他快？眼見蕭洛辰飛快地把那些黑糊糊的物事塞進了嘴裡，臉色陡然變得蒼白，卻還咀嚼不止。

「別吃了！別吃了！」安清悠一頭扎進蕭洛辰懷裡，這一次是真哭了。

「我錯了！我錯了還不行嗎？我不該胡鬧不該耍性子，千錯萬錯都是我的錯，你別吃了！」安清悠趴在丈夫懷裡鬧著，卻聽噗的一聲，似是有什麼東西從蕭洛辰嘴裡吐了出去，緊接著一雙溫柔的手拍撫在自己身上。

「笨媳婦，妳當妳男人傻啊？爺就是把那玩意兒放在嘴裡嚼了嚼，沒往下嚥！」

哭聲頓止。

屋子裡似乎沉寂了那麼一瞬，轉眼安清悠一蹦老高，叫聲比剛才的哭喊聲還大：「你這個混球！沒良心的！哭得我眼睛都疼了，壞死了……」

小拳頭雨點般落在蕭洛辰身上，蕭洛辰哈哈大笑，把安清悠又攬回了懷裡，「好好好……我壞我沒良心，不過，娘子，妳現在可不可以告訴我，家裡到底出了什麼事情，讓妳突然搞了這麼一齣？」

安清悠輕聲說道：「也沒什麼事……我就是想，若是這桌菜是夫君你為婆婆做的，她老人家是不是就算沒人搶，也會面不改色都吃下去……」

蕭洛辰身子微微一僵，慢慢說道：「今兒是母親逼著妳來的？」

「沒有沒有，是我自己想出來的！你心裡其實是很愛母親的，婆婆也把你看得比什麼都重，你們心裡都明白，有些事情不過是為了蕭家不得不去那麼做，可是親娘親兒子，幹麼就非得彆扭著？今天婆婆提起你來的時候，既驕傲又自豪，就算是後來和我說私密話，還是偏向著你……」

說到這裡，安清悠猛然站了起來，大聲道：「還婆婆逼著我來著？有這麼想自己母親的嗎？告訴你，蕭洛辰，我安清悠從小沒了娘親，我知道沒娘的孩子是個什麼滋味，可是，你呢？你就覺得你母親逼著你做這個，逼著你做那個，心裡煩悶就逢年過節的不回家！以前我還覺得你是不想對付兄長又不想違了母親心意，可是，現在我才想通了，根本不是那麼回事！」

「以你的本事智謀，這點小事絕對難不住你，只要你肯用心用腦子，肯定能找出兩全其美的路來！面對自己的母親很難嗎？你壓根兒就是不想面對，根本就是你的驕傲和心虛遮住了你眼睛！告訴你，別等著有一天想見也見不到的時候再後悔！你這個膽小鬼！懦夫！混球！我……我瞧不起你！」

蕭洛辰聽著妻子一通責罵，怔怔地一句話也說不出來。

安清悠罵歸罵，可也是真的心疼。

啪啪兩聲脆響，蕭洛辰忽然左右開弓，狠狠抽了自己兩個巴掌。

「我是個膽小鬼！懦夫！混球！我……我真他媽的不是個東西！」

蕭洛辰站起身來，對著安清悠一揖到底，正色道：「娘子苦心孤詣，今日這一番訓誡，為夫受教了！」

「傻瓜！」安清悠用力抱著蕭洛辰，抬起頭來時，卻發現他面頰微腫，眼眶微紅，「還說我是笨媳婦，你這個傻漢子也強不到哪去，那難吃的東西你都知道嚼一嚼就吐了，打自己的時候怎麼不知道輕著點……」

「該打！該打！這麼多年來讓母親難受，我還嫌打得少了打得輕了！」蕭洛辰苦笑，抱著安清悠，輕聲地道：「我真的娶了一個好女人！」

「我也嫁了一個好男人！」安清悠笑道。

夫妻倆吻在了一起。

很輕、很柔，時間卻很長。

屋子裡靜寂無聲了許久，好一會兒才聽蕭洛辰道：「我……我想學廚藝！」

安清悠噗哧一笑，打趣道：「君子遠庖廚耶！夫君莫不是真想給婆婆做頓飯吃？婆婆她老人家可經不起你這手藝折騰，你這是真孝順？」

「當然是真孝順！」蕭洛辰一本正經地道：「男人怎麼就不能學廚藝？京城裡各大酒樓的那些名廚，還不是男人比女人多？便是宮中御膳房裡那些御廚……」

話說到這裡，忽然想起御膳房裡大多是太監，頂多也只能算是半個男人，一句話說到一半硬生生又嚥了下去，倒是安清悠拍手笑道：「蕭爺啊蕭爺，難道您學了廚藝還不夠，還想進御膳房做個大總管什麼的？」

「嘖……我真去做御膳房總管，妳捨得？」

「你當我真捨不得……」安清悠笑道，忽然聽得咕嚕一聲。

「這是什麼？」蕭洛辰皺眉問道。

「是我的肚子……」安清悠話沒說完，已經朝著屏風後面的馬桶跑了過去，卻還猶自說道：「夫君加油！你這麼聰明，廚藝一定能夠練得出神入化……就算是練不成也沒什麼大不了，咱們再開個藥鋪……你做出來的菜我雖是只吃了一口……可是這也……太快了！」

「這丫頭！」蕭洛辰搖了搖頭，喃喃自語道：「開個香粉鋪子都引來劉總督和睿親王，連萬歲爺都介入了，若是再開個藥鋪……我說，娘子，咱們不能只賣瀉藥吧？」

兩口子到底還是沒有開藥鋪賣瀉藥，因為蕭五爺做出來的那一桌子菜，連他自己都沒辦法複製一遍。

不過，蕭洛辰對於做菜倒是真的上了心，一門心思扎在了自家小廚房裡，整天圍著灶台轉，可惜他著實沒天分，糟蹋了不知道多少材料，才弄出幾個勉強說得過去的家常菜來。

一盤韭菜炒雞蛋、一盤香蔥炒雞蛋、一盤豆芽炒雞蛋、一盤大白菜炒雞蛋，外加一盆雞蛋湯。

「夫君這是掉雞窩裡了，怎麼都是蛋……不過，有進步，這賣相倒是看得過去了。」安清悠怎麼也想不明白為什麼蕭洛辰每次都會把肉炒糊了。當然，對於蕭洛辰這種努力追求做菜的精神，她還是鼓勵的。只是，這新版的四菜一湯她卻怎麼都不肯嘗試了，上次那快速見效的東西讓她吃足了苦頭。

蕭洛辰無奈，只好拿自己做實驗，吃了個精光。在蕭五爺信誓旦旦地保證做出來的東西真的可以吃後，安清悠又觀察了兩天，確定蕭洛辰弄出來的東西不屬於毒白菜、毒豆芽、毒雞蛋等等的時候，兩口子來到了蕭老夫人的院子裡。

「兒子給母親請安！」

「媳婦給老夫人請安！」

「起來起來，我說五郎啊，你們兩個在家裡一住就是這麼久，金街那頭的生意不用管嗎？咱們可不能輸給睿親王府！」

女人到了蕭老夫人這個歲數就是這樣，兒子沒在家的時候天天想，在家了又替他操心外面的事情，總是閒不住。

在蕭洛辰努力修習廚藝的這段時間，安清悠和蕭老夫人之間的走動越發頻繁了，婆媳兩個如今連說話都有些隨意起來，安清悠搶著回答道：「沒事！老夫人，您放心，這幾天七大香號剛剛開業，怎麼說也得折騰幾下，先讓他們蹦躂兩天，回頭我和夫君就去收拾他們！」

「嗯，避其鋒芒，疲其心智，擊其無備，這做派倒是使得，只是莫要掉以輕心，鋪子裡亦當外鬆內緊……」蕭老夫人念叨了幾句，放下煙桿來笑道：「罷了罷了，你們兩個孩子都是有主意的，事情要怎麼做用不著我這老太婆操心。今兒既是來了，也不要忙著走，陪我吃個飯，扯扯家常吧！」

蕭洛辰心裡一酸，扯扯家常……他有多長時間沒有陪母親扯過家常了？是不是每次有這種機會的時候，自己反倒是嫌煩？

蕭洛辰笑著道：「也好，說起來許久沒陪母親一起用飯了，正巧兒子也讓院子裡炒了幾個菜，今兒母親也嘗嘗兒子院子裡的手藝？」

「喲，無事獻殷勤，你可是又有什麼事情琢磨到了娘的頭上不成？」

蕭老夫人笑罵了一句，蕭洛辰臉上黯然之色一閃而過。

安清悠趕緊打圓場：「老夫人，您前兩天不是還和我們說，一家人就得有一家人的樣子，如今夫君來陪您吃個飯，又哪裡有那麼多事兒來？您再這麼說，那不是嚇得我們以後非得有事才敢來了？」

「好好好，我說的不對，沒事也來！」

蕭老夫人笑開了花，頭兩天安清悠主動請纓要幫她和兒子化解心結，她還有些不以為然，今兒兒子不光是來了一起吃飯，也不像以前那般吃飽了就走了。

蕭老夫人看著安清悠，倒是覺得這媳婦越發順眼起來。

下人們擺開了桌子，蕭老夫人樂呵呵地坐在上首，只是這一端出菜來，讓她詫異道：「這刀工不錯，那白菜切得齊整，可為什麼全是蛋？」

又夾了一筷子菜放在嘴裡，蕭老夫人樂了，笑咪咪地道：「樣子還說得過去，滋味倒是平常。五郎啊，這幾道菜是你媳婦做的？這手藝可是要再練練。我說五媳婦啊，雖說這做夫人的手底下不缺廚子，可自己也得有幾樣拿手菜不是？回頭妳男人若是在外面累了一天，回來吃上妳親手做的東西，那心裡才叫熱乎呢！」

蕭老夫人笑著嘮嗑，安清悠忽然插口道：「老夫人，這菜是夫君做的……」

蕭老夫人的筷子猛地停在半空，就這麼看著自己的兒子，竟是什麼話都說不出來。

蕭洛辰的手握緊，咬著牙低聲說道：「母親……兒子笨，練了好幾天，連個肉片都炒不好，只好把所有的菜都配上了炒蛋，您要是覺得吃著不夠好，兒子回去再多練練……」

蕭老夫人的眼圈紅了，淚水漫出了眼眶。

「你個沒出息的東西，好男兒志在四方，整天圍著灶台轉算什麼事，當真是越大越不著調了……你還記得小時候和娘一起吃飯的時候嗎？那時候娘就不愛吃炒肉，這雞蛋炒得老了點，但還好對我的胃口……」

蕭老夫人眼淚大滴大滴往下掉，雖是數落著兒子，可手上筷子不停，一個勁兒往碗裡夾菜。

蕭洛辰的眼眶也泛紅，明明記得小時候和娘親一起吃飯時，她是最愛吃炒肉片的。

「母親！」蕭洛辰噗通一聲跪了下來，以頭點地道：「兒子以前太過任性，今日這一餐便算是兒子痛改前非，以後家中之事，兒子定一力承擔，再不叫母親操心難受！」

「娘什麼時候操心難受了？蕭家這麼大，我若是不操點心，還真閒得難受呢！倒是你自己要明白些事，別老往外跑，你算算，這麼多年來，咱們一家人吃過幾次團圓飯……」蕭老夫人訓到最後，莫名其妙加上了幾句：「炒肉片的時候抓一把生粉，用蛋清調了再下鍋，肉不容易糊，嚼著還嫩！」

蕭洛辰微愕，撓了撓後腦杓，「這法子兒子倒是試過，可還是炒糊了……」

蕭老太太皺眉，「不應該啊，難道是油太熱了？你炒菜的時候是誰給你掌的火？莫不是光知道一個勁兒吹旺火拉風箱吧？我說這雞蛋怎麼炒得這麼老……炒肉時鍋裡的油頂多七成熱！」

安清悠：「……」

蕭洛辰看了看安清悠：「……」

蕭老夫人看看兒子，又順著兒子的目光看了看兒媳婦：「……」

三人就這麼大眼瞪小眼對視了半天，陡然不約而同笑了出來。

「老夫人，媳婦其實也不是不會做菜，只是這灶下掌火之事，以前還真是沒怎麼做過……」安清悠紅著臉解釋道。

「曉得曉得，那本是燒火婆子做的事情，妳一個大小姐家，哪裡曾碰過這些事來？」蕭老夫人掏出手絹抹了抹眼淚，笑著道：「倒是我這個當婆婆的又哭又笑，卻是讓人看笑話了！」

「哪有的事……」安清悠連忙推說，卻見蕭老夫人把臉一轉，指著蕭洛辰便罵：「你說說你這個糊塗東西，既是要弄些飯菜來討娘的歡心也就罷了，連這點兒臉都拉不下來？院子裡那些下人都是擺設不成，竟是要自己的媳婦做這種粗活！人家一個嬌滴滴的孩子，你炒菜也下得去手！」

說著也不等兒子回話，一把便抓過了安清悠的手道：「傻丫頭，以後千萬別碰這種粗活了，快讓婆婆看看，這手上磨壞了沒有？」

安清悠嘛起小嘴，委委屈屈地道：「這傢伙就想著為您炒菜，哪裡想著我弄不弄火的……」

蕭洛辰目瞪口呆，就這麼一會兒功夫，這婆媳倆怎麼就結成同盟，指責起自己來了？

「其實我也不是……」蕭洛辰待要分辯。

「你閉嘴！」婆媳倆同時打斷了蕭洛辰的話，異口同聲地說道。

俗話說一個女婿半個兒，婆媳前世母女仇。

這婆婆媳婦之間若是關係鬧得僵了，當真是見了面便如仇人一般，可是這婆媳若是處得好了，比那親母女還親的例子也不在少數。

安清悠和蕭老夫人是不是能處得比親母女還親，這事不好說，但起碼從現在來看，正以超出蕭洛辰理解能力的速度發展中。

蕭老夫人的院子裡一派溫馨，其樂融融，清洛香號裡，負責留守的安子良卻也悠悠哉哉的。

七大香號開業的確是聲勢驚人，開業那天的禮品大派送也讓京城裡大街小巷都知道了金街裡有這麼一塊專賣香物的地方，只是清洛香號雖是沉寂了幾天，卻並非就此淪落了下去。

單以品質論，安清悠當初所選定作為先鋒的三大拳頭產品，相對於這個時空的其他產品而言，實在是有壓倒性的優勢。

比如香奈兒在另一個時空裡本就是經典之作，生產工藝雖然沒那麼難，但是上百種主料輔料搭配，幾乎是這個時代的調香師不可能做到的事情。又比如那香膏、香胰子等，看似普通了些，可若不懂後世一些化學原理，也是摸索不出來的。

早在七大香號重裝上陣之前，許多有心人就曾懷著各式各樣的目的對這三大香物進行過仿製，結果卻無一例外地以失敗告終。而安清悠控制生產規模的做法固然是減低了產量，也讓技術洩密的可能性減到了最低。

直到七大香號開店之後，這種情況依舊是沒什麼改觀。雖說這開業的頭幾天人流如織，客商不斷，可是當那些以抱睿親王府大腿為目的之人逐漸被訂單消化掉之後，七大香號掌櫃和東家們赫然發現，自家的出貨量其實並沒有太大的增加，甚至還略有降低。

原因很簡單，他們本來的生意做得並不差，只可惜貨品都是傳統香物，該做的都做了，該挖掘的市場也都挖掘了。且不說開業那通出血大奉送，那些惦記著抱睿親王府大腿的諸般人等，一大車一大車地提了貨去，可總也不能光是自己家用，那得用到哪輩子？

這些人買貨全當給睿親王府送銀子，可貨畢竟是拉回了自家，既是自家用不完，也不能光放在庫裡面落灰吧？香物這東西既不能看又不能吃，七大香號的同盟有睿親王府在背後撐傘，又不像清洛香號那般注重產品的包裝和密封——反正這上門買賣來得容易，兩塊油紙一條線繩包捆一下了事，還省了挑費呢！

這些人從七大香號裡提回來的貨不光是在倉庫裡落灰，還受潮發霉，若是時間久了氣味散盡，便和廢物沒什麼區別。

當然，那些各懷目的提了貨的人也不是傻子，給睿親王府送銀子固然捨得，等著這些香物氣味散盡變得一文不值，那也是沒必要。

於是他們大手一揮，處理的方式非常簡單：拋售。

於是，幾乎是一夜之間，七大香號的各色香物在京城裡到處都是被清倉處理掉的場面。

最早拋售的人還在沾沾自喜，五千兩的一張銀票當作行賄，就這麼以買貨為名送進了睿親王府去，回頭領了貨來到市面上一拋，還能弄回三四千兩銀子來，實是划算。可是，這些人很快就笑不出來了。

急著清貨的人太多，你拋我也拋，大家一起拋售的結果就是七大香號的香物在市面上的價格下降得飛快，早先五千兩的貨拿回來拋售還能賣上個三四千兩，如今連五百兩都賣不到。

七大香號要和清洛香號打對台，清洛香號既然是始終保持價格穩定，他們就算是為了背後睿親王府的面子也不能降價——降價也降不起，他們也有成本。

一系列惡性循環的結果就是，金街上依舊是人潮湧動，可是路過七大香號之時，極少有人進去買貨。老百姓也不是傻子，眼瞅著七大香號的東西一天比一天便宜，自家門口就能買得到，誰還去金街店裡弄那貴的？

或許那些前撲後繼削尖了腦袋鑽營睿親王府的人可以抵消一部分這種惡果，但七大香號受損失的可遠不止金街這幾家店。他們都是多年的老店，分號多了去，市價一跌，他們各個分號的銷量也跟著往下降，而且這種情況不只是在京城，就這麼短短十幾天，各地也有這趨勢。

買七大香號東西的人越來越少，許多原本沒受清洛香號三大產品影響，用慣了七大香號香貨的人也都不再買了，因為他們都認為明天價錢還會更低。

可是，七大香號又不能不賣貨，睿親王府可不管老百姓怎麼想怎麼看，睿親王就只關心金街裡皇上到過的那幾家店。今兒有來買貨的人嗎？有！那好，把銀子劃一半過來，他們可是因為咱們睿親王府才來這裡買貨的，不然你們真當那些人會這麼成批成批地買這些香物？

便是沈從元也經常把這類話掛在嘴邊。屁股決定腦袋，沈從元如今全權負責這香物之事，一應調撥只須筆下輕揮，他亦是從這個畸形的買賣中落了大把好處。有了充足財源的支持，朝中「沈系」的隊伍越發壯大。

而與之相反，清洛香號的業務在經歷了短暫的沉寂後，竟又開始蒸蒸日上。

用過了清洛香號出品的香露、香膏、香胰子，誰還要用七大香號多少年一貫製的老物事？

掌握住升級需求的市場，才是真正掌握住了朝陽產業。這是安清悠早就明白的道理，也是她敢大搖大擺和蕭洛辰一起回家陪婆婆的底氣。

第一批冒著得罪睿親王府的危險半夜來搞貨的商人們，都是那些專做清洛香號香物的商家。當他們偷偷摸摸找上安子良的時候，都是同一個模樣：「安公子……救命啊！」

這些人如今做香物生意已經上了軌道，若是調轉船頭去賣七大香號的香物，就是等著賠，可若是讓他們走到老路上，再去做那些之前本小利薄的生意，已經從清洛香號香物上嘗到甜頭的他們又怎麼肯？

安子良聽完這些商人的傾訴，站在極高的道德高度表達了深度的同情，並且慷慨激昂地表示，這些商家是鐵桿。

清洛香號是講義氣的，他安公子也是講義氣的，只要這買賣還存在一天，就絕不會停了大家的財路，不過，大家知道，清洛香號的產量一直都有限，慢工出細活嘛……
所以，今天我只能保證人人有貨，卻不能夠保證大家能拿到多少，每家三十箱怎麼樣？
三十箱貨也就跟這些商家之前所弄的提貨量差不多，可是經過了幾天的沉寂，市場上的存貨已經被迅速消化掉了。如今清洛香號的香貨已經在民間重拾升勢，價格上漲的速度甚至猶勝七大香號開業之前。
這三十箱貨在此時此刻就意味著一筆極為豐厚的利潤，而清洛香號居然沒有漲價，這使得安子良在這些商家們心中的形象，簡直比聖人還要高大。
「大姊說的沒錯，別說是得罪睿親王府，只要有足夠多的銀子可以掙，很多人連掉腦袋都不怕！」
安子良驗證了一把大姊的預言，想了一想，卻是在心裡又加上了一條自己經常念叨的語錄——聖人也幹不過銀子啊！
隨著這些鐵桿經銷商們提貨成功，市場上又開始出現了清洛香號貨品的流轉，只是這漲價的速度卻沒見慢，現在很多人已經下意識有了這麼個印象，七大香號出來的東西都是大路貨，是低檔次的東西，若說要選那好的，還得是清洛香號的玩意兒。
因此，偷偷摸摸來清洛香號批貨的商家又開始陸續增加。
只是，連安子良也沒想到的是，第二波集中來到清洛香號的商家熱潮，居然出現在那些七大香號開業之時從外地聚來的客商們中間。
「諸位，我怎麼聽說你們都是那七大香號請來的呢？」
「嘎？安公子喲，你是不知道，那個七大香號坑人啊！叫我們過來說是一起發財，真到了京城哪裡是發財，根本是個賠錢的事情……」

「就是就是！還是你們清洛香號的東西硬是要得！」

這些外地客商天南地北哪裡都有，被七大香號通過各式各樣的管道請到了京城，可是來了以後財沒發成，反倒是賠了不少。

不過，他們來到京城也是不虛此行，清洛香號的東西若是批到了自家那地頭，又該是怎麼一個價錢？

這些人中雖然有不少虧了錢，但是勝在人數眾多，在實力上同樣不遜於京中商賈，有些人甚至比之那七大香號都不差，開口就是你有多少貨，連價錢都不問。

可是，這些人畢竟是七大香號請來的，天知道背後會不會又有什麼其他問題，安子良不敢怠慢，不冷不熱地接待了一番，卻是連夜派人去給蕭家內宅裡的安清悠夫婦送信。

「作法自斃啊，當真是作法自斃啊！」

蕭洛辰看著安子良派人送來的消息很是感嘆，喃喃地道：「那七大香號這一次怕是讓睿親王府給坑慘了，這些外地商賈若真是私下裡反了水，不知那七大香號的一干東家掌櫃們會毀了多少人脈！」

「毀不毀人脈他們那做法也成不了事，如今這些人倒成了七大香號幫我們請的了，這等機會若不抓住，你心裡不覺得虧得慌？」安清悠微微一笑，「原來我還想著咱們那些新品的招商大會沒準兒來的客商不夠多，現在看來，不僅擔心是多餘的，更有一大波業務等著我們去做。」

「抓住！這等機會當然要抓住，否則還真是虧得慌了！」蕭洛辰一掌拍在大腿上，只是抬起頭來卻又對著安清悠賊兮兮地笑道：「東家，咱們這買賣越做越大，您看是不是給我這做掌櫃的漲上那麼點工錢？」

「去去去，老是這麼沒正形，滿腦子想的都是……」

安清悠當然知道蕭洛辰口中的「工錢」是什麼，心中也是有點不舒服，這傢伙回家沒幾天，怎麼每天都光惦記著這事了？

「母親想抱孫子都快想瘋了，我這不是尋思著早點讓她老人家安心嗎？」蕭洛辰一臉無辜。

蕭老夫人和蕭洛辰之間的母子心結緩解了大半，看著小倆口每天在家裡悠悠哉哉的，便開始念叨起抱孫子的事情來了。

不光是蕭洛辰被三番五次催著要多努力，就連安清悠房裡也經常送來一些各式各樣的青果子，就盼著兒媳婦想吃酸的。

「我……我不想那麼早生孩子……」

安清悠談起這個話題，有些期期艾艾。自己現在這個身體連二十歲都不到，放在前世還是個正在上學的孩子，忽然要為人母，心理上完全沒有準備好。

「那可不行！」蕭洛辰一臉嚴肅，不孝有三無後為大，更別說後面還有個做婆婆的蕭老夫人在日思夜想地盼著抱孫子。早日給五房添丁進口，對於蕭洛辰來說就是極大的孝順。

「好好好，生生生，給你們蕭家生一個大胖小子還不行嗎？」安清悠發了脾氣，賭氣道：「要說生也行，你先把酒戒了，逢著老夫人抽煙的時候也不許和她在一起。儘量少吃辛辣，吃東西的時候多吃粗糧，從現在起儘量讓我保持心情愉快，行房之時最好還在我月事之後的第八到第十天……」

安清悠幾乎是把自己記憶中那些所謂對生孩子有利的東西都搬了出來，甭管是真的假的，也不問究竟有道理還是沒道理，總之是一口氣說了一堆。

蕭洛辰卻沒還嘴，她這愛妻行事常常出人意表，有些古怪的本事便是自己也不知道她是怎麼得來，這當兒雖說聽著有點迷糊，還是斬釘截鐵應道：「行！沒問題，就照妳說的辦！」

安清悠沒詞兒了……

可這還不是最讓人生氣的，最可恨的就是蕭洛辰居然還多問了一句：「娘子，真照妳說的這些都辦到了，是不是就一定能生兒子？」

「生兒子生兒子，生女兒就直接掐死是不是？」安清悠怒氣沖沖回了一句，蕭洛辰這才發覺自己說錯了話，連忙過來又賠罪又是哄著說好話，半天才讓安清悠有了那麼一點好臉，甚至遷怒到了安子良送來的那消息，她在給安子良的回信上是這麼寫的：「該賣就賣，外地客商一視同仁，記得多告訴他們一句，咱們的招商會要出新品便是！剩下的事情你自己看著辦，沒攢夠五百家出席招商會的客商就別來見我！要生娃，姊煩著呢！」

這信就這麼發了出去，安子良卻是會錯了意。

「要生娃？大姊厲害啊，嫁過去沒多久肚子就有了動靜！可是，她又為什麼煩？莫不是蕭家有什麼地方對大姊不好？這個不行，大姊受了委屈，咱們娘家人得幫她討公道！這五百家客商是什麼意思？嗯……大姊定是自有用處！不就是五百家客商嗎？要不幫大姊弄了個翻倍，我就對不起她！」

安清悠萬萬沒有想到，生孩子之事帶來的煩躁竟然也能起到激勵作用。安子良和大姊感情本好，這一下更是抖擻精神，鼓足了幹勁，要好好地大幹一場。

「安公子，這提貨的事情敝號就全靠您了，能不能再多勻出來那麼一點，就一點？」

「我說老周啊，咱們也是老熟人了，真有貨我還能不給你勻些？咱們清洛香號的貨有多緊你又不是不知道！」

「安公子，這是敝號的一點意思，您老……」

「咱哥倆什麼交情，老周，還給我塞銀票！遠了啊，瞧不起我是不是？本公子缺錢嗎？我最近都玩黃靈石了，那麼一小塊就兩千兩銀子，本公子缺錢嗎？」

「小的家裡剛好有一塊這樣的石頭，看著倒是挺大，就不知道是真是假！要不，安公子您給幫忙掌掌眼？」

「有這等事？那可說好了，就算是真的，我也就是拿過來把玩兩天，你的還是你的啊！不過，老周啊，看咱倆交情這麼深厚，倒不妨告訴你一點消息，我大姊那邊又弄出新品了，聽說比那三大香物還好，現在正在全力趕工，過幾天的招商會上開賣……怎麼樣，要不要我給你事先留個位置？這可不是誰都能來的！」

「哎喲，我的安公子啊，五奶奶弄出來的東西還能差得了？您可千萬得給我留個位置！」

某個意圖行賄的客商千恩萬謝地離開，安子良便在帳簿上又記下了一個人名。這幾天，偷偷摸摸來找清洛香號的人越來越多，安子良的手法也越來越純熟。

「這人啊，不付出點代價套點什麼內幕就不舒服，非得本公子敲你一塊黃靈石才高興……」

安子良喃喃自語著，那帳簿上的名字早已經密密麻麻，參加招商大會的客商人數已經超過了五百人——像老周這樣的商人決計不會把招商大會這種事捂著的，必然會多拉幾家來圍東西搶貨。

「大姊，這招商大會連我都想看看妳究竟是怎麼不加工坊卻又把生意再上一層了……」

安子良暗自念叨，安清悠那張字條被他會錯了意，為了讓五百個客商翻倍，他走了一步險棋。

安子良在客商之中放出話去，誰敢不在半夜裡偷偷摸摸過來勾搭，他就多給誰放五成的貨。

他是在賭，賭大姊把他留在清洛香號坐鎮那天告訴他的那和上頭定下來的約法三章好使。第一條便是正大光明地比拚。憑什麼我們清洛香號就得把客商們的生意都做在三更半夜？為了這件事情，他甚至偷偷去找了師父劉總督求證此事。

結果自然是劉總督把他一陣臭罵，說約法三章自然是好使的，倒是你小子沒事別來亂竄，師父我老人家身負重任，若是暴露了行跡，那可是壞了軍國大事。

安子良被罵得狗血淋頭地回到了清洛香號，心裡卻是著實高興，他賭贏的可能性又大了幾分。最終幫安子良解決問題的居然是那群外地客商，這些人本就在山高皇帝遠的地方做生意，比京中商賈們少了些敬畏之心。莫是說睿親王，就算親眼見過一次壽光帝，也沒覺得萬歲爺比銀子重要到哪去。

而他們做事的手段也更加極端，很多人在京中沒有商號店鋪，便跑到城外雇上一群膽子大的閒漢，隨便取了一個某某商號的名字，坐上馬車，就在光天化日下堂而皇之來到清洛香號裡談生意，自己根本不出頭。提出貨來到城外僻靜處交接，神不知鬼不覺。

類似的方法在這些外地商人中迅速傳播開來，便是京中商賈也有不少開始運用這個法子的，於是，清洛香號便是大白天也有人上門堂而皇之地訂貨提貨了。

更別說京中百姓們壓根兒就不會管什麼睿親王府不睿親王府，這些事情離他們太遠，清洛香號的散客限售制度依舊在堅持著，你敢賣我就敢買，老子逛金街買幾個香物犯了哪條王法？

睿親王府那頭自然不會真的堂堂正正，他們也有人盯著清洛香號，只是曾經對壽光帝拍過的胸脯讓幾個主事之人略有猶豫，若是私下裡收拾這些商賈對付那些散客，傳到皇上耳朵裡怎麼辦？睿親王爭儲之事為重……

就這麼稍一躊躇，清洛香號居然在極短的時間裡又恢復到了門口車水馬龍的盛況，睿親王府這時候已經變成想對付也沒法對付了，如此眾多的商家百姓，法不責眾的道理大家都明白。

更何況，京城百姓本就比其他地方更不容易對付，天子腳下住得久了，你知道誰和誰有血緣，誰和誰有關係？六部官員宮中太監自己都有幾個京城親戚，現在若是強行耍狠，那是會搞出大事來的。

許多榜樣在前，商人們的膽子越來越大，既然大白天上門也沒事，索性以本來面目上門談生意了，清洛香號的聲勢更勝從前，而現在幾乎所有人都知道，清洛香號很快就要開招商大會，蕭五奶奶在這招商大會上還要亮出新產品來，聽說比原本的三大香物還厲害呢！

清洛香號的新產品還沒登場，就已經吸引了廣大的注意力，倒是七大香號的掌櫃和夥計們看著自家的生意做一天賠一天，嘴裡越發泛苦。

形勢逆轉！

安清悠接到安子良傳訊的時候，自己都嚇了一跳。

五百個不過是順手寫的，原想著這招商大會若有個一兩百家客商就足以實施自己的計畫，沒想到這二弟真是能幹，看著那本被寫得密密麻麻的名錄帳簿，上面怕不是足有一兩千家，而且安子良在信中還說，這些人都是先交了五百兩銀子的「座位錢」，問安清悠還要不要再招，再招清洛香號裡可就沒地方坐人了。

「弟弟現在可真是今非昔比……」安清悠頗為感慨。

「我早就覺得舅子非池中之物，如今還真是來勁啊！」蕭洛辰亦是大為讚嘆。

「那可是我弟弟，最早的時候，還是我把他帶到讀書正途上的呢！」安清悠得意地道。

「這個……讀聖人書和做生意沒什麼關係吧？」

安清悠翻了個白眼，逕自吩咐人備馬套車。形勢有了新變化，有些事情怕是要提前了。

安清悠開始忙碌，蕭洛辰卻是越來越納悶，夫人這幾天是怎麼了，好像脾氣越來越大，我也沒說錯什麼啊，這不是誇她娘家人嗎？

都是那要孩子的事情給鬧的！

安清悠煩躁無比地和丈夫一起來到清洛香號，蕭洛辰卻是一見安子良就覺得有些不對，這舅子怎麼對自己板著臉？

不過，蕭洛辰到底還是蕭洛辰，就在安清悠查問自己不在的這段日子中店裡所發生的諸般細節時，安子良到底是被他找了個藉口私下截住了。

「舅子，要說咱哥倆也算是處得不錯，可我看得出來，你好像是對我這個做姊夫的有所不滿，都是大老爺們兒，若是姊夫有什麼得罪了你的地方，儘管開口說！」

安子良卻是冷笑道：「不敢！姊夫對我這個做舅子倒是沒什麼不好，只是我大姊呢？她出嫁之時，你可是親口說過要愛護她一世的，如今媳婦娶了帳就不認了？大姊是個強性子，只怕是受了委屈也是一個人扛著。我雖不知道你們對大姊有什麼不好，可她如今有了身子，你們蕭家人還給她委屈吃，你這個做姊夫是他媽什麼姊夫？」

「我哪能給她委屈……等等，你說什麼？你大姊懷孕了？不會吧？得得得，千錯萬錯都是姊夫我的錯，回頭姊夫給你擺酒賠罪！」

蕭洛辰聽到安清悠有了身子的消息，欣喜若狂，這舅子對自己說了什麼氣話根本不重要了。安子良只覺得眼睛一花，姊夫就沒了蹤影，不禁喃喃自語地道：「這個……好像這事情有些不對，難道大姊有了身子的事情姊夫不知道？算了算了，清官難斷家務事，我還是別摻和了……」

安清悠正在細細梳理馬上要發布的新品單子，忽然覺得耳根一熱，卻是蕭洛辰不知道怎麼就欺近了身邊，笑嘻嘻地在她耳垂之側吹了一口氣道：「娘子，聽說妳有喜了？怎麼不肯告訴為夫，也讓家裡人都高興啊！」

安清悠終於爆發了，啪的一聲就把帳本摔在桌子上，站起來插腰瞪眼地怒道：「蕭洛辰，你這個傢伙有完沒完？有喜了有喜了，我看你是想兒子想瘋了吧？」

就在安清悠和蕭洛辰為了生孩子的問題糾結不已時，在睿親王府裡的沈從元亦是眉頭緊皺。

作為此次香業大計的主使者，沈從元並不在意七大香號是不是出現了什麼困擾，只要金街上這幾家皇上來過的店鋪夠紅火，只要睿親王府和他沈大人能夠從中不斷往外掏銀子就足夠了。

現在的情況看來還算不錯，搶著來抱睿親王大腿的勢頭依舊極盛，金街幾大店面的帳目好看得很，已經足夠在皇上面前說事了。

當然，七大香號其他分店經營慘澹的情況也許會傳到萬歲爺耳朵裡，可是睿親王府只是在金街這幾家店有介入不是？睿親王府介入的店就紅火，沒有碰過的店就不行，這不正顯得王爺很有能力？

同樣的事情，左邊可以是一個說法，右邊也可以是一個說法。這裡不僅僅是有足夠的說辭，沈從元更是相信，這事就算細究起來，上上下下也有人能夠替睿親王說話。

君之所聞便是侍君諸人之所聞，君之所議便是侍君諸人之所議，只要朝中大臣們都認為睿親王幹得不錯，皇上也只能認為睿親王幹得不錯。

就算是稅目帳簿上不做手腳，紙面上的成績也夠輝煌了，就以那七大香號來說，金街駐店賣一次，那拿了貨之人又拋售一次，兩次交易和以前直接賣給老百姓的一次性交易比起來，自然是繳付的稅多。稅收在漲，萬歲爺您能說這個行當不是在蓬勃發展嗎？

只是沈從元可以不在乎某些問題而大撈銀子，卻不能夠忽視清洛香號的聲勢再起，這清洛香號好像什麼都沒做，怎麼就又火了呢？

沈從元對這個問題百思不得其解，他原本還在等，等著清洛香號一天天涼下去的時候再請高手出來給那小倆口最後一擊，但是現在清洛香號越來越熱，他等不起了，偏偏在這個時候居然還有人出來添亂。

出來添亂的人正是江南六省經略總督劉忠全。

他是明白人，如今香物這個大又潛力可挖的行當被弄成了這個樣子，當真是看在眼裡急在心頭，可他的身分不能曝光，左思右想，還是用自己的名義寫了一封親筆信，派了個親信送去睿親王府，就說是從江南送來的。

可是這封信不送還好，一送之下，睿親王破口大罵：「劉忠全這條老狗居然建議我們睿親王府退出七大香號，他得了失心瘋了吧？」

「他倒是沒有瘋，我們這個時候退出來，在陛下那裡也可以說得通。劉大人這建議是見好就收，只是……唉，江湖越老膽子越小，劉大人在江南安逸日子過得久了，已經有些失去了進取之心啊……」沈從元故意嘆道，給劉總督上眼藥。

若是睿親王真的變成了太子甚至萬歲爺，這江南六省總督的人選是不是應該換一換？他的父親沈老大人已經在一省巡撫之位上做很久了。

於是，沈從元就多了一個差事，給這位劉總督寫上一封回信。

若真論起來，沈從元的文才還甚是了得的，信上內容妙筆生花，口氣極盡婉轉，可是劉忠全何許人也，看了信之後自然知道這香物之業睿親王府是不肯撤的，不由得搖頭嘆息，「愚蠢啊！愚蠢啊！老夫一片好心給你們提點一下，奈何你睿親王府上下貪心至此，當真是咎由自取了！難道不知大禍將至嗎？來人，備車，到西苑！」

劉忠全逕自去見了壽光帝，沈從元卻接到了一個好消息。

「安清悠那個女人終於從蕭家出來了？好好好！只要她們夫妻兩人回到了清洛香號，那就什麼都好辦！」

沈從元緊皺的眉頭終於舒展了開來，雖說己方早已準備了砸場子的高手，可是這堂堂睿親王府，總不能弄上一大批成名高人找上蕭家去和一個女人比拚手藝吧？

好消息還不止一個，清洛香號居然要把招商大會的事情提前，真是天助我也！原本沈從元還想著自己被動地等待太難受，誰料想這瞌睡居然送來枕頭，當下命人套馬備車，急急回府與某位江南高僧談經論道去。

所有人都在行動著，清洛香號裡，幾個最重要的主事之人卻是一臉的無奈。

「那個……我接到大姊的條子，上面說什麼要生孩子的事情，結果……結果我以為大姊是有了身子……以為是姊夫給大姊委屈受……」安子良對著安清悠和蕭洛辰囁嚅地解釋道，事情居然是由自己而起，大姊和姊夫還為這等事情狠狠吵了一架，這算是什麼事啊！

安清悠和蕭洛辰瞪著安子良，一時不知道說什麼才好，這件事情說生氣也是讓人生氣，可是人家也是出於一片護姊之心，又剛為清洛香號立下了大功，這個時候狠罵一頓，是不是太不近人情了？

「那個……我剛剛想起來，還有個客商和我約好了要談生意上的事，這個……姊姊、姊夫，你們忙，弟弟先去前頭招呼一下啊！」安子良很有眼色，找了個很不高明的藉口開溜了。

安清悠和蕭洛辰相對而坐，卻是誰也沒有戳破安子良的意思。

兩個人剛為了懷孕的事情大吵一架，一貫沉穩的安清悠還摔了東西。

相對無語，好一會兒，蕭洛辰才低聲道：「孩子的事情，我……是不是太心急了？」

幾乎是同時，安清悠咬著嘴唇道：「我脾氣不好，我不該摔東西……」

這兩句話似乎是全無干係，夫妻倆卻都怔了一怔。

「你剛才說什麼？」兩人異口同聲。

又是一怔，他們就這麼對看著對方，忽然一起笑了起來。

「妳要是不急著要孩子，咱們就先不要，母親那邊，我去跟她老人家說……」蕭洛辰似乎是做了一個很重大的決定，對於這個時代的男人而言，這種決定實屬難能可貴。

「別，婆婆那性子哪裡是那麼容易說得通的，再說……我知道你心裡其實也很想的！你想要孩子咱們就要，只是那個那個，這種事誰也不保準兒是什麼時候……你得努力了！」

安清悠幾乎是瞬間就做出了這個決定，有個男人肯對你說不想要孩子就不要，還有什麼不夠的？有這樣一位丈夫，難道自己還能沒有勇氣去做個母親？

「沒事，咱不急著生……」

「不！咱們這就生！」

「我真不著急要妳生……」

「我著急行了吧？少廢話，到底生不生？」

「那個……」

「那個什麼那個，蕭洛辰，你還是不是男人啊？生個娃還磨磨蹭蹭的！」

「我當然是……唔！」

很快兩個人的聲音就都變成了唔唔唔，這一天，在床第之間非常保守的安清悠，居然把京城第一混世魔王蕭洛辰按在了床上。

◉　◉　◉

北胡。

一條狹長的沙漠把許多遊牧民族的定居地一分為二，所以北胡通常又分為漠南諸部和漠北諸部。而如今，就在這片遠離京城千里之外的土地上，正醞釀著一場天大的變故。

一隊隊騎著戰馬的北胡戰士，正在沙漠中奮力前行，他們黝黑的臉上已經起皮，他們的嘴唇已經因為缺水而乾裂，可是他們的眼睛依然炯炯有神，因為他們所信賴的領袖此刻正走在隊伍最前方。

「博爾大石！博爾大石！」一名騎兵忽然高呼而來，北胡人沒有漢人那麼多禮數，即便是這麼一個小小的兵卒，也可以對著他們的首領直呼其名，可是當那騎兵翻身下馬之時，看向博爾大石的兩隻眼睛裡卻比無數講禮法守規矩的漢人多了一份發自內心的崇敬。

博爾大石微微地笑了起來，雖然他的面龐同樣被沙漠折磨得有些皮膚乾裂，但這並不妨礙他隨口就能叫出很多低層戰士的名字，他看著那名騎兵笑道：「達爾多？你的白頭鷹又給我們送來幸運了吧？這次又有什麼好消息？」

那名叫達爾多的北胡騎士正是博爾大石軍中的鷹奴隊長。

「博爾大石，是從大梁京城來的消息！」達爾多恭敬地遞上一封信，上面的火漆完好無損。

博爾大石拆開信來一行行看去，眼裡的笑意越來越濃。

「博爾大石，這信上寫的是什麼？」有親信將頭湊過來問道。

「這信上說，大梁最厲害的勇士蕭洛辰，如今已經被他們那個糊塗皇帝逼著跑去開了個香粉鋪子，據說生意還不錯呢！」博爾大石微微一笑，說話的聲音陡然提了起來，周圍的每個人都能夠聽得到。

「香粉鋪子？那不是女人才用的玩意兒嗎？」

「蕭洛辰一個堂堂的勇士，怎麼會被他們的皇帝逼著去幹了這個？」

「這是對勇士的侮辱！如果是我，我寧願戰死沙場，化作一堆被野狼啃噬的枯骨，也不肯做這種沒出息的事情！」

只有真的到了北胡，才知道勇士兩個字在這裡有多麼受尊重，蕭洛辰在這裡的名氣有多麼大。

一群北胡將領七嘴八舌地說著話，博爾大石卻是笑而不語，清洛香號的事情他其實早就知道了，之所以到了這個時候才說，是因為他一直在關注著事情的發展，等待著一個最能提升士氣的機會。

待得身邊諸將嚷嚷了一番，博爾大石才在人聲稍靜的時候說道：「漢人做事的方式和我們不同，很多時候勇士就算想英勇地戰死沙場，漢人的皇帝也不肯給他這個機會。大梁國那個一心想當皇帝的九皇子，居然還在蕭洛辰的香粉鋪子對面一口氣又開了七家鋪子和他對著幹，他和蕭洛辰是死對頭，這次放出話來，定要將蕭洛辰趕盡殺絕為止。最可笑是，他們那個皇帝居然還跑過去給這個兒子撐場面，弄得現在蕭洛辰的商號都冷冷清清的了。」

這話再一拋出來，眾人一片安靜。

北胡諸將的思維方式和中原人不一樣，自家的勇士被逼著去賣這種東西，皇帝和皇子居然還不放過他，這是白癡嗎？那蕭洛辰也是奇怪，碰上這種對手，衝過去殺了他們的人，搶了他們財貨便是，為什麼要受這種窩囊氣？

博爾大石要的就是這種效果，看著眾人默然無語，陡然一個縱躍跳上了一匹戰馬，他騎術精湛，此刻便直挺挺地站在那匹戰馬上，巍然不動。

北胡將士們爆出了歡呼，卻見博爾大石伸開雙手大聲道：「荒唐吧？我也覺得荒唐！可是漢人們中間為什麼會出現這樣的荒唐事，就是因為他們不團結！我們北胡人有最快的馬、最精準的箭手、最勇敢的戰士，如果我們能夠把北胡人都聯合在一起，憑什麼讓那些糊塗而懦弱的漢人占據中原的大好江山？那裡有數不清的肥沃土地，有無窮無盡的錢帛女子，都在等著我們去享用！我們跋山涉水來到漠北，就是為了讓北胡人都走到同一個營帳下……誰的營帳？」

「博爾大石！博爾大石！博爾大石！」

沙啞的吼聲從乾涸的喉嚨裡發出，卻整齊有力，博爾大石的名字響了一遍又一遍，前軍方向又是一陣更大的歡呼聲傳來。

「看見綠地了！看見綠地了！我們走出沙漠了！」

漫長的行軍終於走到了盡頭，博爾大石的行動其實遠比大梁官方估計的更加堅決。壽光帝在麻痹北胡，博爾大石也在用類似的手段欺騙，就在京中很多官員都在討論北胡人會不會因為雪災而南下擄掠的時候，博爾大石已經悄然完成了戰爭的準備，揮軍直上，劍指漠北諸部，眼下要做的，就是全力完成北胡人的統一大業。

「這是狼神和聖石的賜福，我們呼喊博爾大石的名字的時候，前鋒就發現了綠地，我們就走出了沙漠！」

不知是誰喊了這麼一嗓子，呼喊博爾大石名字和走出沙漠這兩件完全不相干的事情就忽然聯繫在了一起。

又是一陣山呼海嘯般的歡呼，博爾大石微微一笑，按照行程，本就是應該在今天走出沙漠的，只是連他自己也沒想到，大梁方面的消息會來得這麼巧，此刻將士們看向自己的眼神，就好像在看著狼神和聖石送來給他們的領路人一樣，難道這真是狼神和聖石的恩賜？不，不是的，用不了多久，北胡就會只剩下一個信仰，要麼狼神，要麼聖石！

「從大梁京城到這裡，白頭鷹要飛幾天？十五……多了個沙漠，最多二十天！嗯，那這個消息算起來應該是半個多月前的事情了。我在大梁的時候他們就在鬥，如今他們還在鬥。鬥吧鬥吧，鬥得越久越好，漢人們越不團結越好，給我一年……不，六個月的時間我就能蕩平漠北。蕭洛辰，希望你能夠活著來到戰場上，我和你還有一場比試沒完呢！」

博爾大石把手一揮，無數北胡騎士就如同一道洪流，翻翻滾滾地從他的身旁奔湧而過。

只是千軍萬馬之中，誰也沒有留意到那個鷹奴隊長達爾多，他正在帶人放飛白頭鷹替大軍勘察前面的路線，可是有一隻白頭鷹卻似乎偏離了該有的方向，在天空中盤旋一陣之後，向著大梁的方向飛去……

這隻白頭鷹的腳上綁了一只小小的皮袋，裡面的一張紙條上只有亂七八糟的古怪符號，寫的東西沒人能看懂，可是如果經過四方樓通過某種特殊的方式解讀翻譯之後，便可以這麼看：「臣蕭一遙叩陛下，北胡大軍已出沙漠，士氣極旺，博爾大石及諸將皆以為京城內鬥正酣，欲全力一統漠北諸部，陛下之計成矣！」

白頭鷹漸漸飛遠，那鷹奴隊長卻是一副無所謂的樣子，隨意舔了舔嘴唇。就在那乾裂的嘴唇後面有一顆假牙，如果有必要的話，他可以隨時把那假牙咬碎，服毒自盡。

沒人知道他並不是北胡人，大家只知道他是一個養鷹手藝很好的牧民，六年前投效到了博爾大石麾下，名字叫做達爾多。

但是在大梁國裡，他卻是一個本該在六年前就已經戰死的軍官，現在他的家人都以為他埋骨北胡，他的父親和妻子也都這麼認為。

在四方樓的花名冊裡，他的代號叫蕭一。

一隻白頭鷹離開了大隊，向著大梁方向孤獨地飛翔，而大梁京城之中，如今風頭最勁的睿親王在談論的事情，卻和勇士沒有半點關係。

「我記得佛經有言，願代眾生受無量苦，令諸眾生，畢竟大樂。」

睿親王啪的一聲把一枚黑子落在棋盤的四九之地，笑道：「好比這香物之業，父皇曾言可以為天下之大利，本王亦是覺得，這事情要是做好了，當真是天下不知多少人會從此多了飯碗。久聞檀香寺僧眾以此道而名動天下近千載，為天下蒼生計，大師可願助本王一臂之力？」

「阿彌陀佛，佛經之言，亦在心中之解，以佛解之，方有眾生之大樂。」

一個老和尚伸手將一枚白子放在了那棋盤的三三之地，落子無聲。面對睿親王的盛情相邀，他緩緩地道：「世人只知我檀香寺僧眾皆擅調香，然此亦為小道。方外之人，不過是誦經禮佛，心往菩提而已。若真能大利於天下人，貧僧自是願意出力，只是貧僧斗膽相問王爺一句，此業若成，王爺有何法讓皇家不與民爭利否？」

這位檀香寺的主持了空大師不僅僅在調香術上是泰斗級的宗師，更是佛法精湛的有道高僧。他在江南威望極高，為人卻不迂腐，此刻問向睿親王的話語，竟也是隱隱有著勸解之意。顯然是這段時間暫住在沈從元府上，對於京城香業之事並非一無所知。

「老禿驢，若不是本王要借你的手去砸了清洛香號的場子，早把你這賊禿一腳踢回江南了，還什麼不與民爭利？本王從什麼行當裡來的財路，也是你能管的？」睿親王心裡不耐煩地暗罵。且不說檀香寺在江南多有善舉，信徒無數，便是了空大師自己也被譽為萬家生佛，這樣的人殺是不能殺的，頂多也是如有不從一腳踢開罷了。

隨著清洛香號的再度崛起，睿親王的耐心已經快被消磨乾淨了，沈從元終於說要把這位老和尚推出來使用，便親自來訪，耐著性子陪這老和尚下棋下到此刻，雖然是心中罵了無數句賊禿，但是面上只能一本正經地道：「這是自然，皇家不與民爭利，此乃為上者之正道。本王如今雖說與七大香號之事有關，但此亦為體察民生的權宜之計，待此業大成之時，本王自當功成身退。若是日後有緣，亦當使天下皇族及朝廷官員諸人等萬勿與此業有染。此乃還利於民之道，不知大師以為然否？」

「阿彌陀佛。正所謂色即是空，空即是色，皇族朝廷已經貴有天下，何須與民眾爭這區區之利？王爺心存善念，正合我佛慈悲之意。」了空大師合十向睿親王行了一禮，又看了一眼棋盤，「這一局棋，貧僧已然是輸了，還望王爺多以天下蒼生為念，勿忘這一個善字。」

睿親王眼見這老和尚終有折服之態，頗為志得意滿地道：「大師說的好，色即是空，空即是色，這棋局勝負又何須放在心上？倒是本王今日既來，卻是……」

「王爺來意，貧僧亦是心知！」了空大師打斷了睿親王的話，慢慢地道：「早聽說京城之中有一奇女子蕭安氏，調香之藝冠絕京城。貧僧亦是此道中人，在江南時也久聞此女之名，只可惜始終緣慳一面。如今若是有緣自當會之，切磋一二，亦為一樁佳事。」

睿親王哈哈大笑，心道我還當你這老和尚真是個不食人間煙火的高僧，鬧了半天也是個有眼色的。如今看著本王親至，還不是主動請纓去會一會那清洛香號？

站在睿親王旁邊的沈從元更是開心，這了空大師是他沈家從江南尋來的，此番既是肯出手，自然是自己臉上也有光彩，當下抱拳道：「恭喜王爺得大師之助，那蕭洛辰平日裡為非作歹，民憤極大，大師豈不聞我佛降魔亦要作獅子吼乎？回頭到了那清洛香號時，還請大師莫要惜力，好好和他們『切磋』一下！」

沈從元把我佛降魔亦要作獅子吼解成了這般模樣，了空大師臉上卻是一點表情都沒有，只是淡淡地問道：「卻不知沈大人欲安排貧僧何時前往清洛香號？」

「三日之後！」沈從元伸出三根手指頭來，笑容滿面地說道：「原本那清洛香號要在下個月才開那勞什子的招商大會，沒想到他們見自家最近的生意有了些起色，竟是狂妄起來，把那招商大會提到了三日之後。不過，這樣也好，省了大師很多的等待功夫，超度他們早死早託生，盡快往生極樂便是。」

沈從元心中高興，話便說得有些過了，了空大師卻是又只點點頭，「三日便三日，謹遵王爺和沈大人的安排便是。只是，兩國交戰尚有下戰書之舉，這等以香會友的切磋之道，貧僧卻不願對一晚輩女子行那不告而至之事。這一顆念珠還請沈大人派人送到清洛香號去，不知可否？」

「大師行事，果然是高人風範！沈大人，此事便這麼辦吧！」睿親王讚了一句，這等做派最是對了他那喜歡名士風範的胃口。

沈從元本不願答應，聽得睿親王這麼一說，不得不將念珠接了過來，心中卻想：「這老禿驢也忒是迂腐，左右都是去砸場子，還擺這調調做什麼，不告而至豈不是更好，何苦讓那清洛香號有了準備？嗯……不過，這也不是壞事，老禿驢對一個晚輩女子下了戰書，到時候必然會出死力，搞這等做派，不過是在王爺面前多擺些高僧的譜罷了。」

沈從元以己度人，將那了空大師想得陰暗無比，出了門便命人將念珠送到清洛香號的店裡。

貳之章 素手鬥香招商

「該通知的都通知到了？該準備好的東西都準備好了？」

安清悠坐在清洛香號的內堂之中，正在對招商大會做著最後的檢查。上一次吵架和蕭洛辰相互取得了諒解，這段日子裡雖然忙，兩口子卻沒忘了為生孩子而夜以繼日地奮鬥。這結果雖然得看上天的意思，不過在那陰陽調和的滋潤下，安清悠的臉色倒是越發明豔動人起來。

「回五奶奶的話，該通知的都通知到了，那欲參加招商大會的都交了與會銀子，想來必是不會不來的。至於這新品和會上所需用的諸般物事亦是準備妥當，如今已盡數搬入店鋪內，由奴婢和一些四方樓裡出來的老弟兄親自守著，必不會出什麼問題。」安花娘仔仔細細地回報著，隨手遞上一份與會名單、一份物件清單。

安清悠接過清單細看，卻見安子良一路走進了內堂，高聲叫道：「大姊，您有沒有空？外面有人送來個稀罕物事，我送進來給您掌掌眼？」

安清悠的眉頭微微一皺，眼瞅著招商大會的事情這麼多，怎麼還弄什麼稀罕物事來搗亂？

安子良捧著一只錦盒，臉上卻是一副凝重之色，湊近了安清悠，低聲道：「沈從元那傢伙送來的，說是給咱們的開業賀禮，就送這麼一只小小的錦盒，卻排了整整一隊的人來。送了東西也不多話，轉身就走，外面看見的人不少，我怕事情有詐，趕緊請大姊您來看看。」

安清悠留了神，打開那錦盒，陡然臉色大變。

安子良還是第一次看到大姊出現這種表情，只見那錦盒裡不過是一顆小小的念珠，不由得出聲問道：「這念珠和大姊有關係？」

安清悠卻是不答，逕自將那念珠從盒中取了出來，閉著眼睛放在鼻下細細品聞了半晌，這才鄭重地交給安子良道：「你聞聞？」

安子良接過來念珠一嗅，只覺得一股醇厚的香氣悄然浸入鼻中，那香氣雖濃厚卻不濃烈，其間更是有一種中正平和之意，讓人聞之便心中頓生慈和之感。

「大姊，這是什麼香？」安子良半天才從這種感覺中回過神來，心頭大驚。

「念珠上的自然是安神香，多為誦經禮佛的僧人入靜之用，我與這念珠倒是沒什麼關係，只是這種安神香……」安清悠緊緊盯著那枚念珠，臉色是前所未有的凝重，半晌才緩緩地道：「這種安神香，怕是連我也調不出來。」

「什麼？連大姊也調不出來？」安子良滿臉的不可置信，安清悠調香的技藝如何，他可以說是比任何人都要清楚。

「天下奇人異士甚多，我又不是神仙，誰能夠保證所有的香都會調？」安清悠微微一笑，語氣平淡，好似是不食人間煙火一般，眼睛卻是一閃一閃地發亮。

「見獵心喜，碰見了真正的高手反而開心了？」坐在旁邊的蕭洛辰最懂妻子的心意。

安清悠淡淡笑，顯然心事被蕭洛辰猜中而略感欣喜。

蕭洛辰嘿嘿一笑，站起身來，背著手道：「對方既是有了這般高手，不如夫君去為娘子探探那方的虛實可好啊？」

「夫君心裡什麼都明白，怎麼淨說些反話出來？」安清悠雖似嗔怪，語氣裡卻隱隱透出幾分喜意，「能拿出這般物事來的，想必不是普通人，這樣送了一個念珠來，自然是有光明正大比試之意。所為者說到底不過是為了我們數日之後的那場招商會罷了，連沈從元這等做起事來無所不用其極之人都能被他調動起來送東西，咱們又何必再搞上一齣沒來由的試探呢？那豈不是落了下乘，羞！」

「這話是說遠了，雖說我蕭洛辰做事向來是正大光明，但為娘子做事，羞又如何？我不害臊，一點都不害臊！」蕭洛辰大方獻媚，讓安子良的牙都快酸掉了。

這兒可還有外人呢……

斟酌片刻，安清悠回了自己屋中，又拿出那枚念珠來細細一聞，只覺得一股柔和的香氣沁入鼻腔，心中甚是安詳。

這時候連她也是發自內心地讚了一聲好，隨手拿過一根細如髮絲的銀針來，扎在那念珠之上一點一點地輕微轉動了起來。只見那銀針慢慢從念珠表面刺了進去，再拿出來時，銀針之上一圈一圈細細密密的不知道有多少道細紋。

「檀香為核，蚌孕成珠，日月積累，千層香珠！我還以為這種香物只是古書上那種說不清道不明的記載，沒料想來到了這裡，居然真有僧人是做這個的！」安清悠動容。

這念珠為南海檀香木所製，檀香寺的僧人們在誦經打坐時，以香物精油塗抹於雙手，反覆拈動念珠，使香物精油浸在念珠中。日復一日，那精油便一層層浸入了念珠裡，形成了一層堅固的包漿。

這包漿一層層地凝結，精油也在空氣中產生種種反應，念珠體積越來越大，香氣同樣發生著變化。像這種類似的手段，行裡人通常將其稱之為「養香」。

如今擺在安清悠面前的這顆念珠，便是被檀香寺的主持了空大師「養」成了一件難得的香物。

安清悠仔細觀察了一番，只見那銀針入珠極深，顯見這顆念珠中的檀香木核甚小，這念珠大半是後來的精油凝裹硬結而成，光潤如玉，彷彿琥珀。

似這等香物要製成一顆，怕也得數十年之功。

眼下離招商大會不過短短三日之期，這種香卻是無論如何也調不出來的。

對方若是以此為比拚之物，該如何是好？

安清悠緊皺著眉頭，苦苦思索許久，低頭寫下了一張單據，交給安花娘，吩咐道：「這件事緊急，需要妳親自帶人去城外工坊，把這上面的諸般物事盡數取了來，我們的時間只有三天，無論如何都要快。」

在安清悠遣人尋物之時，皇家園林西苑之中，壽光帝卻是拿出了一張紙，遞給劉總督道：「看看吧，北胡那邊新發來的密報，博爾大石已經率軍橫穿大漠，若算上飛鷹傳書耽擱的時日，這傢伙怕是已經和漠北諸部開戰了！好一個博爾大石，好一個野心勃勃的梟雄！」

壽光帝口中雖然猶自對那博爾大石頗有讚許之意，但便是城府深厚如他，此刻臉上也不禁有一絲興奮之色掠過。

劉忠全接過那密報來一看，亦是大喜過望，漠南漠北諸部到底還是開打了，這當然是一個天大的好消息。北胡人終於落入大梁的棋局之中，博爾大石的主力盡赴漠北，那作為後方的漠南草原之地可就空了。

「皇上可是要行雷霆一擊？」劉忠全的眼睛裡閃爍著興奮的光芒。

「形勢於我大好，只差最後那麼一點！呵呵，漠北大得很，讓博爾大石往北再走得遠一點，和漠北諸部再拚得狠一些，北胡人那句諺語怎麼說來著？鮮血澆灌的仇恨只能用鮮血洗清？等他們到了你死我活、兩眼血紅的時候，就是咱們兵出塞外之時！」

壽光帝笑著繼續道：「不過這也只是旦夕之事罷了，以那博爾大石之能，朕倒是覺得漠北諸部裡沒有一個是他的對手。咱們該動的事情也要動一動，朕剛剛已經派人傳了密旨，讓北疆肅正綱他們隨時做好開戰的準備，至於資財糧秣之事，你調撥得如何啊？」

劉忠全跪伏於地奏稟道：「自兩年前陛下定此局始，臣便尋各類藉口，將器械兵甲戰馬糧秣諸事分批運儲至北疆軍前，如今北疆諸軍糧秣輜重皆備了不少，只是北胡地域廣大，其疆土實不在我大梁之下，若陛下真欲行那闢地千里的滅國一統之舉，這等戰事一開，不知要打多久，接著便須得有那物力源源不斷的支援才行，這後續……」

劉忠全欲言又止，那意思自然是在向壽光帝探詢，錢糧夠不夠，那得看萬歲爺您想打多久？

「劉卿這豈不是明知故問？朕要滅北胡，開疆擴土，此戰便須一舉而定北疆，自然是不死不休！」壽光帝很有氣勢地一揮手，帝王氣勢盡顯。

可派頭擺過了，卻又掉過頭來問上一句：「依劉卿看，咱們現在能打多久？」

劉忠全以他的方式回答了這個問題：「似這等傾國之戰，皇上若是想打三個月，那現在北疆前線的貯備之物便夠；若是再加半年，臣最近這段日子裡籌措的諸般財力物力便都要填了進去；若是再多打一年，國庫裡這些年來的積蓄差不多便要花個七七八八，又再打上個三年五載，只怕皇上便再是體恤下情，這民間也會……」

「朕謀劃準備了這許久，不就是為了能夠讓這場仗少打些時日嗎？」壽光帝臉色微變，揮手打斷了劉忠全的話。

一轉臉間卻是想起了一事，壽光帝又道：「說到這財力物力，劉卿前日所言那香物之業，如今進展得如何了？」

「回皇上的話，臣惶恐！」劉忠全知道皇上這時雖然是問話，但以萬歲爺的耳目之眾，市面上那些情況怕是早就知道了，當下也不敢隱瞞，逕自把睿親王府這段日子裡的作為彙報了一遍，末了卻是苦笑道：「如今睿親王府的所作所為，不僅對香物之業已無推動之力，更是成了個與民爭利之舉。臣亦曾以總督的名義修書一封勸解他們退出七大香號，只是……」

「只是卻被人客客氣氣地婉拒了回來是不是？睿親王府的事情讓他們繼續做便是了，朕倒是恨不得這個九皇兒銀錢財貨聚得越多越好！」壽光帝一副早知必是如此的模樣，掃了一眼跪在面前的劉忠全，淡淡地道：「劉卿，你剛才說前線積儲夠三個月，咱們暗地裡的儲備從後方補給上去又能夠用半年，還有戶部、國庫……朕若是抄了睿親王府以及那些上上下下和他們結成一黨的官，這其中所得又是能頂得上多久？」

劉忠全臉色霎時變得蒼白無比。

皇上這是在拿睿親王府當存錢罐用啊！

皇帝放任某個貪官撈銀子，等養肥了再揮刀宰了，這不是什麼新鮮事，只是這等手段大多用於臣子身上，可壽光帝為了填充軍費，居然拿自己的兒子當作存錢罐，劉忠全忍不住心中一寒。

壽光帝看著劉忠全面色微變，出聲安慰道：「劉卿無須多慮，九皇兒畢竟是朕的孩子，年少之時行差踏錯在所難免，讓他吃吃苦頭也是好的。朕不過說了句要抄睿親王府，又不是要砍他的頭。這孩子本就不是什麼帝王之才，偏偏李家和許多人還想捧他上位，若是朕百年之後出現個君上昏庸、權臣獨大的局面，這江山還是不是大粱的江山……哼哼，朕豈能容此等事情出現？」

劉忠全心裡卻有一種不寒而慄的感覺，睿親王府那邊的上上下下若是個給北胡之戰預備的存錢罐，那他又該是什麼？哪天萬歲爺他老人家又拍了一下腦袋，自己就是個比睿親王府更大的存錢罐，這又是給誰存的？

劉忠全重重一個頭磕在了地上，沉聲說道：「君有憂，臣恨不能死耳！睿親王府之事，臣不敢答陛下此言，既是陛下欲行開疆擴土事，臣願散盡家財捐為軍資，報效陛下多年來知遇之恩！」

到了劉總督這個地位，什麼萬貫家財早已經看淡了，更何況，他心知肚明，自己這個江南六省經略總督能夠富甲天下，說到底還不是壽光帝賜的？

與其等到萬歲爺他老人家心動了再砸爛自己這個存錢罐，不如自己先把該拿的拿出來，存錢罐肚子裡空了，自然也就沒人惦記砸爛他。

「哎……劉卿這是什麼話？你為朕忠心耿耿效力多年，有些好處油水也是應該的！朕對你是信得過的，不用搞什麼捨家為國的名堂出來！」

劉忠全固然是理財能臣，可是那富可敵國的身家也未必那麼乾淨。

壽光帝見手下大臣被自己收拾成這副不讓捐錢都不行的樣子，頗為自得。君臣兩個一個要捐錢，一個很寬厚，最後還是壽光帝謙讓得累了，先發了話：「咱們君臣相得，老這麼推來推去也是麻煩，不如這樣，劉卿先捐一半，也讓朕對這北胡之戰心裡更有底些？」

劉忠全這才興高采烈，磕頭應下。

壽光帝笑道：「劉卿這一句話便扔了一半的家產出來，朕也不能薄待了你，待辦完了北胡事，便回京裡來如何？」

劉忠全心中一喜，以他如今的身分地位，調回京城若不是做首輔大學士，便是按部就班到了歲數交位置，做個地位崇高的富貴國公養老，總之，這善始善終不難了。

若要劉忠全自己來挑，倒是更喜歡後者。

首輔大學士和他這個江南六省經略相比，也就算是個差不多，位極人臣的滋味他已經嘗了幾十年，官印不可能永遠攥在你手裡，做到頭了有個好結果才是最重要的。

「忠全啊！」壽光帝忽然直接叫了劉總督的名字，「記得以前曾經有官員上摺子參你，說你劉某人乃是朝廷之中的第一大貪官，今天朕看你啊，反倒說不清楚嘍！幾十年的心血家業一句話捨了一半便罷了，若真要你來京，就算給你個首輔大學士當當，也未必比江南六省經略的位置更肥實滋潤，捨權可要比捨財難得多了啊！」

劉忠全聽著壽光帝忽然叫了自己的名字，微微一怔。恍惚間，自己當年隨著那個年輕皇子運籌周旋的時光彷彿在腦海中一閃即逝，隨即笑嘻嘻地道：「人生在世不過短短幾十年，臣蒙陛下恩典，這一輩子裡的大半日子已經富貴加身，陛下若是有需，臣便把這一切還給陛下，又有何妨？」

壽光帝就這麼瞪著劉忠全半晌，忽地苦笑著搖了搖頭，笑罵道：「好你個劉忠全，倒讓朕無話可說了，官做到你這個分上，也算是奇葩。咱們君臣　場，終會有段佳話存下來，把心放在肚子裡，好好忙你的去吧！」

劉忠全長出一口氣，知道今兒晚上總算能睡上一個安穩覺了。

長夜漫漫，便在劉總督睡得安穩時，清洛香號的後院裡卻是通宵達旦的一片忙碌。

安清悠難得遇見了對手，得了指令的安花娘等人自是不敢怠慢。

連夜快馬奔走，從城外的工坊取來了大批需用的物事。此刻在清洛香號的後院中，已經高高豎起了一個巨大而古怪的裝置。

猶如樓梯的臺子被高高搭起，一層一層的平臺上，都有一個被臨時搭起的爐灶。一堆大甕就被放在爐灶上，期間更用軟管一級一級地串聯到了一起，大把的製香原料，早已把那一個個大甕塞了個滿滿當當，而用來浸泡那些材料的液體，更是既非清水也非酒漿，竟是清洛香號裡最高端的拳頭產品「香奈兒」五號香露。

「這麼多香露若是放到市面上賣出去，真不知道能換得多少銀子回來！」安子良看著下人們登高扶低，把那香奈兒五號香露一桶接一桶倒進甕中，一張胖臉滿是肉疼之色。

「沒法子，咱們的時間緊啊！若是再多給咱們些功夫，弄些其他物事做浸泡液其實更好，只可惜時不我待，眼下手邊那現成的東西裡，只有這香露的成分最合用了。弟弟也不必心疼，這東西用了還可以再製，可若是調香大會上被人在手藝上贏了去，咱們的名聲所受的衝擊，可就不是一時半會兒能夠補回來的了！」安清悠一邊盯著，一邊輕聲安慰著安子良。

安子良亦是明白人，肉疼歸肉疼，還是樂呵呵地道：「這值當什麼？該用的時候就得用！這麼多香露只是拿來當泡材料的引子，如此奢侈的調香法子，弟弟我也算是開了眼。只是，不知道這調出的香來，又會是個什麼樣子？」

安子良甚是期待，便是那些夥計和調香師們也是好奇，不知究竟會弄出個什麼東西來。

「倒也不是一時半刻的事情，終歸離那招商大會還有三天，我現在只盼著時間能來得及。另外就是這調香的後院一定要盯好了，莫要出了什麼亂子來……」

「娘子儘管調好妳的香，把手藝掌握好就行，至於其他的事情……妳在，妳男人就在！」

安清悠不用回頭也知道說這話的是蕭洛辰，看著眼前這套體積碩大的加工設備，要在短短三天之內和這個時空中的調香好手鬥香，非得另闢蹊徑不可，只希望時間能夠來得及。

◉　◉　◉

三天的時間轉瞬即逝，京城裡到處都有人在談論著關於清洛香號招商大會的事情，甚至很多人加入了茶餘飯後的討論陣營。七大香號的香物雖然迅速衰落，但是背後的睿親王府聲威不容小覷。眾人都很好奇，民不與官鬥，這清洛香號的招商大會如此大張旗鼓，誰會這麼明目張膽地上門去談生意？這不是明著不給七大香號面子嗎？

然而，情況卻是大出眾人的意料之外。

「三爺，您也來了？」

「清洛香號的招商大會，哪個能不急著來？」

「是啊是啊，掙銀子啊，這個事情不來，腦子壞掉了？」

登門的外地客商們被七大香號拉來了京城，卻沒掙到什麼銀子，心中不甘之下，行動起來反而是最堅決的。進京讓他們開了眼界，也更讓他們瞧明白了行市。

另一批主力軍則是那些已經和清洛香號捆成一體的香商們。他們反正明著暗著買賣起了清洛香號出品的三大香物，誰都知道他們是清洛香號的固定客人，裡外都是逃不過去，索性死豬不怕開水燙，招商大會又來了。

於是，招商大會開幕當日，金街上居然排起了一長串的馬車，許久不見的車水馬龍又一次出現在了清洛香號的門前。

「法不責眾，來的人越多，諸位反而是越沒事。睿親王府勢力再大，也不能把這麼多商家全做了不是？何況睿親王府那邊可是當著皇上誇下了海口，堂堂正正嘛，做生意又不犯哪門子王法不是？歸根結底，什麼能比掙銀子更重要？那是填飽肚子養女人的東西，和咱們清洛香號合作能不能掙到錢，大家想必是心中有數……」

安子良笑嘻嘻地和一群商人聊著天，類似的話語這幾天他不知道說了多少次。大姊在內院殫精竭慮地思索著怎麼和對方的高手鬥香，他亦是努力周旋在各商賈之間。

這招商大會能夠有如今這個場面，他安公子實有嘔心瀝血之功。

「五爺和五奶奶出來了！」

不知道是誰高叫，眾人看了過去，只見安清悠從內宅走了出來，蕭洛辰笑吟吟地陪在她旁邊。

這小倆口雖然看起來都有些疲憊，卻依舊是精神煥發，倒是那進場眾人中有人見得正主終於出來，便悄然又溜了出去。

「有勞諸位親臨，今日既是招商大會，咱們清洛香號自然是要放開了出貨的，在下夫婦二人先預祝諸位財運亨通了！」蕭洛辰拱手作揖，以清洛香號大掌櫃的身分笑著說了些場面話。

這次既是到了招商的正式場面，大家反倒不似之前那般你搶我爭的鬧成一團。

便在這時，忽然聽得門口有人叫道：「禮部侍郎沈大人到！」

眾人微微一凜，這沈從元是什麼人，大家可都是心知肚明，此時到來，自然是客無好客。

四下裡一片寂靜，沈從元笑著邁著官步走了進來，悠哉地說道：「久聞此間的香品頗佳，這招商大會聽說會有新品，呵呵，本官今日也想見識見識，不知道這清洛香號的手藝到底是高到了什麼地步？」

「清洛香號的手藝如何，別人不知，您可是知之甚詳，沈大人最近身體可好？」

坐在東家位置上的安清悠，從袖袋裡拿出一個小小的盤香放在香爐之中點燃，抬頭向著諸人微笑道：「這盤香是小婦人閒來無事所做，諸位不妨聞聞這點小手藝是否過得去。」

一團青煙在廳中裊裊升起，眾人嗅在鼻中確實有神清氣爽之感，只是當著沈從元的面，誰也不願意去做那出頭鳥張口誇上一個好字。

沈從元明知大庭廣眾之下，安清悠不可能當眾弄出些什麼毒煙之類的東西來禍害人，可是昔日被煙霧香氣整得太慘，那陰影在心中始終揮之不去。

這當兒見安清悠點起了香，身上一寒，臉色微變，就連臀部都不由得緊了起來。

不過，沈從元畢竟是沈從元，打了個寒顫後，居然還能夠笑得出來。只見他掃視了廳中眾人一眼，似乎對這些商人們那不肯開口的樣子頗為滿意，一轉臉卻是對著安清悠笑道：「有勞大侄女惦記，只是本官對這香物之道本是外行，這廳中坐的可都是香商，怎麼就沒一個人喝上半句彩呢？好與不好，想來自有公論！倒是我這裡也有幾位調香的師傅，這手下的本事倒也過得去，不如讓他們露兩手，請大家品評品評？」

眾人面面相覷，都知道睿親王府和蕭家、安家是死對頭，沒想到會在今日交鋒。

一時間，大夥兒噤若寒蟬，都起了先看看再說的念頭。

門口走進了一隊人來，安清悠秀眉微皺，眼前這幾個人呼吸極輕，似是連汗毛孔都在感受著周圍的味道，手藝如何雖不得知，但光憑這點，就足以斷定他們在調香術上浸淫已久，顯然是極具經驗之人。

安清悠沒時間多想，因為對面的調香師已經率先發了話。

「在下名叫齊河，是天香樓的大櫃手，清洛香號之名響徹京城，可惜一直未能與蕭五奶奶一見。似那香露、香膏、香胰子，在下是無論如何也做不出來的，只是論及熏香，在下還也有幾分自信，懇請蕭五奶奶鑒賞一二。」

這齊河見安清悠隨手燃起了一點盤香，便順勢而為，也拿出了一盤香來。旁邊自有清洛香號的夥計接過了那盤香，安清悠見他說得客氣，也點了點頭。盤香燃起，一縷青煙升起，香氣慢慢地散發開來。

「齊先生這熏香做得頗為華貴，七大香號享譽甚久，果然有其獨到之處。」安清悠面色從容，微笑地誇了一句。

齊河以焚香類的香物見長，此刻不禁面有得色，只是見安清悠半點也沒有要把那焚香的細爐拿過去的意思，臉色不禁微微地變了。

行家一伸手，就知有沒有，這調香師的功底首要的便是聞香品香，若是氣味都辨不清楚，這調香又從何談起？

安清悠誇歸誇，卻沒有要把那焚香的細爐拿近細聞的樣子，一溜調香師彼此對視一眼，這女子鼻子的功夫不知如何，難道便是這麼遠遠一聞，就算是品香了不成？

「還請蕭五奶奶品鑒！」齊河皺著眉頭說道。

「不敢，大家彼此切磋一下而已。」安清悠微笑，說出來的話卻猶如綿裡藏針：「我來說一下齊櫃手這熏香的方子有什麼對與不對的，您瞧著點。」

「說方子？」

這話一說，滿座皆驚。

這蕭五奶奶口氣好大，連細品都沒有過，張口便要說方子？

安清悠卻是半點遲疑不得。

沈從元高調而來，藉著官威和睿親王府的背景來了個以勢逼人。更何況這些人只怕還就是打頭陣的而已，自己若不是立顯本事把這個局面彈壓了下去，這招商大會的形勢還當真有些不好掌控了。

「齊櫃手這熏香，當是以七分草為主料，輔之以蟲蝶香、菟絲子、海棠樹油、白風木粉、天麻葉……中間未曾用過水，而是以茉莉花蜜調製烘乾而成，所以不僅是香，還多了一股淡淡的甜味，不知道我說的是也不是？還請齊大櫃手指正。」

齊河越聽越驚駭，待得聽到那最後一樣的茉莉花蜜調製烘乾之時，已是滿臉蒼白。

「蕭五奶奶好厲害……好厲害的品香功夫，當真是……當真是一樣也不差！」

齊河面如死灰，怔了半天，才憋出來這麼一句。

旁邊的沈從元心中大罵，暗道這匠人就是死心眼，左右那方子是你的，胡亂說中間錯漏了一兩樣，儘管栽贓了又能如何？

沈從元心裡如此念叨，安清悠卻對這齊河頗有好感，輸了手藝不丟人，連對自己手藝的最起碼的尊嚴都沒有了，那才叫垃圾一個。

見此人頗為磊落，安清悠笑道：「齊大櫃手不用在意，您這熏香的方子，我曾經機緣巧合見過也調過的，此番品香不過是僥倖，您的手藝自有精湛之處，切莫往心裡去。」

齊河微愕，心道這方子是自己所創，向來是祕而不宣，這女子如何得知？

越這般想，越覺得對方行事有度，對他頗有維護之意，齊河忍不住露出幾分感激之色，卻聽安清悠又道：「當初我機緣巧合見到這方子時，曾得一位高人指點，言道這等熏衣香中所用的茉莉花蜜雖然能添上幾分甜香，卻是有利有弊，最是容易招惹蟲子。那位高人用另外幾味香料對其做了修正，今日既是和齊大櫃手湊巧遇見，不如與您琢磨一二。」

接下來的事情涉及到方子，安清悠不肯當眾說明，而是拿過紙筆逕自寫了些香方添減之料，讓丫鬟送到齊河面前。

那熏衣香的方子本是齊河所創，其中的缺陷他如何不知？

拿過安清悠所寫的新方來看，只見上面幾味香物添減雖與原方不同，卻越想越覺得恰到好處。

原本安清悠道出香方之時，齊河已是面若死灰，誰料想轉瞬間竟是又有一個更好更新的方子送上門來，一時間大為感激，大聲說道：「多謝蕭五奶奶指點，小人心服口服！」

安清悠微微一笑，對面那幾個調香師心裡可就駭然了。

有人知道熏衣香的方子是齊河所創，便覺得這位蕭五奶奶所言，定是不願毀人飯碗的心軟之詞罷了。而且只是遠遠地隨意一聞，便一口道出了方子，還給出了修正之道，這女子的鼻嗅功力、調香手藝又該有多高？

一干調香師心中震撼，卻是氣壞了壓陣的沈從元，他狠狠地瞪了齊河一眼，心道如此混帳的工匠，不懂栽贓胡攪也就罷了，還心服口服？

這是來踢場子的，還是來捧場子的？回去定要將此人好好收拾一番！

氣歸氣，這事情還是得繼續做，齊河垂手退在一邊，沈從元冷冷地盯著餘下幾人。離他最近的那名調香師首當其衝，到底還是不敢忤逆沈從元的官威，硬著頭皮站出來說道：「在下關西劉一手，昔日家師偶得一塞外名方，只可惜這反覆調製多年，卻是一無所得。今日既有緣得見蕭五奶奶，還請您不吝賜教，給在下指點一二。」

這劉一手在塞外一帶名氣極大，便是西域的酋長貴族也多有千里迢迢捧重金求他製香之人，在關西一帶有「一手千金」之說。此人不屬於任何香號，如今卻是站到了沈從元那邊，這睿親王府果然是位高勢大，這等千里之外的人手也能搜羅得來。

下面有人開始竊竊私語，沈從元卻是點了點頭，心道這劉一手倒是反應快，眼看著安清悠品香的功夫了得，便換了個途徑，讓那丫頭親自動手了。

這倒是適合，他本來就沒有指望這幾個人能夠勝得了安清悠，不過是在大庭廣眾下讓她把手藝一件一件地亮出來，先給最後壓軸的那位大宗師摸清底細罷了。

安清悠接過了那張香方，輕輕地「咦」了一聲。

這張香方上面所寫的材料不多，不過七種物事而已，可是再看上面的材料，什麼虎甲硝，什麼死人果，什麼奎蛇盤，竟沒一樣是本身便有香味的，非酸即臭，做些熏人的物事倒還差不多。

安清悠看畢，對著劉一手道：「劉先生這張方子倒是有些奇怪，您真確定這是香方？」

話音未落，沈從元哈哈大笑，「大侄女這話可就有些過了，劉先生是關西大家，怎麼能拿一個假香方來糊弄人？本官可以為劉先生作保，這的確是珍貴的古方，倒是妳如此相問，莫不是這清洛香號徒有盛名，真到此時卻是不行？若是如此倒也無須麻煩，只要大侄女在這裡當著眾人的面自承這香方妳調不出來不就結了，本官說什麼也是妳的長輩，難道還能為此而為難妳不成？」

沈從元甚是得意，這劉一手到底知道怎麼和貴人們打交道，哪像剛才那個不懂事的齊河，早弄些亂七八糟的方子出來不就結了？有本官在此為你們撐腰，便是假的也把它說成真的！

「蕭五奶奶，這的確是香方。家師為此方苦思多年，還因此鬱鬱而終。在下嘗試多年，只可惜竟無寸進……久聞蕭五奶奶調香的技藝高超，這調製之法，萬望您能指點一二。」劉一手苦笑。

這劉一手倒是做得好戲，這人有前途……

沈從元瞧得心中大樂。

安清悠微一沉吟，喚過了旁邊的安花娘，把那香方遞給了她，「妳也是京城裡數得上的行家，好好看看這香方有沒有什麼古怪。」

安花娘點頭，與安清悠相處日久，自然知道她不是讓自己看那些配料。接過那張香方翻來覆去查看，這才湊在安清悠耳邊低聲道：「這香方上應該沒什麼隱跡墨水或是夾層之類的東西，這紙也是三十年以上的西域羊皮紙，墨跡乾了多年，絕非臨時拿來栽贓之物，錯不了。」

安清悠點點頭道：「既是如此，這方子我便勉力一試，到時候成與不成，還請劉先生指教。只是這香方上有些材料頗偏門，又是我清洛香號平時不用的，不知劉先生身邊可有預備？」

這話一說，劉一手的眼中陡然升起了一絲希望。

這張方子困擾了他師徒整整兩代人，上面所寫那幾種原料多年來他是一刻都未曾離開過身邊，便拿出了一堆瓷瓶，上面的標籤有註明材料。

始終微笑著的沈從元，臉上忽然有些僵硬。

他是明眼人，這劉一手準備得如此充足，難道之前那張香方竟真的是一張什麼難解的古方？調香師的手藝之中，有「解方」這麼一項，尤其是那些只有配料和比例，操作工序不全的香方最是難解。

廳中不乏行家，知道這解方之事遠比品香難得多了，從香方到香物，需要不斷調整驗證，不是一天兩天所能成的。此時眾人倒是都想看看，這位清洛香號的女東家，要怎麼在眾目睽睽下解出這張古方來。

卻見安清悠逕自對著劉一手笑道：「這香方上的幾味材料有些偏，好在我還曾見過用過，且請先生稍待片刻，待我細算這其中成分才好。」

劉一手微愕，這位蕭五奶奶用詞倒是新鮮，對於他們這些古代的調香師而言，從來材料便是材料，這算成分又是怎麼一回事？

劉一手有些發呆，安清悠早已命芋草取來紙筆，看了看香方上第一味材料虎甲硝，在紙上寫下了一行字：「氨基丁醯類硝化物，混硫體……」

劉一手忍不住伸長脖子去看，卻瞧得兩眼發直，不知這幾個字是什麼意思。

莫說是他，其他人也是如同看天書一般。

安清悠走筆如飛，不一會兒，那張白紙上便寫滿了旁人看不懂的化學名詞，她又對著旁邊的下人們說道：「取算盤來。」

眾人瞧得莫名其妙，這調香又不是帳房算銀錢，若說是要取秤盤量材料大家還可以理解，這取算盤又有何用？

這時候的安清悠卻是在心裡把這個時代沒有電腦大大地腹誹了一番。

接過算盤來一手撥珠，另一手筆鋒一轉，寫出了一堆分子式和化學反應式，只見白紙上一張又一張飛速落下無數古怪的符號。若說之前寫的那些東西是沒人看得懂的天書，這些東西簡直就是鬼畫符了。

眾人都已經瞧得傻了，似這等解香方的做法，放在這大梁國中簡直聞所未聞，便是沈從元帶來的那些調香師，也從未見過這般解方之人。

「原來是這樣，如果要把芳香烴分離出來，這些東西都需要做分解碳化。能創出這等方子之人，也算是這個時代的奇才了，真不知他若是光憑試驗，要嘗試多少次……」

沒過多久，安清悠停筆落墨，頗為感慨地自言自語，接著才抬起頭來對著劉一手道：「此方雖然難解，未必無法可調，如今我有了七成把握。只是這方子是令師所得，少不得要問劉先生一句，我來說手法，劉先生動手製香，如此可好？」

劉一手微怔，繼而狂喜。

他雖看不懂這般前所未聞的解香手法，但對方確是自己調香數十年來從未見過的高手無疑。這位蕭五奶奶既然敢在大庭廣眾之下說出有七成把握，必有所恃。

再者，這張香方若是從自己手中調出，那可算是對自己師徒兩代人幾十年來的一番成全。

當下，劉一手拱手行禮道：「多謝蕭五奶奶成全，能得您點撥，在下幸何如之！」

還幸何如之？

沈從元差點氣得背過去，這安家的死丫頭真是自己的剋星，剛還覺得這劉一手會搞事，怎麼轉眼之間看那安家的丫頭寫了一堆天書鬼畫符，就變得恭恭敬敬地給人家當使喚了？

沈從元一肚子氣，安清悠卻是轉身對著眾人笑道：「這香方頗偏門，等會兒調香時怕是有些怪味道會擾了諸位口鼻，敝號在這裡先奉上一小份香露給各位，各位可在帕子或袖口上淋濕了掩住口鼻，省得太過難受。」

一揮手，自有下人捧來香露，率先用帕子淋了香露的卻是那幾個沈從元帶來的調香師。他們都是行家，自然知道這香物雖然是香物，但調製過程中產生出來的種種怪味不是那麼好受，更何況這偏門方子所用皆是非臭即酸的材料，真要調起香來，指不定是個什麼章程呢！

眾人有樣學樣，一時之間，市面上買都買不到的「香奈兒」香露被淋在了眾人的帕子或是衣袖上，偏在這時，蕭洛辰朝沈從元走了過來，笑嘻嘻地遞上一小瓶香露道：「沈大人身分尊貴，咱們清洛香號自然是要把您照顧好了。這瓶香露是敝號所出的極品，特地加了料，如您這樣的高官顯貴才能用。您收好，想在帕子上淋多少便淋多少，總之要護住口鼻，莫讓怪味熏著了您。」

說完，逕自回到了座位。

沈從元這下子可犯了難，瞅著眼下這般架勢，一會兒先不說安家那丫頭能不能調出這張古方來，過程之中只怕真是會有些難聞的氣味。若要先做些預防自也應當，可問題在於這個可恨的蕭洛辰，怎麼就好死不死湊了上來，遞給自己這瓶香露，還是什麼特地加了料的。

加料加料，這清洛香號給別人加了料的，或許是為了什麼豪客的特製之物，可給他特地奉上的東西，誰知加了什麼料？

哼！本官大風大浪見過多少，豈會被你這小小氣味嚇到？充其量不過是難聞些，難道本官還會怕了不成？至多挺一挺也就罷了！

便在沈從元硬挺著打定主意之時，廳內已擺滿了調香所需的諸般物事。劉一手更是沒有做什麼預防措施，這香方是他師門兩代人的心願，他要徹徹底底體驗整個過程。

「起火！七種材料各自分開，同時煸香！」安清悠說道。

這煸香說白了就是將那製香的材料放在火上進行烘烤，劉一手不愧是「一手千金」，手上功夫確實了得。七個煸香爐一字排開，毫不遲疑地便分好了七種原料，手中火摺子橫掃，很快將那七個煸香爐盡數點燃。

只見七個火苗瞬間燒得極旺，劉一手不由得讚了一句：「好器具！」

安清悠微微一笑，清洛香號裡的器具燃料，在京城絕對找不出第二份來。

不過，這器具雖好，味道可就不那麼美妙了。

這七種材料非酸即臭，再用火一烘一烤，那股味道極是難聞，而且這些味道揮發極快，不一會兒竟已是滿屋怪味，腥中帶酸，酸中帶臭，臭裡還帶著點嗆人的感覺。

眾人用灑了香露的手帕或袖口掩住口鼻，這才覺得好過不少，卻苦了旁邊傲然而立的沈從元，他的臉色已經變了。

「加火！」安清悠緊緊盯著煸香爐上的火苗，雖說火勢已起，她卻還嫌不夠旺。

安清洛香號在調香時所用的火料不是一般調香師常用的燈油，而是反覆蒸餾過的烈酒所製，在安清悠精心監製下，幾與後世的高濃度酒精無異。這一加進去，只見煸香爐中一道筆直的火焰陡然而起，轉瞬間便將煸香爐上的銅盤燒得通紅。

當然，屋裡那刺鼻難聞的酸臭味也就越發濃烈了。

劉一手恍如未覺，一雙眼睛只盯著銅盤上的諸般材料，燒得一陣，見有的材料融成了一團，有的材料逐漸變焦，不由得問道：「五奶奶，接下來如何？」

「繼續燒。」

「繼續燒？再燒可就焦了！」劉一手皺眉，材料燒焦，十有八九便是廢了。

「要的便是將它燒焦。」安清悠應道，又等了一陣，才喝道：「左手第三個爐子熄火取料。」

左邊第三個爐子裡的材料，正是最先被燒焦的一爐。劉一手依言熄火，在手掌上墊了一塊鹿皮，飛快將銅盤上的材料倒入旁邊一個瓷碗之中慢慢冷卻。

只見那瓷碗中黑乎乎的一團，要多難看有多難看。

「右邊第二個爐子熄火，取料，浸清水。」

安清悠再次吩咐，劉一手依言熄火取料，將裡面的材料倒入旁邊另一只瓷碗中。清水注入，只見那物料發出一陣輕響，不多時，竟有一層似油非油似液非液的東西慢慢浮了上來。

「左邊第一個爐子熄火……」

安清悠指揮不停，劉一手依言操作，很快的，七個爐子裡已經先後熄火取料做了調製。七塊物料各自放在七只瓷碗裡，那賣相一個比一個難看。至於散發出來的氣味，更別提了。

劉一手滿臉大汗地站在桌前，若有所思地道：「敢問五奶奶，接下來卻又如何？」

安清悠笑道：「要我猜，這方子本身未必有多複雜，難就難在先要將材料盡數煉焦才行。請劉先生將這提煉之物合至一處，注意，有那煉焦的東西便只取那焦了的部分，有那在水中化出漿液的便取那化出漿液之物。各種半成之料分量相等，劉先生手上功夫了得，後面的事情便不必我多言了。」

劉一手被這張香方困擾了半生，當下不再遲疑，分料秤重剝取焦物，只是這些黑糊糊的膏漿物事雖被烤製成了半成品，味道卻是越發酸臭，氣息散開，刺激得旁人痛苦至極。

尤其是站在一邊的沈從元，此刻的臉色已經綠了。

便在此時，沈從元的耳邊忽然有一道低低的聲音響起，卻是蕭洛辰不知何時欺近了他的身，一邊用香露帕子捂著口鼻，一邊笑嘻嘻地對他低聲耳語道：「沈大人怕我給你的香露做了什麼手腳是嗎？其實這事倒也不難，沈大人向來是對手下毫不吝惜的，我教您個乖，您旁邊那幾個手下用香露帕子掩著口鼻過了半天都沒事，何不去搶他們的？」

蕭洛辰這話說得陰損無比，沈從元為人刻薄，不愛惜手下出了名，可是再怎麼心黑手狠，也不能在別人面前失態。讓他去搶手下用過的香露帕子，這眾目睽睽之下如何能做得出？

忽聽得「刺啦」一聲，原來是劉一手將一堆刮出來的焦物倒進一堆黑膏之中。二者相遇，氣泡四起，那所泛出的臭氣比之前的更重了三分，沈從元差點被熏吐了。

劉一手手上不停，將那七種材料一種接一種混合在一起。每加一種，臭氣便又濃重三分，到了後來，便連那執意要做全套的劉一手自己都有些扛不住了。

沈從元終於硬挺不下去，陡然一個念頭在心中竄起：「這夫妻倆不會是故意拿話擠兌本官，難道這臭氣才是傷人之術？也不知道這臭氣是不是有毒……」

沈從元三番五次被安清悠的香物所傷，這個念頭一起，倒是很有驚弓之鳥的樣子，當下再也顧不得維持什麼官威儀態，一伸手，將一個調香師掩在口鼻上的香物帕子搶了過來，甕聲甕氣地大叫道：「罷罷罷！劉一手，這清洛香號是拿你當猴兒耍呢，還不快快停手！來人，莫要和他們再搞這些試探之舉了，快去請了空大師出手……」

劉一手為這張香方糾結了半生，如今哪裡肯停手？此刻出手飛快，將最後一道材料的漿液倒入了調香盆中。

「嘶啦啦……」

這一次的響聲比之前大了幾倍，只見那堆黑乎乎的漿液猶如被燒開了鍋，無數氣泡從裡面奔騰而出。可那氣泡炸裂時，釋放出來的卻不是臭氣，而是一種香氣，一種非常獨特的香氣。

狂放又犀利，讓人聞起來有一種莫名愉快之感。

劉一手就這麼怔怔地捧著手中的調香盆，忽然有種錯覺，就好像自己是一個孤獨的旅人，在沙漠中艱難跋涉了許久，終於來到美麗的綠洲，暢飲那甘甜的泉水。

離他不遠的幾個調香師放下了帕子，臉上露出了讚許之色。這香氣是如此的犀利，竟是轉瞬間便將廳中那些臭氣盡數壓了下去。

果然是絕妙香方！

不過，在安清悠眼裡，此物如果用另一個時空的標準來品評，其實是一種強力的香效除臭劑。至於廳中那些作為觀眾的客商，這時候卻沒安清悠這等分類方式，他們一個個摘下了掩在口鼻上的帕子，朝著沈從元看去。

明明是化腐朽為神奇的調香之技，還什麼拿人當猴耍，這沈大人才是那隻被耍的猴兒吧？

沈從元的臉色紅得發紫，既如同他如今在睿親王面前的地位，又有點像猴屁股。

「這香方雖說是偏了些怪了些，倒是上品，恭喜劉先生得償宿願。」

安清悠半點都沒有搭理沈從元，逕自向劉一手道賀。

憑心而論，這人手上的功夫的確了得，便是安清悠自己，也未必有這麼快的手。

「全憑蕭五奶奶指點，這次劉某才算知道什麼叫做人外有人，想我師徒兩代人為此方所苦，到五奶奶這裡卻是迎刃而解，在下服了！」劉一手一臉佩服之色。

沈從元臉色由紅紫轉青白，兩人這每一句話，就像是一記耳光重重抽在了他的臉上。

「沈大人，您就別搞這試探之舉了，我雖只是一個小婦人，但在調香之道上還算頗有心得，就這麼想試出我的本事來，那您不知道要試到什麼時候呢！」安清悠陡然發話，道破沈從元的心機，懶得再和沈從元找來的這些調香之人糾纏，逕自拿出了一個香囊道：「若要再試也行，這一次卻是我來出題，我清洛香號所出的香露、香膏、香胰子，你們之中若有人能將其中的香方和調製之法說出來，這鬥香便算你們贏了，如何？一起上吧！」

沈從元找來的那一溜調香師面面相覷，清洛香號所出的香露、香膏、香胰子，睿親王府和七大香號早就研究了無數遍，若有人能琢磨了明白，早就將其仿製出來了。

便在此時，忽聽得門口有人道：「阿彌陀佛，貧僧江南檀香寺了空，見過諸位施主。」

說話之際，一個鬚眉皆白的老和尚邁步進門，廳中登時起了一陣騷動。

沈從元如同見了救星，上前一步道：「大師，您可來了！剛剛咱們和這清洛香號鬥香，他們先後使出了……」

「世間事，為什麼歸根結底總是躲不過一個鬥字？廳內情形，剛才沈大人派來之人已經說得清楚。其實老衲早就曾言，以清洛香號之能，這試探之事做與不做，原也沒什麼區別。」了空大師嘆道。

沈從元身上一僵，心中大罵了兩句賊禿，可是這當兒要求著這老和尚把清洛香號打壓下去，臉上也只能堆起了笑道：「大師哪裡來的話？本官不過是因為有人對清洛香號慕名已久，這才帶他們來見識見識，哪裡談得上什麼試探？眼下清洛香號已經出手兩輪，倒是要請大師顯個神通，讓我們這些圈裡圈外的凡夫俗子們開開眼了。」

沈從元把話說得輕描淡寫，將之前的窘事一筆帶過，話裡話外卻是把球又踢到了空大師那邊，言下之意自是要這老和尚出手了。

了空大師不和他爭辯，逕自向安清悠合掌道：「見過蕭夫人，貧僧了空，這廂有禮了。」

安清悠知道這才是今天的正主，斂身行禮道：「小婦人蕭安氏見過大師，久聞大師之名，只可惜檀香寺遠在江南，無緣一見，今日一睹大師真顏，幸何如之！」

「不敢不敢！出家人四大皆空，區區虛名，不過浮雲，倒是此番沈大人率我等來此，其中之意想必蕭夫人心中自知。如此情形之下，猶能成全齊、劉兩位施主，足見宅心仁厚。」

「大師上門賜教，先送念珠與清洛香號，氣度磊落，宗師當之無愧，今日能夠得大師指點，倒是我等晚輩的福氣了。」

兩人客套幾句，各自對答得滴水不漏。

了空大師雖是為睿親王府出力上門鬥香，言語之中卻不帶半點火氣，微笑著道：「古人云，見賢思齊，可是清洛香號的香露、香膏、香胰子實非凡品，便是我檀香寺自老衲以下，卻是再無一人能夠製出半點。今日蕭夫人若再以此題相試，怕是老衲亦只能甘拜下風了。」

眾人不禁莞爾，這了空大師說話倒是有趣，明明是來踢場子的，卻上來就說什麼認輸的話。

蕭洛辰在一邊聽了，心中微微一凜。知道自家妻子向來心氣高，既有這等高手在場，怎麼會不切磋一番？此刻對方故意示弱，反倒是把之前的難題化於無形了。

以退為進嗎？這老和尚好生厲害，明明是打上門來的，如此一來，反而是變成我娘子要向他挑戰……嘿嘿！了空了空，這哪裡是了，哪裡是空，分明是把便宜都占盡了！

蕭洛辰心裡暗自念叨，安清悠也想到這點，笑道：「大師虛懷若谷，小婦人佩服，前題就此作罷。不過，您是前輩高人，多少也得讓著晚輩一些不是？不如這樣，小婦人與大師各出一題可好？」

安清悠這話裡固是退了一步，實際上卻是半點沒讓。若以兩人的身分地位論，單是這等各自出題的平起平坐，安清悠便是占了大便宜。

「善哉善哉，如此甚佳！既如此，老衲這便出題了！」了空大師把那出題的先手攬了過來，走到了最早出陣的齊河身前，遞出一張紙道：「齊櫃手的熏衣香素來為京中佳品，只是用料上略有瑕疵，老衲適才也寫了兩味材料，請齊櫃手看看如何？」

齊河接過來一看，只見那上面寫著「綠柱石、紅花土」兩項，正和安清悠寫給自己的一樣，不由得大為驚詫，抬頭道：「這果然是……」

了空大師微笑不語，又來到劉一手操作的諸般物事前細細探查了一番，這才嘆道：「正所謂六道輪迴，涅盤往復，劉施主這張古方今日終得正果，竟是由這材料盡焦而成，此等妙法，老衲也是未曾想過，卻不知這七樣物事的焦烤順序，可是先從這只開始……」

說話間，了空大師拿起一只銅盤，逕自擺在了上首第一的位置上，接著一只又一只，把那銅盤逐一擺好。劉一手過去一看，極是欽佩地道：「大師所擺的順序絲毫不差，在下佩服！」

了空大師這才轉過身向著安清悠笑道：「蕭夫人才智高絕，貧僧自然要拿出全副本事和家底，向清洛香號討教一番。蕭夫人請看，貧僧這串念珠卻又如何？」

這老和尚看似謙和，但這兩番舉動，已是把安清悠剛剛營造起來的優勢化為了無形。

安清悠自知遇到高手，打起精神凝神看去，半晌才拿出之前了空大師送來的念珠道：「若是晚輩所察無誤，大師手中這串念珠應與當日給晚輩送來之物別無二致。這等安神香每做一顆已是不易，大師竟能夠連珠成串，實在讓人嘆服。」

「蕭夫人好眼力！」了空大師微微一笑，「老衲自六歲起在檀香寺出家，每日誦經禮佛，這串念珠原來不過米粒大小，全憑多年不懈，日日以精油拂拭，這才養到了現在這般。以此為物為料和蕭夫人比試，足占了一番便宜。一會兒彼此品香之時，這一節卻要考慮在內。」

安清悠苦笑，這老和尚還真是個難纏的對手。

這等精油所結的安神香作為原料，只怕普天之下也找不出幾顆來，偏偏他占了便宜還要明說，教人沒法挑出什麼毛病來。品香之時把這一節考慮在內？那又是怎麼考慮？自己可拿不出這麼一串念珠來。

但是此刻鬥香，鬥的已經不僅是香，更是雙方的形象氣度，雙方的招牌名聲，以及這招商大會上的人心，安清悠微一凝神道：「諸般香料，大師但用無妨，若是所需什麼材料器皿，只要我清洛香號有的，大師亦可隨意取用。」

「蕭夫人好氣度！」了空大師點頭，眼中的讚許之色一閃而過，「出家人四大皆空，老衲亦是窮得只剩下一副臭皮囊，少不得還要向清洛香號化緣。這裡有張材料單子，還請女施主不吝布施。」

安清悠也不小氣，讓夥計把上面所列的材料器具盡數呈了上來。

不多時，桌上已經擺滿了材料，只是最後幾樣卻是了空大師讓人到對面的七大香號取來的，竟是那七大香號各自所售的香物。

「蕭夫人看好，這裡有七大香號每家所出的香物各一種，老衲要開始調香了！」

安清悠點頭，了空大師慢悠悠地將那七大香號的香物各自放入調香碗中。接下來動作加快，出手如風，雙手竟似帶上了一片殘影。

取材秤量研磨勾兌，很快那七種香物便都溶進了水裡，再加材料釀調，原本的七種香物，或是香膏或是香粉等等，到他這裡都變成了七碗香露，香氣四溢，比原有的香物更勝幾分。

這等一手調七香的本事一露，廳中登時喝彩聲四起，便是那些客商之中原本有半路改行的生手，也不禁讚嘆。尤其關西劉一手看得兩眼發直，又看看自己的雙手，忽然苦笑道：「一手一手，就我這本事，居然也敢自稱一手？」

了空大師等得眾人喝彩聲稍歇，這才微微點頭道：「不急，還沒完。」

說話間，了空大師把手邊的念珠輕輕一扯，細線斷開，伸手一握，再攤開手掌時，上面已是絲毫不差多了七顆念珠。

「阿彌陀佛，還請諸位指教！」了空大師把一顆念珠放進最近的一個調香碗中，只見那精油包漿結成的念珠入了香露，迅速化在水中，不多時便露出一顆米粒大小的檀香木內核。而那香露裡卻似冒起一團淡淡的白霧，一股醇厚的香氣四散開來，盈溢滿廳。

「好香！」站在旁邊的一個調香師忍不住出聲讚道。

當然是好香，可又似乎不僅是香氣。

這頭道香一出，廳中眾人只覺得渾身就像泡在溫暖無比的熱水池中，說不出的舒服。了空大師又將另一顆念珠投入第二碗香露裡，那念珠又是迅速化開，只是這次冒出的香味卻是多了幾分靜逸之氣，令人猶如身處深山千年古剎一般。

大夥兒情不自禁放輕了呼吸，似是不願意破壞這份安詳。

了空大師出手不停，每一顆念珠投入香露的時候，原本已經堪稱上品的香露就變成一種完全不同的東西。若說了空大師一手調七香是在畫龍，這投入的念珠便是點睛。

待得七碗香露調畢，七種香氣盤繞在大廳裡，卻又全無混淆，那各種美妙的感覺交織在一起，卻又清晰可辨，直讓人如癡如醉。

「人有八苦，生、老、病、死、怨憎會、愛別離、求不得、五陰熾盛。我佛有陀羅尼落入地淵，以大神通而渡世人，欲諸般苦盡，是以為大智慧大勇氣。弟子了空愚鈍，不敢求世事俱了，業罪為空，唯有以身為香，唯願世人暫離八苦片刻，以顯我佛慈悲，善哉善哉！」了空大師低眉垂目，臉上盡是慈悲之色，又對著安清悠慢慢地道：「其實諸般苦海，亦為虛幻，蕭夫人天資聰穎，老衲這般做作，讓您見笑了。」

「大師言重了，您的調香技巧出神入化，更難得的是，這香裡飽含慈悲。小婦人今日得與大師一晤，實是受益匪淺。」安清悠這話說得誠心實意，心中卻也奇怪，調香便是調心，這等香物若非心懷大慈悲之人，那是決計調不出來的。可是這樣的高僧，怎麼會睿親王府和沈從元這等人混在了一起？

了空大師似是讀懂她眼中的疑惑，主動把話題扯到了調香之事，笑著道：「今日老衲所調之香名為『七喜』，乃是我檀香寺鎮寺之物，名從佛中來，取的是以七種感受讓人暫忘七苦之意。老衲別的本事沒有，對於把其他諸般香物調成這七喜之香倒是頗有心得。只是清洛香號的三大香物老衲琢磨許久，始終不能將之變為這七喜之香，慚愧慚愧！」

安清悠回過神來，笑著回道：「敝號的諸般香品不過雕蟲小技，變了如何，不變又如何？大師佛法高深，何必拘泥於此？」

「蕭夫人果然通透，倒是老衲著相了。」了空大師呵呵一笑，「不過，正所謂受託不敢毀諾，老衲應了睿親王府和沈大人之請，眼下少不得請清洛香號賜教。適才老衲調香之時，所用之料所使之法蕭夫人皆親眼所見，若能照此再行一遍，調出這七喜之香來，這一局便算是老衲輸了，如何？」

「這……」安清悠遲疑，苦笑道：「晚輩適才所見，這七喜之香最重的一味料是大師的佛珠，這可是難辦了。」

安清悠說得隱晦，在場的行家們卻都明白，了空大師那串佛珠可是靠著數十載之功養出來的，這等材料讓清洛香號哪裡尋去？

沈從元不由得大喜，原來這材料還能這般用法，此刻只要佛珠在手，任你清洛香號有天大的本事也使不出來。又暗道，這老禿驢就是老禿驢，果真奸猾得可以，有他坐鎮，說不定能夠反過來收了那些商賈之心。

只是，沈從元以己度人，了空大師卻未必如他所想，而是微笑道：「原來蕭夫人是擔心材料，這有何難？」說話間，逕自擺了七顆念珠在桌上，想了一想，又多擺了七顆道：「這七喜之香本是難調之物，若需此材料，儘管取用了去便是。老衲多奉上七顆，蕭夫人可先練習，如何？」

安清悠對這老和尚更加佩服，那念珠窮數十年之功僅能得上這麼幾十顆，便是了空大師自己，這輩子只怕也沒機會再做出第二串來，卻輕易送給自己，足見這高僧心懷坦蕩，了空二字真是法號如其人了。

沈從元瞧得目瞪口呆，眼看著這一局便要贏了，這老和尚怎麼又擺起了高僧譜？

安清悠拿起桌上的一顆念珠，低頭沉思良久，這才抬起頭來道：「這七喜之香，小婦人只怕還是調不出來，這一局，我們清洛香號認輸了。」

此言一出，滿座皆驚。

眾人都以為安清悠至少會試上一試，誰料想竟是退得如此乾脆。

「便不想試試手？蕭夫人自是知曉，這場比試與清洛香號有著多大的干係。依老衲看，您前兩場指點齊、劉二位的眼光手段，老衲那一手七香未必難得住您，此刻材料俱在，那調製流程您又是瞧得清清楚楚，如何竟是退得如此乾脆？」了空大師饒有興味地問道。

「若照著大師的舉動做，確實未必不能再複製一次，只可惜縱是把那手法再行一遍又如何？技藝固是技藝，七喜之香的精華之所在卻是悲天憫人之心，既無此心境，調香便是得其形而不得其神，那七喜之香可還是七喜之香嗎？」安清悠笑道：「晚輩不過是凡人一個，比不得大師心境超脫，種種世俗之事既躲不開偏偏又離不了，既是如此，又何必試？又何必調？不過枉費了大師的十四顆佛珠而已。不如您，便是不如您，沒什麼不好意思的。」

了空大師撫掌笑道：「好好好！好一個清洛香號的蕭五夫人！如此這般一敗，卻是敗得讓人佩服！若換了老衲與您易地而處，未必能這麼直面本心，蕭夫人真乃有大智慧之人，老衲汗顏！」

這邊當事之人滿口讚許，那邊沈從元卻是鬆了一口氣，和這死丫頭鬥了這麼久，這次總算是占了一回上風。

沈從元當機立斷，再不給了空大師誇安清悠的機會，站出來搶著道：「了空大師技藝精絕，勝這一陣自是理所當然，只可惜本官滿懷希望而來，想看到一場精彩的比試，誰料想這清洛香號卻是事到臨頭怯了，真是……唉！盛名不符啊，諸位做生意不妨多留個心眼！不過，好叫諸位得知，了空大師如今已是睿親王府的貴客，這七大香號……」

沈從元口若懸河，逕自把這局的比試往另一個方向帶，偏在此時，忽聽得旁邊有人很無禮地大叫道：「娘子好樣的，不愧是我蕭洛辰之妻！」

沈從元很是不爽，可是對蕭洛辰這個混世魔王還真沒法端架子，只得轉過頭來，對著眾人道：「今日誰強誰弱，想必各位已是看得分明……」

這句話只開了個頭，旁邊又有人喊道：「大姊好樣的，弟弟我佩服死您了！」

眾人的注意力再次被調開，這一次喊話的卻是安子良。

沈從元勃然大怒，心說蕭家現在還沒倒臺，我拿不下蕭洛辰也就罷了，你這安家的紈絝小子也敢在這裡充滾刀肉？當下把臉一板，對著安子良厲聲道：「放肆，本官……」

沒想到這次連半句都沒說出來，剛起了個話頭，又被人打斷。

「沈大人暫且息怒，貧僧與清洛香號的比試只過一半，還有一局沒比。蕭夫人技藝高超，亦為貧僧數十年來僅見，此刻還想向沈大人討個人情，容貧僧比完這下半局再談他事可否？」

說話的居然是了空大師，沈從元可以和別人擺官威，對了空大師卻真是有勁沒法使。這老賊禿名氣太大，又最對睿親王那喜攬天下賢士的胃口，他怎敢隨意欺壓？

沈從元憋了半天，最終還是擠出了笑臉，向著了空大師拱手道：「便聽大師所言。」

了空大師不去理睬沈從元那前倨後恭之態，而對著安清悠正色道：「蕭夫人，還請賜教！」

「大師言重，晚輩一點微末之技，還請大師點撥才是。」安清悠客氣了一句，真往桌上掃了一眼，忽然指著那盛著七喜香的七個香碗道：「晚輩借花獻佛，便以這七喜香做個題目，向大師討教。」

這話一說，眾人都是一驚。這清洛香號的蕭五奶奶才剛自承調不出這七喜香，怎麼轉瞬又在這一節上反向了空大師提出挑戰？難道還嫌輸得不夠嗎？

了空大師也是微感詫異，有些拿捏不準，倒是安清悠自己先把題目內容亮了出來，笑道：「大師不必想得太多，這七喜之妙，晚輩確實是調不出來，不過，晚輩亦有一香物，想請大師指點一二。」

說完又對著旁邊的安花娘吩咐道：「花姊，去把咱們這幾天準備的那些東西拿來。」

安花娘領命而去，不一會兒拿來了一堆瓷瓶，正是安清悠這幾天閉關時，帶著清洛香號眾人趕製而成之物。

「這個不用，這個留下，還有這個……」安清悠微一思忖，從那堆瓷瓶中挑出了七件物事來，逕自放到七喜香的七個調香碗前，「自從大師送來那顆念珠之後，晚輩也沒有閒著，做了不少物事，等著向大師請教呢！」

「老衲送來念珠至今不過三日，這些東西全都是蕭夫人這幾天所製？」

對於安清悠這樣的高手來說，敢拿出來和那檀香念珠比上一番的物事，當然也不會是凡品。問題在於，她居然在短短三日之中就做出來了這麼多東西。

安清悠點頭，又笑著說道：「大師那顆念珠真是嚇了晚輩一跳，既知會有您這般的高手前來，當然要把準備做得越足越好。大師，您是前輩高人，可不許太過苛刻了才是。」

了空大師苦笑，蕭夫人還真是現學現賣，這以退為進倒像是自己剛才用的招數。

便在此時，安清悠已經拿過一只瓷瓶，拔開了塞子。

了空大師所調的七喜香，讓眾人沉醉，此刻安清悠亦是拿出了七種香來，一時間，廳中竊竊私語聲四起，有那性子急的客商，想要聞一聞這香裡傳過來的味道。

可是……居然沒味！

那瓷瓶塞子是拔了，但半點味道也不曾傳出。這讓眾人不明所以，又有些失望。

安清悠卻是面色如常，伸手將那七個瓷瓶的塞子拔開，取來七只調香碗，將那瓷瓶中的物事分別注入碗中。只見各個瓷瓶中流出的均是液體，一般的如水似露，一般的清澈透明。若不是眾人親眼得見是從七個不同的瓷瓶倒出，當真要以為是同一種東西了。

而且，這七個瓷瓶裡的透明液體，同樣都沒有氣味。

「嘖！調香調香，調的不就是香嗎？這連拿七物卻是沒有半分味道，可比了空大師那以香調香的本事差遠了！」

沈從元自言自語地念叨了一句，聲音不是很大，卻剛好能夠讓眾人聽得清清楚楚，不少人也是有這樣的想法。

倒是了空大師臉色卻凝重起來，盯著安清悠面前的七只調香碗看了半天，這才沉聲聞道：「敢問蕭夫人，這七樣東西卻是何物？」

反應快的人，聞言一驚。

這了空大師竟也認不出來這七樣東西是何物？

以這位大宗師的見多識廣，清洛香號拿出來的物事若是有一兩樣生僻之物他認不出來倒還好說，若是連拿七樣都讓了空大師認不出來，這又是什麼樣的能耐？

安清悠微微一笑，「這是香露啊，最普通的香露，比之大師那幾十年之功而得的珍貴念珠，倒是遠遠不如了。」

了空大師一怔，說是普通香露，卻為何半點香味也無？

安清悠不再解釋，對著旁邊的安花娘道：「把水缸裝上些水來，七個便可。」

眾人這才注意到，在清洛香號的院子裡，兩邊各自一字排開了一溜大水缸。雖說大戶人家有水缸很普通，香號中放水缸更是平常，可清洛香號這院子裡放的水缸……未免太多了些？

清洛香號裡的夥計將七個大水缸倒滿了清水，安清悠邀了空大師一起緩步走進院子：「大師且請瞧好，晚輩這便要調香了。」

說罷，卻是沒有什麼一手七香的絕妙手技，只是做了連三歲小孩子都會做的舉動，把那瓷瓶中的香露向那水缸中一倒……

只一滴！

不見那水缸中有什麼驚天動地的動靜，眾人卻是先後聞到一股濃烈的香氣撲面而來。

桃花香！滿鼻子都是芬芳無比的桃花香！

桃花香是最普通的味道，在場眾人十個有九個聞過此味，可是這無色無味的液體只是滴上一滴，便讓滿缸清水都變成了桃花香露，這等技藝莫說是前來招商大會的眾人，便是沈從元帶來的調香老手，甚至是了空大師，也都是前所未見。

安清悠也不炫耀，又用那人人都可使得的簡單方式，取來一種香露，往那第二個水缸中又滴了那麼一滴。

香！當真香！

這次的香氣帶著些雍容華貴，眾人同樣再熟悉不過。這是牡丹，百花之王的牡丹，家資殷實的商賈人家中貴婦人們常用的牡丹香。

就這麼一樣一樣，安清悠先後把七缸清水變成了七缸香露，海棠、茉莉、丁香、玫瑰……皆是常見之香。手法雖然簡單到了極致，卻讓人瞧得目瞪口呆。

「真水無香？這可是真水無香之技？」了空大師竟似有些激動，對著安清悠雙手合十問道：「老衲年少之時，嘗聽師父說過，我檀香寺開山祖師的調香傳聞中有所謂『真水無香』之技，想不到今日竟是親眼所見。老衲斗膽相問，蕭五夫人師承何人？可是與我檀香寺有關係？」

這話一問，安清悠微微一怔，所謂「真水無香」，自己還是第一次聽說。

自己這化水為香中的奧妙，現代的調香師都知道，就如同聲音高到了一定程度人耳聽不見一樣，當帶有化學成分的芳香物質濃度高到了一定程度，就超過了人類嗅覺細胞的識別範圍，靠鼻子是聞不出來的。

只是這了空大師忽然這麼一問，倒是讓安清悠想起一樁事來。

安清悠一直有個很棘手的問題，對身邊的所有人來說，她師承何人，技藝何來，完全成謎，尤其在她聲名大噪之後，越來越多人對她的來歷感到懷疑，包括她的親人。

該是對外有個說辭的時候了。

「這個……晚輩這調香之技乃是年幼之時偶然習得，那時晚輩還小，師父的面容已經有些模糊了，也不知道他老人家如今還在不在世上……」

安清悠說得不清不楚，了空大師一臉失望，古人對這師承之事看得極嚴，只當她不願意說而已，誰知安清悠又道：「不過，當年教我本領的師父，我卻記得是個雲遊老尼。大師這麼一說，我還真是有些印象，她老人家提過我們這一脈的祖師爺是位僧人，似乎與檀香寺有關……」

話說到這裡就已經足夠了，太過清楚反倒容易惹人生疑。

果然見了空大師登時雙眼放光，甚是激動。

安清悠如此應答，讓了空大師認定她的技藝十有八九是出自檀香寺的前輩旁支，只是這檀香寺千年古剎，這麼久遠的歷史堆積下來，那沒下落的高僧能人，難道是開山祖師那位不知去向的師弟？

了空大師苦苦思索著檀香寺留下來的記載傳聞，其他人卻是炸開了鍋，都說蕭五夫人的師承詭異，鬧了半天竟也與這調香行當中的泰山北斗有些干係。

看看這可能是代表著大梁國中調香技藝最高的兩人居然很可能都與檀香寺有關，不知是誰忽然喊了一句：「真是天下調香出檀寺啊！」

這話一說，眾人紛紛點頭，這一下不僅從此以後幫著檀香寺傳出了一番佳話，還把這安清悠的師承給坐實了，唯有沈從元的臉色越發陰沉。

搞來搞去，那安家的小丫頭居然和這老和尚攀上道了！

安清悠待得眾人喊了一陣子，卻是對了空大師微笑道：「人師莫急，要論淵源，以後有的是時間，晚輩這一局可還沒完。」

安清悠回到廳中，把那七個碗中的香露一碗一碗調入了空大師先前所製的七喜香中，七喜香的香氣頓消。

此事說來其實不稀奇，那超越人類嗅覺極限的香露混進七喜香中，提升了香碗裡的溶液濃度，依舊是在人類嗅覺的極限之上，安清悠笑著說道：「晚輩的題目便如此，這七喜香本是大師所調，此刻加上了晚輩所加的一味料，轉瞬便沒了味道，還請大師看看能不能再通過什麼手段，把它調回去。剛才晚輩調香過程大師亦是親眼所見，若要這原露材料，我清洛香號亦是雙手奉上，只消這七碗中有一碗調回去，便算大師贏了。」

了空大師怔怔地瞧著那七個調香碗，皺起眉頭思索許久，到底輕嘆道：「蕭夫人技藝高絕，這一局鬥香，老衲輸了！」

清洛香號的夥計們率先叫好，安清悠問道：「既如此，大師勝一局，晚輩勝一局，此場鬥香便算是打平如何？」

「老衲前局之所以取勝，靠的有備而來，而蕭夫人這應對準備的時間卻只有三天，其難度遠勝於老衲，此其一。老衲這七喜香，若無那自幼養成的念珠為引，怕是空有一身技藝亦是無從談起，而蕭夫人以大平凡對大難得，所用之料遍地皆是，卻能讓老衲無計可施，此其二。」

了空大師搖了搖頭，又道：「正所謂一切有為法，皆如夢泡影，蕭夫人這一齣真水無香，能以無相勝有相，實乃大智慧，老衲甘拜下風，此其三。」嘆了一口氣，了空大師忽然一笑，「以此三者計，老衲輸了。」

眾人聽在耳中，都為了空大師的胸襟氣度所折服，靜了片刻，這才紛紛叫好。除了沈從元之外。

此刻他的心中早已經罵過了空大師不知多少遍，這場鬥香原本己方是有取勝機會的，他居然就是不肯變通。到了最後，連對方都說是平手，他還認輸，混帳！簡直混帳得可以！

沈從元越想越氣，竟是忍不住罵了句：「老禿驢！」

這不符當下氣氛的罵聲，讓眾人皺起了眉頭，不約而同朝沈從元投去鄙夷的目光。

沈從元羞惱，惱自己竟然說溜了嘴，幸而反應快，見勢不妙，知道自己犯了眾怒，便站起來冷冷地對著帶來的那幾個調香師道：「走！沒用的東西，隨本官回去！」

「且慢！」一記清脆的聲音打斷了這些人的腳步，說話之人卻是安清悠。

「怎麼？蕭夫人還要強留下本官不成？這清洛香號既不是皇宮大內，又不是朝廷衙門，本官要來便來要走便走，誰又敢擋？」沈從元故意虛張聲勢，卻又看了旁邊的蕭洛辰一眼，心頭也有些惴惴。這安清悠嫁入了蕭家這麼久，莫不是也和蕭洛辰這混世魔王沾上了些無法無天之氣？

安清悠笑了，沈從元這等外強中乾的姿態，她早已領教過多次。

清洛香號的確不是皇宮大內，也不是朝廷衙門，可也不是什麼任人欺凌的軟弱之地，你沈從元大搖大擺撿著我們招商大會之時來砸場子，難道就這麼走了？總得留下點什麼吧！

「我清洛香號素來奉公守法，沈大人，您來了走了，當然是悉聽尊便，只是……」安清悠話說到了一半，不再理會沈從元，反倒轉頭對著他帶來的調香好手們說道：「各位既是從那邊過來的，咱們這位沈大人是什麼樣的人物、什麼樣的脾氣，想必幾位比我們還要清楚。今日沈大人這場子沒砸成，回去以後少不了要找替罪羊，小婦人倒想問各位一句，各位可曾想過回去之後的遭遇？」

那些個調香師面面相覷，今天這般灰頭土臉地回去，只怕這遭遇還真是如安清悠所言。

對方開了個頭，沈從元立時聽出了弦外之音，這安清悠居然想當著自己的面挖自己的人。

盛怒之下，他不急著走了，怒極反笑道：「蕭夫人這是看中了這幾個不成器的匠師不成？可以啊，本官便在這裡瞧著，看看有誰不肯跟本官回去！你們幾個誰有二話，站出來啊！」

這些調香師見著沈從元那副狠厲的神色，還真是沒有人敢往前邁個半步。

沈從元冷冷一笑，轉頭便對安清悠道：「瞧見了沒有，本官……」

「阿彌陀佛，善哉善哉。禿驢廢物，和尚僧人，狗屁了空，皆為虛幻。貧僧雖應睿親王府之邀，可惜本領低微，未能幫沈大人勝得這局面，還請沈大人轉告王爺，便說貧僧技不如人，無顏回去面對他的厚待，要在這清洛香號細研調香之道，何日有成，何日自去向他請罪便是。」

說話的正是了空大師。

安清悠在一邊聽了，差點笑出聲來，暗道這果然是真佛還有三分火，了空大師被沈從元罵了一句老禿驢，回敬起來也著實不客氣。不僅大搖大擺地留了下來，還要沈從元回去報信，這不是當眾打臉嗎？敢情這大宗師也記仇啊……

沈從元的狠厲之色就這麼僵在臉上，他可以對別人耍狠，這位名滿天下，被譽為江南萬家生佛的老和尚可不吃這套。便是睿親王府想動檀香寺，也得顧忌自家的名聲，顧忌江南無數善男信女的反應，又何況他沈從元？

忽然又聽得兩個聲音一前一後說道：「在下也想留在清洛香號研習調香之道，不知可否？」

這當兒說話之人卻是齊河和劉一手。

兩人都打定了主意，左右回去也是個沒好下場，索性拚一把，留在清洛香號，說不定能有一條活路。

「你……你們竟然如此大膽……」沈從元伸手指著二人，氣得連聲音都發顫了。

「甭擔心！來人，趕緊去把這兩位師傅的家小接到咱們清洛香號來！」

這一次打斷沈從元的人是蕭洛辰。

只見他臉上不知何時掛上了那招牌的詭異微笑，看似對齊劉二人發話，眼睛卻是掃著剩下那些未曾出場鬥香過的調香師，笑嘻嘻地道：「我蕭家做事向來雷厲風行，諸位可以想一想，等沈大人從這裡回去抄你們的家小，和從此處直接派人出去，哪個快？說起來要想不做那替罪羊，蕭某在這裡說句大話，滿京城裡敢說保得住諸位的，只有我們清洛香號了！還請諸位拿個信物稍個話，讓家人見著即刻便來，損失的家資財物有多少，我們清洛香號便給諸位補多少！」

蕭洛辰這一出手，可謂是一記重拳砸在要害，那些剩下的調香師一下子全湧了過來，齊聲道：「小人也願留在清洛香號研習，全憑蕭五爺差遣！」

蕭洛辰開始稱兄道弟：「甭客氣甭客氣，什麼爺不爺的，進了清洛香號全是自己人，大家都是兄弟……來人，趕緊分派人手接各位師傅的家小過來，晚上擺宴！」

精明如沈從元，此刻也想不出能有什麼話來圓場，又氣又急之下，居然又撿起了道義二字，指著這些人跳腳罵道：「你們可是七大香號的人，是睿親王府的人！如此不忠不義……對了，你們身上還有和七大香號的契約……」

「七大香號也好，睿親王府也罷，有人而不能用，只能怪自己薄待了人。」

沈從元今天說話被人打斷的次數，比過去的任何一天都多，這一次打斷他的人卻是安子良。

只見安子良笑嘻嘻地道：「據我所知，能做到香號大櫃手或是類似層次的，靠買賣那死契奴才可是沒戲。以這些師傅的名氣本事，頂多和七大香號簽的是雇傭活契。我大梁律法中對斷契另投他主的雇傭之人如何定之？不過是賠雙倍的契約工錢而已，我說沈大人啊，你猜我清洛香號可是有沒有這銀錢呢……」

沈從元氣得眼前發黑，胸口血氣翻湧，喉頭竟有些發甜，好一陣才壓下絞痛之感，硬挺著從牙縫裡擠出幾個字來道：「算你們狠，本官走，來日看你們這些人怎麼個死法！」

「這話聽得我耳朵都快起繭子了，來了這麼多日，也沒見怎麼個死法，我說沈大人，我蕭洛辰本就是個不學無術的，您能不能教教我，這死字怎麼寫啊？」蕭洛辰悠哉說道。

沈從元咬緊了牙關，忽然覺得鼻子一酸，上湧的血竟順著鼻子流了出來。自知再待下去也是自取其辱，便朝對面的七大香號奔去。

便在此時，有個商賈打扮的中年漢子湊到安清悠面前，點頭哈腰地道：「五奶奶，小的也想留在清洛香號，不知店裡還缺不缺夥計？」

安清悠微微一愣，這人是沈從元派來混在商賈之中的細作，如今這局面，他既不敢回去，也不想回去了。

「得道多助，失道寡助。阿彌陀佛，善哉善哉。」了空大師輕嘆，不欲對沈從元窮追猛打，隨便找個由頭岔開話題，伸手指了指案上的幾個調香碗道：「老衲所調之香名叫七喜香，蕭夫人這等真水無香的手藝，調出之香又叫做什麼？」

「實不相瞞，這些物事原本是做出來對付大師的，未取名字。」安清悠心情正好，看了遠去的沈從元一眼，打趣道：「大師這香既然名喚『七喜』，晚輩這香便叫做『可樂』，您覺得可好？」

眾人都當安清悠是在嘲笑沈從元，一個個大笑起來，倒是了空大師皺眉，搖頭道：「今日之事，蕭夫人已是完勝，又何必對一個失敗者嘲笑不休呢？」

「大師言重了，晚輩不是這個意思，這『可樂』之名頗應景，卻不是應在沈大人身上。」安清悠說到這裡微微一頓，站起身來對著那些前來參加招商大會的客商們朗聲說道：「今日驚擾了諸位，小婦人代表清洛香號賠罪，招商大會，這便開始了！」

眾人俱都安靜，一雙雙眼睛看了過來，安清悠微笑著道：「今日招商的第一件事，乃是我們清洛香號傳統的三大香物，香露、香膏、香胰子，這幾樣貨我們清洛香號開業以來出貨不多，只怕諸位都等急了。」

廳中登時傳出一片笑聲。

安清悠又道：「可是，諸位也都明白，我們清洛香號每月的產量也就這麼多，以前各位想要貨，給了哪家、不給哪家卻是難辦。如今好叫各位得知，我們清洛香號已經是擴大了工坊的規模，今日開始一方面會開始放貨，一方面從即日起接受訂單，按訂供貨。」

這話一說，廳裡炸開了鍋，等待許久的清洛香號放貨的消息終於出現了，居然還開始接受訂貨，讓眾人雀躍不已。

「來來來，要訂貨的和我談！」安子良在旁邊樂呵呵地高叫。

那城外的工坊本就是他管，這段日子以來，一邊囤貨，一邊擴工坊，蓄勢已久。眼下存貨充足，產能飆升，他安公子就等著大把大把摟銀子了。

眾人呼啦一下圍了上去，安清悠微微一笑，自己之前之所以壓著出貨量，固然是要藉著「飢餓行銷」把清洛香號的名聲炒熱，也是為了今日。選擇一個對手困難的時機進行爆發式放貨，這便是雷霆一擊，要的是讓京城裡那些競爭對手們連反應的機會都沒有。

至於外地，如今三大香物名聲遠播，以貨量充足的成熟產品作為開路先鋒，新品緊跟而上，一波又一波地進攻，這才是真正有力的組合拳。

安清悠從來就不是只盯著京城這麼一塊地方，但這並不表示她會只顧著擴張而亂了章法，她早已經對安子良交代過，放貨訂貨歸放貨訂貨，三大香品的策略卻各有不同。

高端的香奈兒五號香露走拍賣的路子，哪家給的價高，哪家就拿的貨多，訂單靠前；中端的大寶香膏則是採用區域代理制，人口眾多的富庶之地，走貨多些，售價高些，反之則走貨少些，定價低些。

代理商們須根據各自區域的不同，繳納相應的保證金，若是誰不按規矩來，清洛香號便斷貨扣錢，至於那最低端的香胰子，誰拿的貨量大便優先供給。

安子良那邊競價競量求代理，熱鬧得不亦樂乎，有些商人留了些心眼，清洛香號不是說今日還有新品發布？這三大香物已經火成了這樣，傳說中比三大香物更好的新品卻又如何？

果然，等到安子良處熱鬧了一陣，安清悠又站出來說道：「承蒙諸位如此捧場，今日另一件事情想必諸位也知道，我們清洛香號要出新貨！來人，把新貨的試用裝和圖冊呈上來給諸位，算是我們給到場朋友的一份薄禮！」

「試用裝？」這詞兒新鮮，但不難理解，眾人極為好奇。這清洛香號的手段層出不窮，一時間對那新貨的惦記又加了幾分。待夥計將新貨與圖冊遞了上來，只見那圖冊裝幀漂亮，畫工精細，被稱為「試用裝」的新貨卻是被一批批整整齊齊縫製在了一個做工考究的皮革與厚布做成的包裹裡。

眾人動手打開包裹，裡面的新品物事竟然有幾十種之多，整個包裹提起來就能走，既講究又方便，與當日七大香號開業送贈品的混亂當真是雲泥之別。

安清悠沒想到的是，她這份小小的「薄禮」，激發了在座不少商人的靈感。

許多人回去之後有樣學樣，把清洛香號的各式香品做成了不同的組合，放在定制的包裹之中，成套出售。這「大禮包」之名，竟是不脛而走，提前出現在了古代。

不過，這都是後話，眼下安清悠拿起新品畫冊掀開一頁，笑著說道：「各位請看，這是我清洛香號的另一種香露，與原本的香奈兒五號香露不同，這等香露除了打扮去味之外，另有一番妙用。塗在身上，蚊蟲不近，還能暫時止癢消痛，名為『花露水』，包裹左上角第一個便是，各位可放心試用！」

哦？香露這玩意兒還能這麼做？

此刻正值天氣初熱，蚊蟲漸起之時，這花露水倒是應時。安清悠話音一落，不少人便低頭翻揀起包裹中的東西來，更有那心急腦子快的看到了商機，搶著在下面高叫道：「清洛香號拿出來的東西哪還有差的？五奶奶，您就明說，這花露水我等若是想買，又該是怎麼個章程吧！」

剛剛的鬥香，並沒有達到沈從元砸了清洛香號招牌的意圖，反而讓這招商大會聲勢大漲。眼瞅著連了空大師這等泰斗級的人物都自承不如，眾人眼中的安清悠已是隱隱有著天下調香第一人的架勢，一時之間，人人都等著看清洛香號要把這花露水怎麼個賣法了。

只是安清悠的回答卻是大出眾人意料之外：「承蒙諸位厚愛，這『花露水』一物，我們清洛香號一不賣貨，二不接受訂貨。」

不賣貨又不接受訂貨，那把我們這些人弄到這裡來做什麼？難道只是為了給新貨露露臉？

「清洛香號願與各位共同生產，一起聯手做這香物的生意。」

安清悠的下一句話比前一句話更讓人吃驚，原本熱鬧的大廳一下子就安靜下來，短短的一瞬之後，猛然爆出了更大的叫嚷聲。

「五奶奶，我來我來，我願與清洛香號合作！」

「五奶奶，您選我！我們川中福號規模大信譽好，要多少銀子您一句話！」

「我可是從清洛香號開張那天起就跟著一起過來的……不對，在還沒有清洛香號的時候，咱跟蕭五爺就熟……」

大廳裡炸開了鍋，一直以來，大家只有到清洛香號來買貨的份，如今聽安清悠說出要對外合作生產這香物，那可是天大的喜訊。

且不說自家貨源有了保障，這清洛香號的香貨從來都是不愁賣的，單是參與生產這一項，眾人就好像看到銀錢滾滾而來。

更有那花花腸子多的人轉著其他念頭，這清洛香號的香方和工坊都捂得嚴嚴實實，便是睿親王府那邊想盡辦法也鑽不進去，若是能夠打進生產這個環節，何愁探不到清洛香號的祕密？

派人進去跟著做熟了，何愁不能自己造出一模一樣的東西來？

安清悠卻好像對各人心中所想毫不在意，揮揮手下令道：「來人，給各位奉上這『花露水』的製作方子！」

方子……

這就給了方子？

幾個夥計捧著一疊厚厚的紙張走上前來，大夥兒一擁而上，手伸得老長，拚命向前擠去，唯恐這香方不夠多，慢了便拿不到一樣。

「別急別急，人人有份！」負責發香方的夥計吆喝著，還是抵擋不住那騷動起來的大群客商，抄寫出來的香方轉眼便被一搶而空，一看那好不容易才拿到手中的香方時，卻見上面寫著：「薄荷、冰片、熏草、橙花油……」

「這材料倒是普通，原來這『花露水』易做得緊，我們本地也有……」

一個鬍子花白的老客商看得開頭，眉飛色舞。他本就是香商，對這等尋常材料甚是熟稔，只是再往下讀時，忽然咦了一聲，滿臉詫異。

那堆看似尋常的材料下面，寫了清清楚楚的兩個字：母液。

「敢問蕭五奶奶，這母液又是何物？」不少人困惑地問道。

安清悠微微一笑，「諸位可還記得，適才與了空大師鬥香之時，我所取用的香露材料？」

「知道知道，真水無香……」廳中又是一片七嘴八舌。

「真水無香不敢當，這母液便是那『花露水』的精華所在，這方子上那些尋常材料再加上母液簡單調製，便可得這『花露水』的成品了。我適才說與大家合作生產，自然不是虛言。到時候清洛香號來做母液，諸位想生產多少份，只須在我清洛香號進貨多少份的量便是。各位回去之後，可以根據各自的情況自行選址開工坊，招募人手，採買材料，若是生產中有什麼不明之處，我清洛香號免費解答。」

商賈們神色各異，有的點頭細聽，有的躍躍欲試，亦有搖頭苦笑的。

這聯合生產的事情倒是不假，可是人家清洛香號精明著呢，母液在手，任你怎麼耍花招子還是得跟著人家轉悠不是？

一時間，動歪心思的念想猶如被澆了一盆涼水，不熄也得熄了。

不過，縱使是不動這些花花腸子，合作生產得跟著人家跑，大家也都願意，這樣最起碼可以保證貨源無憂，想想那三大香物之前要貨有多難便能明白。往來發貨只運母液，亦是讓這些商賈們減少了很多路途上的麻煩，更別說這清洛香號出來的香物一個賽一個，有貨便是掙錢。

「我願加入！」

「我也算一個！」

「我也做！跟著清洛香號走，準沒錯……」

安清悠微微一笑，這母液合作異地生產的方式，自家不用負擔太大的規模，又能最大限度地擴張產能。

眾人踴躍報名，安清悠卻是又指向那新品圖冊的第二件物事，「我們清洛香號推出的第二件物事乃是一種香膏，亦是採用那合作生產的章程。不過，這種香膏卻不是像之前大寶香膏一樣塗抹在臉上、手上，卻是用在口中。早晚各用一次，不僅能保持口氣清新，更是對預防蛀牙頗有奇效，名喚『牙膏』。此物的口號就是……沒有蛀牙。」

這牙膏的用途比花露水更廣，眾人思忖之後，一個個眼睛發亮，又是爭先恐後地踴躍報名。

安清悠講解完幾種新品，逕自在一邊休息，該開的頭開了，該做的演示已經做了，該調整的氣氛也已經調整得極好，這剩下的事情自有下人代勞。

清洛香號裡忙得熱火朝天，七八個嘴皮子利索的夥計輪流上陣，變著法地推薦畫冊上推出的幾十種新品，除了花露水，還有爽膚水、漱口水，除了牙膏，還有唇膏、睫毛膏。莫說是前來參加招商大會的商賈們瞧花了眼，便是了空大師也大開眼界，連嘆後生可畏。

旁邊的十八個帳房先生一字排開，他事不問，只管記帳收銀子。

很多人只恨身上帶的銀票太少，卻又心甘情願往清洛香號的櫃上送去，已經有人在問這幾天再多送銀子來可不可以了。

各路商賈該下單提貨的下單提貨，該報名參加生產的參加生產，各自忙得腳不沾地，忽聽得廳中有人高叫：「落欠條！下銀票嘍！」

眾人抬頭瞧去，見那在清洛香號門口處的欠款布條已被收了起來，原本掛在正廳中的那兩百萬兩的銀票布條亦是取了下來。

蕭洛辰站在眾人面前，他當然不會告訴旁人這擺銀票的排場收起來是因為劉總督提前催要的關係，而團團作揖，笑嘻嘻地道：「各位請了，當初鄙號開業之時，遇到過一些銀錢上的麻煩，如今欠款還清，這該收的東西自然要收起來，這原本用來作保的銀票嘛……嘿嘿，各位都和蕭某不是第一次見面，在下做事向來低調，把這麼多銀子拿出來顯擺也不好，便和我家夫人商量，這等炫耀的東西還是收起來為妙。諸位該做什麼做什麼，大家忙，大家忙啊，哈哈哈……」

你蕭洛辰做事低調？

大夥兒臉上無一例外，露出了詭異的神色。

可是看看那清洛香號的帳房先生們，每個人身邊都放了一疊厚厚的銀票，加起來倒比掛出來擺排場的銀票更多。到了此時，誰還懷疑清洛香號的財力實力？誰還懷疑清洛香號的手藝？人家就算再低調，又有何妨？

安清悠瞧著蕭洛辰調侃的模樣，不由得笑出了聲來。

今日這招商大會可算是大獲成功，想得到的都拿到了，那沒想到的卻還有意外之喜，這讓她亦是心中高興，忽然聽得了空大師笑道：「此刻才知道蕭夫人為何提起那可樂二字，老衲活了數十載，從未見過有任何一家香號能夠將這生意做到這樣。如此種類繁多的貨品，難得的卻是每個買家都喜笑顏開，這樂字當真不假。」

「大師過譽。」安清悠一笑之餘，對了空大師又多看了兩眼。

參之章 ● 夫妻臨別纏綿

「娘子，起床吧！」

「不要，我還要睡……」

「妳這哪兒是還要睡，分明已經醒了半天在賴床！起不起？妳不起我起了！」

「不行！我不起，也不許你起……人家就是想多賴一會兒……你陪我……」

招商大會累人累心，可回報也豐厚得讓人舒坦。

安清悠計畫許久的很多事情，在招商會上都得到了解決，於是決定狠狠睡上一覺。

夫妻倆便在床上耳鬢廝磨到日上三竿，門外有人來報：「五爺、五奶奶，有人在院外求見！」

「有客？誰啊？若是生意上的事情，讓他們去和櫃上的管事們談，有什麼天大的事情，都等我們起來再說！」安清悠很有氣勢地一揮手。

如今的清洛香號，有的是銀子家底，至於皇上那邊，老爺子愛怎麼布局便怎麼布局去，左右離北胡之事還遠。

「回五奶奶的話，求見之人是檀香寺的了空大師，已經在院外等了一上午了，還不肯讓人通報。奴婢也是看著快到晌午，這才過來與您說上一聲……」

「躲事從來多不易，忙裡偷閒是最難。起就起吧，這老和尚不是一般人，我倒是想多會一會他呢！」蕭洛辰捏了捏安清悠的鼻頭，笑著道：「小懶豬，還不起床？」

待見了面，了空大師雙手合十道：「阿彌陀佛，罪過罪過！攪人清夢實是無禮，老衲在這裡先向二位賠罪！」

安清悠臉上微紅，這老和尚怎知自己今日在賴床？

蕭洛辰卻是哈哈大笑，開門見山地道：「讓大師見笑了，不知大師來尋我夫妻有何急事？聽下人們說，您已經在院外等了一個上午了。」

「說急事倒也不見得，不過是老衲要離開了，便來向賢伉儷辭行。」

「大師要走？怎麼這麼著急？不知是為了何事，難道是我清洛香號有什麼招待不周之處？還望大師包涵。」安清悠聽得莫名，這老和尚說他怪，也真是怪得可以，昨日招商大會上，他剛從睿親王府那邊投到自己這邊，今天卻說走就走？

「其中緣由，尚不可說。料得不消多久，賢伉儷定會知曉。老衲今日在院外相候多時，不過是怕沒了和二位告別的機會，蕭夫人但請放心。」

安清悠不禁一愣，聽這了空大師的意思，他這番離去，似是與自己夫婦有關。

蕭洛辰眉頭卻是微微一皺，沉聲道：「大師既是有要事，我夫婦也不敢耽誤，只是大師曾在睿親王府待過，當知他們的行事做派。如今您投向我夫婦二人，檀香寺難免會受遷怒，大師可有需要幫忙之處？還有那沈從元，如今您剛從睿親王府出來，他恐怕正在氣頭上，便算是明著不敢動大師，背地裡若要搞些尋釁暗殺之事，卻是不可不防。請大師稍等片刻，晚輩這就幫大師安排，您要去往何處，總須遣人把您平平安安送到地方才好。」

「呵呵呵，我檀香寺歷經千載，無數風風雨雨都過來了，雖在江南那沈家的治下，卻是無憂。至於老衲自己更是有自保之道，蕭小友宅心仁厚，這份心意老衲已知，卻是不敢勞煩。眾相皆有法，又何必試探呢？」

了空大師這麼幾句話，蕭洛辰嘿嘿一笑化解尷尬，知道自己派人護送固是好意，可是他想知道了空大師去哪裡的心思也被這老和尚看穿了。

忽有下人來報：「五爺、五奶奶，安家大老爺和老太爺來了！」

安清悠和蕭洛辰同時一怔，互相對視一眼，這兩位怎麼忽然在這時候來了，這是湊巧，還是另有其事？

「果然便是今日，老衲的自保之道來了！」了空大師笑道。

安清悠無心揣摩了空大師的「自保之道」，蕭洛辰則是多看他一眼，兩人也不耽擱，出門迎候安老太爺和安德佑。

「拜見岳父大人，拜見岳公大人。」

「見過祖父，見過父親，祖父和父親萬福金安。」

安老太爺和安德佑這等人物在清洛香號裡莫說是無人敢擋，便是連通報都不用。安子良當先領路，人進店中便已直奔內宅而來。

此刻安老太爺揮揮手道了句「罷了罷了都起來」，卻是又轉頭對著了空大師說道：「一別多年，大師風采依舊，方外中人少了這許多俗務，這份清靜當真是羨煞旁人了。」

「方外亦是紅塵，貧僧枉自修行多年，到頭來這俗務未見得越來越少，反倒是越來越多了。」了空大師苦笑著搖了搖頭，竟是有自嘲之意。

「祖父，您認識了空大師？」安清悠微微一怔，這是怎麼回事？

「十五年前皇上巡幸江南，祖父曾隨駕，與了空大師有幾面之緣。那時候皇上曾召見了空大師談論佛法三天三夜……呵呵，不說了，乖孫女，來陪祖父和了空大師下棋。」

「下棋？」安清悠有些不明所以，安老太爺顯然是和了空大師認識，巴巴地趕來顯然並非是為了下棋。安清悠正自喚過下人準備茶水，卻見蕭洛辰被安德佑叫進了內房，也不知談些什麼去了。

兩個老頭在院中尋了一處陰涼之地擺開棋局，安老太爺隨手落下一顆黑子，拈鬚笑道：「好孫女，妳這招商大會辦得可真是不賴，尤其是那個以母液而收內外諸商的法子，便是……呵呵，妳知道我說的是誰，他也是讚不絕口呢！說到若要這香業大興，說不定反是一條良策。靠著權貴二字辦得一塌糊塗的事情，卻讓妳摸索出了一條路子，昨夜找了我去勉談一番，讓妳儘管放心大膽地去做，沒有什麼可擔心的。」

安清悠是何等聰明，聽得安老太爺這麼說，自是明白他指的是何人，心裡卻不由得一驚，出聲問道：「祖父，您這是代表……那位前來？」

「什麼這位那位的，不就是皇上嗎？」接話之人是了空大師，他落下一枚白子，滿不在乎地道：「這清洛香號外鬆內緊，有蕭洛辰這個有本領的坐鎮此處，更有一群從四方樓出來的好手內外盤查，話哪裡還能漏出去？你們祖孫倆又是在我這老和尚面前打什麼機鋒？安老鐵面，這段日子裡，你怕是比貧僧還要清閒，若是老衲所料不錯，一會兒是不是就該進宮去和皇上談經說法了？」

「了空啊了空，真有你的，十五年前我便說你若還俗為官，只怕也是一代名臣。今日看來，這鬥香雖然輸給了我孫女，這料事之能、眼光之準，倒是越發犀利了。不錯，老夫此來確有此任，來請你這個被稱為江南萬家生佛的高僧去宮裡講佛法。」

安老太爺和了空大師輕鬆閒談，安清悠的心卻是一點一點往下沉，不好的預感油然而生。

「下完這盤棋便去，十五年前，你安老鐵面在皇上面前一盤棋殺得貧僧片甲不留，這事可是一直令人耿耿於懷。此刻不下，等會兒進宮，怕是找不到你這麼個讓老衲惦記的對手了。」

兩人這一局棋戰到酣處，了空大師忽然抬起頭，對著安清悠道：「蕭夫人，貧僧與令祖父對弈，妳不用在旁伺候，這老鐵面若是有什麼不滿，自有老衲擔當。妳夫婿恐是即將出行，進去陪陪他吧！」

了空大師的話音剛落，內房門開，卻不見蕭洛辰出屋，安德佑獨自走了出來，「悠兒……」

安清悠已經不管不顧地衝進屋裡。

蕭洛辰靜靜地坐在椅子上，外面雖是陽光明媚，他所處之地卻是籠罩在一片陰影中，照不到半點陽光。

「到底……出了什麼事了……」安清悠的聲音發顫。

「時候到了！」蕭洛辰的笑容也有些勉強。

短短四個字，讓安清悠渾身冰涼，半天才道：「北胡？」

蕭洛辰點點頭，「博爾大石已經率軍橫越大漠，和北胡的漠北諸部開戰。如今草原諸部空虛，皇上命我……」

「別說了！」安清悠猛然撲進蕭洛辰懷裡，緊緊抓著他胸前的衣衫，眼圈泛紅。

蕭洛辰就這麼抱著她，良久無話。

雖然知道這一天遲早會來，可是當真正來到的時候，那種離別的滋味，只有當事人知曉。

好一會兒，蕭洛辰才勉強道：「哭什麼，這場仗早晚要打，打完了，就踏實了。說不定我回來的時候，已經成了大梁國的名將，再也不用隱著去做那些黑不提白不提的事情，咱們所有人的套也就都解了，到時候妳我高高興興地過日子，不過是個小小北胡罷了，妳男人的本事妳還不知道？」

「我不要你當什麼英雄，也不想你立什麼戰功，我只盼能夠平平安安和你一起過日子……」安清悠哽咽道。

瓦罐總有井上破，將軍難免陣上亡。

蕭洛辰本事再大又如何？

且不說北胡相隔萬里，路途茫茫，似這等千軍萬馬之中，敵我殺戮無常。那鋪天蓋地的刀槍箭雨之中，生死不過一息，誰也不敢說一定就能平安歸來。

安清悠忽然感到一種莫名的恐懼，因為歷盡艱辛才擁有，所以更怕失去。

「可不可以不去？我們好好琢磨研究一下，肯定有法子讓你不用上戰場。皇上那棋局布得雖大，未必沒有漏洞……」淚水模糊，安清悠都不知道自己在說什麼了。

「傻丫頭……」蕭洛辰輕輕拍了拍安清悠的脊背，沉吟了一下，這才柔聲道：「別急，我帶妳去一個地方。」

院內，安老太爺和了空大師這一盤棋卻是下得極快，眼見到了最後，正自你一目我一目地算計爭奪。倒是安德佑站在兩人身邊，有一下沒一下向著內堂瞟去，眼中時不時閃過憂色。

「擔心了？」安老太爺落下一子，頭也不抬地說道：「女兒大了不由爹，更何況悠兒現在是人家的媳婦了，你這個當爹的須知關心則亂，皇上特地讓你來告訴你女婿這出征之事，不光是讓你女兒女婿心境更平穩些，更是要看你這個做岳父的行事如何。古來征戰多別離，我們安家也好，蕭家也罷，之前所有受的苦難遭的委屈，不就是等著這一天？為父老了，以後要看你帶著弟弟們……明白嗎？」

了空大師微微一嘆，「我佛慈悲！」

安德佑苦笑，「兒子如何不知？只是您也知道，悠兒這性子最是……唉，什麼時候出兵不好，偏在這個他們總算把一切都調順了的時候！好日子是一天都沒過上，我這做父親的心裡真替他們……」

安德佑猶自感慨，內室的門忽然打開，蕭洛辰背著安清悠一個縱躍便上了屋頂，高聲叫道：「岳父，小婿帶妻子出去一趟，回頭老爺子那裡我自會去聽候差遣，諸事毋須擔心，告辭！」

眾人只見人影一閃，兩人已不知去向。

安德佑看著遠去的兩人發怔，好半天才道：「我這女兒女婿，為什麼總要弄些讓人驚異之事呢？他們這一走不要緊，我這後面的嘉勉安撫差事該怎麼做？」

了空大師和安老太爺卻異口同聲道：「下完了，過來幫我們數目算棋！」

耳邊風聲陣陣，安清悠被蕭洛辰斜抱著，坐在疾奔的馬上，面上淚痕未褪。

迷迷糊糊中，腦子裡一陣亂七八糟，恍惚間好像走過不知多少羊腸小道，忽然身子一滯，那馬卻是停了。

「我們要去哪裡？」安清悠並沒有抬頭，低聲問道。

「娘子，妳看。」

安清悠抬起頭，這才注意到天色暗了。心思紛亂之際，蕭洛辰竟是帶著自己跑了大半天，此刻遠眺，面前卻是兩道山峰之間，夾了一條窄徑。

「又是山谷？」安清悠想起蕭洛辰曾經帶自己去過的桃花源。

「不是桃花源，這裡是軍營，我的軍營。當初之所以能夠發現桃花源，正是因為我滿京郊找山谷的緣故。那裡進出不便，又美得讓人心醉，用來做練兵之地實在是糟蹋了。倒是此處雖然不比桃花谷清幽，也沒有那四季如春的地熱環繞，卻勝在偏僻隱祕，又寬闊平坦，裡面地方可大得緊呢！」

蕭洛辰緩緩打馬向前走去，帶著安清悠前行了幾步，忽然以手作哨，高聲叫道：「左九右八，總共十七個兔崽子，都他娘的給老子滾出來！」

前方不遠處一塊石頭忽然動了起來，緊接著是一棵樹，再然後是一叢灌木……路兩邊忽然變魔術般探出了兩個人來，其中一個漢子一臉驚喜地叫道：「將軍回來了？」

「趙老六，你們這群輪值的小子做得不錯，這暗哨布得越來越有樣了，只可惜還是瞞不過老子這雙眼！見了我回來也不說跳出來打個招呼，真當我找不著你們啊！」

「哪能呢？將軍這雙眼，天下無雙，我們哪藏得住？您是打東邊來，遠遠的剛一露面就看著了。這不是您下的令，未逢哨音口令，便是您來也不許漏半點動靜嗎？軍令如山，小的們可不敢有半點懈怠。」

趙老六笑嘻嘻的，當真是什麼人帶出什麼兵，蕭洛辰自己吊兒郎當的，手下也沒個規矩。

這群隱藏著的守口暗哨一個個臉上有幾分遺憾，似是對於沒能騙過蕭洛辰心有不甘。

蕭洛辰一聲令下，兩個暗哨兵丁領路，後面的人瞬間又沒了蹤跡。

穿過這小徑，面前陡然開闊，一大片草原赫然出現在眼前。

一匹匹駿馬往來奔跑，上面的騎士或是手舞馬刀長矛橫刺豎砍，或是時不時對著靶子射箭，精準無比，雖已黃昏，他們依舊勤練不輟。

而在這些騎士中間，一桿杏黃色的大旗迎風飄揚，上書三個大字：辰字營。

殺氣！

一種說不清道不明的感覺在安清悠的腦海中油然而生，這裡不像是軍營，倒像是戰場，這山谷裡好像就充斥著殺氣。

「猴崽子們練得不錯，顯然是某人不在的時候，你們也沒有偷懶。傳令下去，都鬆了吧，回營地抱老婆孩子去，今兒有好消息要告訴大夥！」

兩個引路的兵士歡呼一聲，向前奔去。

過不多時，原本殺氣騰騰的操練隊伍放鬆下來，兵將們歸刀入鞘，還箭回囊，往營地而去。

有幾個人沒急著走，遠遠的有一個不知是什麼人的聲音，從他們那邊隨風飄來：「來來來，老子坐莊開局，有賭上兩手的沒有？」

再往裡走，安清悠越看越奇，廣大的營地，搭起許多帳篷，頗有塞外之風。

耄耋的老人、幼齡的孩童、往來穿梭的婦女，所有的一切一切，都不似中原，更像是紛亂的草原部落。偶爾走過一戶人家，卻見那門口圈羊柵欄上掛著一塊又一塊布條，微風吹來，還能聞到一股淡淡的騷味。

「這個是……」安清悠瞅著那些布條，有些不知所以。

「應該是尿布吧？邱旗官家裡幾個月前生了雙胞胎，眼下應該是最忙活的時候。」蕭洛辰明知安清悠是問他這到底是個什麼軍營，卻是故意跑題，認真地回答。

「尿布……」安清悠徹底凌亂了。

按大梁律，軍營中是不准家眷入內的，尤其是女眷。

當然這等標準執行得也不是那麼嚴，尤其是京中那些武將世家。有些出身將門的小姐可不管什麼大門不出二門不邁的規矩，跑到營中來尋父兄也不是沒有，有些極端的甚至還會鬧著和相熟的兵丁比個馬術箭法什麼的。

蕭洛辰素來是敢於挑戰規矩的人，這個「辰字營」，不但是他自己帶了老婆進來，更是乾脆把滿營兵將的家眷都安置在駐地裡，這等做法在大梁國不但空前，只怕也是絕後了。

只是拿眼一掃過去，滿眼都是剛回營的吊兒郎當的老兵，若不是剛剛見識過那些兵將們在外營之時的彪悍，她怕是真的無論如何都要想法子讓蕭洛辰去不成前線了。

安清悠靜靜地靠在蕭洛辰懷裡，任他擁著她慢慢策馬向前走著。

「將軍，聽說有好消息，能不能先偷偷漏一耳朵？」一個軍官跑了過來，這人姓郭，正是內營的管帶副將。

「漏你個雞毛啊！招呼大夥兒過來我一起說，讓家眷們也來！」蕭洛辰進了軍營後，明顯粗話變多了。

郭副將領命而去，蕭洛辰沒有下馬，不多時便帶著安清悠來到了營地的中央。這裡算是整個山谷中最像樣的一座建築，那是一個木質高臺，與那戲臺頗有幾分相似，可又與戲臺不同，四周刻滿了稀奇古怪的花紋。

蕭洛辰一提轡繩，雙腿微夾，胯下那匹駿馬長嘶一聲，載著兩人騰空躍起，連人帶馬落到了那高臺之上，隔著老遠有人大聲讚道：「好騎術！」

那郭副將做事倒是快，不一會兒，兵將及其家眷都圍到了高臺周圍，許多雙眼睛齊刷刷盯在蕭洛辰身上，當然，亦有不少目光看著他懷裡的安清悠。

蕭洛辰也不著急，沒有下馬。看看人聚得差不多了，才舉起右手。喧鬧的人群登時靜了下來，只見蕭洛辰清了清嗓子，張口第一句話卻是：「這是我媳婦兒！」

話音甫落，下面幾個兵丁已扯著嗓子高叫。

「將軍，早就聽說你成了親，今天才領來給我們見識啊！」

「將軍有了夫人，以後我們該改口叫嫂子啦！」

「將軍，你說有好消息告訴我們，是不是就是這個？晚上擺不擺宴席，咱們可是沾你的光打牙祭啦！」

「什麼時候生個大胖小子？」

安清悠何時見過這等場面，此刻倒是有一種感覺，彷彿自己並不是剛剛得知丈夫要率軍遠征塞外，而是自己成了壓寨夫人，在土匪頭子的挾裹之下，在寨中的嘍囉家眷們面前亮相了。

「宴席當然是要擺，不過老子說的好消息可不是指這個，告訴大家一件事，咱們這些年祕密窩在這個山谷營盤裡，眼下終於要出去了，咱們要去打北胡啦！」

「打北胡」三個字一說，四周陡然一靜，接下來卻是爆發出震天價響的歡呼聲。

安清悠注視著下面那些人，越看越奇怪，尤其是那些兵將的女眷，竟是無人像自己這般擔憂，反而是人人都很興奮激動。

「家裡的男人就要上戰場了，她們……她們難道一點都不擔心嗎？」安清悠輕聲問道。

「都是兄弟姊妹丈夫兒子，誰說她們不擔心，只不過……」蕭洛辰欲言又止，並沒有把話說完，手上轠繩一鬆，轉而道：「走，下馬，咱們去下頭看看！」

蕭洛辰跳下馬，又轉身把安清悠抱下來。兩人緩步走下臺，登時被人團團圍住，說笑不停。

不多時，火頭軍們備好了宴席，這宴席卻不像京城中那般豪奢，亦不像桃花村中那般有特色，而是一鍋鍋的大鍋菜，整塊羊肉燉著，騰騰冒著熱氣。

眾人一圈圈圍坐下來，大快朵頤，一點也不拘謹。

安清悠隨著蕭洛辰加入其中一個圈子，蕭洛辰是主將，圍繞著他的都是軍官將領。

酒是劣酒，也是烈酒。那酒放在口中一過，安清悠一下子嗆了出來，惹得旁邊那些男人們哈哈大笑起來。

「若是放到北胡，那女人說不定比男人還要能喝，一灌便是一皮袋子。嫂子，妳這秀秀氣氣的喝法可是不行啊！」一個滿臉絡腮鬍的人笑道。

「去去去，人家嫂子一看便是城裡面官宦人家出來的，哪像那些北胡婆娘一般的粗糙？再說咱們眼下就要出去了，這窩在山谷裡學北胡的日子也快到頭了，你當將軍還要嫂子也來練這個？」一個面孔白淨的人反駁。

眾人你一言我一句，安清悠靈光一閃，問道：「這裡是……特地模仿北胡？」

「娘子聰明，一猜便中。」蕭洛辰點頭，轉頭向那幾個軍官喝道：「你們幾個，都說說自己的身分來歷！」

那絡腮鬍的人喝了一大口酒，甕聲甕氣地道：「在下馮大安，馬軍都統，原本是在北疆居住的小生意人，九年前北胡人到咱們大梁這邊打草穀，我所在的那個縣城被開了城，我爹媽媳婦統統被殺了個一乾二淨。可憐我那剛出生沒兩個月的孩子，被北胡騎兵一蹄子踩到了馬下。我投了邊軍，拚了命打仗，後來將軍在邊軍裡挑人，說是要殺北胡最大的頭了，咱就毫不猶豫報了名來。嘿嘿，沒想到在這山谷裡居然又娶了媳婦生了娃，一待便是五年，如今終於要出去打北胡了，我真恨不得現在就走！」說著，眼眶微微泛紅。

旁邊那白淨面孔的人在他背上輕拍了兩記以示安慰，抬起頭來道：「在下張永志，家父本是京城禮部博教司的吏員，曾在安德佑安大人手下供過職。在下投筆從戎之前，曾有過秀才功名。」

這人顯然知道安家，安清悠微微一怔，卻聽那張永志又道：「六年前大梁和北胡和親，家姊被選入了隨琪公主陪嫁的隊伍，去北胡不到半年，就被……糟蹋歿了。家中父母悲痛之下，一病不起，不過半年皆西去了。我想跑到北胡去投邊軍，卻陰差陽錯進了四方樓，後來將軍要選人組辰字營，我便來到這裡。這些年蒙將軍提攜，成了將軍的親衛隊長。」

張永志面無表情，說起自己的身世，竟是說不出的冷靜，冷靜得讓人覺得害怕。

旁邊又有一個人開了口，低聲說道：「在下李強，原是北疆一帶的軍戶……」

這些軍官居然都是與北胡有著深仇大恨之人，一個個報著來歷，說的淨是自己的悲慘往事，安清悠聽著聽著，忽然站了起來，向後退了兩步。

蕭洛辰見她神色有異，伸手拉住她，輕聲喚道：「娘子……」

「別拉我……」安清悠推開蕭洛辰的手，搖了搖頭道：「我知道你的意思，知道你是為什麼帶我來這裡，讓我聽這些，可是……可是我的心好亂……你、你讓我一個人在這裡走走，好好想一想。」

蕭洛辰溫柔地看著她，半晌才道：「好，什麼時候需要我，我便在妳身邊。」

安清悠走了開去，蕭洛辰卻回到原地，抄過皮袋來灌了一大口劣酒。

張永志低聲道：「將軍，嫂子會不會有事？要不要派人盯著……」

「不用，我自己來，誰有我盯人的本事強？更何況……」蕭洛辰看了安清悠的背影一眼，嘆了一口氣道：「更何況，她原本就是個堅強的女人，比我堅強！」

在這彷彿北胡草原般的草地上，安清悠漫無目的地走著，心裡煩亂無比。

「喲，這不是可賀敦嗎？怎麼一個人在這裡走，沒去陪將軍？」

背後忽然傳來女子的聲音，安清悠回過頭來，見是一群軍中的女眷。

「我……他們男人要說男人的事，我不便聽，就一個人出來走走。」

安清悠胡亂編了個藉口，為首的那個女眷打抱不平地道：「便是這樣，那也不能不安排可賀敦啊，怎麼能把妳撇在一邊？這男人就是粗心，走走走，到我們那邊去！」

安清悠還待推辭，那些軍眷們已拉著她來到女人圈子。

這裡連民風都模仿北胡，女人們也有酒。

安清悠看看那領頭把自己拉來的女眷跑前跑後忙個不停，一邊大叫著可賀敦來咱們這了，一邊招呼著其他女人喝酒吃肉，忍不住問道：「妳們……妳們幹麼都叫我可賀敦？這是什麼意思？」

「北胡話，他們首領的女人都叫可賀敦。咱們這裡人人都聽將軍的，自然該叫妳可賀敦了。」

那女眷笑嘻嘻地回話，砰的一聲把盛好的菜肴放到安清悠面前，熱情地道：「來，可賀敦，男人們有軍務讓他們說他們的，咱們別餓著！」

安清悠端起碗來咬了一口那比手指頭還粗的粉條，終究按捺不住心中的納悶，抬頭問道：「妳們的男人就要去打仗了，妳們為什麼……為什麼還都這麼興高采烈，那打仗可是……可是沒準兒的事，妳們就不擔心嗎？」

這話一說，周圍靜了一靜，領頭的女眷臉色微暗，旋即又笑了起來，「擔心啊，怎麼不擔心？可是戰場上刀槍無眼，咱們女人在家裡擔心又有什麼用？這規矩……二姊，妳是最早從邊關過來的，這規矩妳熟，妳來說！」

那被稱作二姊的女眷年齡不小，已有了些白髮，逕自笑道：「可賀敦是新來的不知道，這個倒不是北胡人的習俗，而是咱們北疆邊城裡軍戶的規矩！」

「咱們漢人的規矩？」安清悠大感意外，卻見二姊又道：「可賀敦這模樣，一看就是大戶人家的小姐出身，怕是不曉得這邊塞窮軍戶的苦處。平日屯田，戰時出兵打仗，那北胡人號稱男女老幼都是戰士，咱們這些邊塞的軍戶不也是如此？男人們上陣打仗，咱們做女人的也有做女人的仗要打！」

「妳們也要動刀槍？」安清悠吃驚。

安清悠話音甫落，登時惹來一陣哄笑聲，二姊喝了一大口酒，這才笑著道：「不是不是，咱們女人要打的仗不是這個。可賀敦想必不知，這人到了戰場上，越怕死的越先死，士氣越差越先死，便是我們這些女人也都明白這個理兒。若是出征的時候哭哭啼啼，男人還沒上戰場心裡倒先要惦記，那倒是不好，姊妹們，妳們說是不是？」

「對對對，二姊說的對！」

二姊繼續說道：「上了戰場的牽掛越多，怕是越回不來，所以咱們北邊軍戶的女眷不知道從什麼時候起，便有了這麼一個規矩，家裡的男人若要出征，一定要笑著送他走，告訴他家裡的事情一切妥當，告訴他全家人都盼著他能立軍功，告訴他就算他倒在了戰場上，他婆娘也會侍奉公婆拉扯孩子，告訴他的兒女們，他們的爹是個了不起的大英雄。越是這樣，男人反倒越是容易回得來。」

二姊這話一說，眾人齊聲叫好：「對！這就是咱們邊塞女人要打的仗！」

「嘿嘿，哪家的女人哭哭啼啼的，咱們就一起上去大鞋底子踹她！」

「可賀敦放心，我家的男人上了戰場肯定不會孬種，咱們辰字營裡不管漢子婆娘，沒一個拉稀的，都頂得住！」

有人會錯了意，以為安清悠是代表蕭洛辰鼓舞士氣而來，殊不知此時此刻，安清悠已聽傻了。這就是邊塞的女人嗎？她們沒受過教育，很多人可能根本不識字，可她們就是這樣笑著嚷著，拍著胸脯對丈夫兄長說著後顧無憂，歡呼著送自己的親人上了戰場。

她們不擔心嗎？安清悠不信，這些女人很清楚，一次分開也許就是永別，但她們在男人面前，甚至可以說是在所有人面前，卻不肯流露出半點擔心的樣子來。

安清悠站起身來，對著這群手上還沾著羊糞的女眷們福身，「妳們都很偉大，我佩服妳們！」眾女眷們想不出自己有什麼可欽佩的，一時間，你瞧瞧我，我瞧瞧你，各自愣了半晌，不知是誰率先喊了一嗓子：「來，可賀敦，吃！」

安清悠笑了笑，盤腿坐下，捧過那只盛滿豬肉燉粉條的粗瓷大碗來，往嘴裡撥拉著，沒有半點淑女形象。

夜幕完全籠罩了山谷，安清悠肚子裡塞滿了大肉燉粉條，一干女眷早已倒了一地。邊塞的女人酒量不比男人小，可她們內心深處卻未必像表面上擺出來的笑容那般輕鬆，懷著心事喝酒，醉得也快。

安清悠沒有喝酒，入夜的山谷有點冷，她拿過一件衣服，披在一個女眷身上，卻聽得身後有個男人的聲音傳來：「我就知道妳一定沒問題！」

霍然轉身，卻是蕭洛辰，他正溫柔地笑著，在他身後則是一群忠心耿耿的軍官。

「嫂子放心，此去便算拚了這條命，我們也會護得將軍周全！」張永志率先開口，斬釘截鐵。

馮大安則是伸出手在頭上撓了撓，咧開大嘴道：「我不會講話，不過我這意思和永志一樣，若說是必須有人死，咱一定死在將軍前頭……」

「混帳！」安清悠忽然來了一句。

猛然聽到文文弱弱的將軍夫人爆粗口，軍官們都是愕然。

安清悠雙手插腰，指著眾軍官的鼻尖罵道：「你們一個個的是英雄，是好漢，是肯為上峰兩肋插刀的爺們兒，我男人難道就是要人照顧的軟蛋？蕭洛辰，你給老娘聽好了，有一個算一個，把你手下這群兵盡可能從北胡帶回來，他們的婆娘孩子們都等著呢！」

「末將遵令！」蕭洛辰一本正經地行了個軍禮，又轉身對部屬們露出極沒形象的笑臉，「瞧見沒有，我媳婦兒！」

漆黑的山谷裡，陡然響起了大笑聲。

⊙ ⊙ ⊙

涼風陣陣，夜已經很深了，安清悠依偎在蕭洛辰懷裡，這種帳篷氈房，她還是第一次住。

「妳剛才插腰罵人的樣子特別有勁，越來越像我的女人了！」蕭洛辰擁著小妻子，低頭在她額頭上吻了一下。

「我以前不像你的女人啊？」安清悠翻了個白眼，兩隻手卻是環到蕭洛辰頸後，把他吻在額頭上的嘴巴往自己唇邊按。

一陣悄無聲息的靜默，兩人的嘴好像被什麼給堵住，氈房隔音不好，外面的風聲裡偶爾傳來些聲響，彷彿是男人和女人的呻吟聲。

辰字營在這山谷裡隱忍密訓了這麼多年，如今終於要去執行自己的使命了，這幾天不知會有多少人抓緊時間抵死纏綿。

兩人的氈房裡也傳出了聲響，兩條赤裸的身體彷彿融在了一起，良久方歇。

蕭洛辰輕撫著安清悠如綢緞般光滑的皮膚，嘆了一口氣，「真有些不想走了，其實……其實我也想過不去的。」

安清悠噗哧一笑，趴在蕭洛辰的胸口上，用手指劃著圈圈道：「想不到我們的蕭大英雄居然也有臨陣退縮的時候，小女子可是成了紅顏禍水，耽誤了軍國大事？」

「誰不想老婆孩子熱炕頭，我真想過不去，真的。」蕭洛辰低頭捏了一下妻子身上凸起的地方，似是在懲罰她的嬉笑，「小時候，我就常聽父親說起北胡的禍害，這辰字營妳也見到了，都是些在北胡被禍害過的人，他們身上多是背著血海深仇。那一年，老爺子讓我祕密組建辰字營時我就常想，有朝一日，定要掃平北胡，讓咱們大梁國邊陲永靖。」

安清悠點頭，問道：「後來呢？」

「後來皇上讓我做的事越多，我的心也就越硬，總覺得為了幫師父下好這盤大棋，便有人需要為此付出代價。後來遇見了妳，我的心一點一點軟了下來，很多以前不會去做的事情都做了，很多以前覺得必須用強硬手段的地方也不是那麼不留餘地了。」

蕭洛辰說著說著，苦笑道：「妳知道嗎？在妳哭著讓我不要去的時候，我差一點就說不去了。皇上也是人，他也有弱點，也會被人鑽空子，憑咱倆的手段，我要想法子留在京裡未必沒有機會，可是思來想去，整個大梁國對那邊沒有人比我研究得更透徹。出奇兵深入敵腹，這等事雖然最危險，但沒人比我更合適了。」

安清悠心裡有些酸楚，卻勉強笑道：「為了大梁江山？還是為了做個蓋世英雄？」

「狗屁的英雄，一文不值！」蕭洛辰也笑了，「不是為了什麼江山社稷，也不是為了什麼流芳百世，我只盼著將來咱們大梁國再也沒有人需要因為刀兵之禍而家破人亡，再也沒有人需要背妻離子地征戰沙場，甚至……再不需要有人隱姓埋名在這山窩裡訓練！」

「如今就沒有半點私心？」

「私心當然也有，娘子不是給我下令了嗎？我只盼著能把這些兄弟都帶回來，讓他們和妻兒老小團聚。當然，這仗我一定要打贏，付出了這麼大的代價，不就是為了能夠回來和妳過下半輩子？」蕭洛辰擁著小妻子，微笑道。

安清悠的眼圈又泛紅，只是沒有落淚。她慢慢地把頭靠向蕭洛辰臂彎裡，喃喃說道：「你是我的男人……我的男人……你是一個蓋世英雄……」

兩人就這麼相擁不知多久，安清悠忽然問道：「還有什麼我能為你做的嗎？」

「妳為我做的已經很多了，不需要了。清洛香號打下了足夠厚實的底子，母親對妳也是滿意得緊，我和父兄們領兵在外，老爺子便會把蕭家，尤其是妳這個知情之人給盯緊了，若有人要動妳半根汗毛，只怕他老人家出死力護著妳還來不及。這些加起來，我還有什麼不放心的？倒是有件小事，如今也是機緣巧合，正好讓妳給解決了。」

「小事？什麼小事？」

「還記得咱們倆初遇之時的情形嗎？那時候妳凶狠得很，對我從沒好臉不說，還百般捉弄。我找妳尋消除氣味的方子，卻為此吃足了苦頭。不過，妳和了空大師鬥香，那手真水無香的功夫一露，我心裡便踏實了。」

「等等，你說什麼？消除氣味的方子？」安清悠眉頭輕皺。

「對啊，連了空大師做出來的七喜香都被消得氣味全無，何況是人？到時候只須帶上那麼一批母液，消除氣味之事自然迎刃而解。」蕭洛辰不甚在意地道：「北胡那邊尤其是軍隊，都養有狼獒作為警戒之用，這狼獒鼻子最靈，無論是防備還是追蹤，一旦聞到生人的氣味，便如附骨之蛆，不死不休……」

蕭洛辰還待再說，安清悠卻跳了起來，「不對，那母液雖能除味，卻不是這樣使的！」

◉ ◉ ◉

辰字營的山谷裡本就是處處模仿北胡草原，牛羊之物從來就不曾少。

一條倒楣的老牛被牽到蕭洛辰的氈房外，蕭洛辰和幾個軍官都一臉的凝重。安清悠走了過去，把一瓶香露母液灑在牠身上，那老牛兀自低頭吃草，並沒有什麼感覺。

一個年輕些的軍官皺著眉頭看了半天，也沒見這老牛有什麼反應，忍不住說道：「似乎沒什麼事情啊，這牛……」

這「牛」字還沒說完，那老牛已慘叫起來，倒過母液的地方似是出現劇烈的疼痛，讓牠暴跳起來，拚命掙扎，拴著牛鼻子的木樁竟被連根拔起。

蕭洛辰嘆了一口氣，「了結了吧，也讓牠少受點罪！」

旁邊一名武將點頭，拎起一根長矛，猛向那頭老牛投擲過去，老牛轟然倒地，喘息幾下，漸漸不動了。

眾人走過去細看，只見那牛身上灑過香露之處，竟是已經牛毛盡脫，光禿禿的牛皮上，起了一片鮮紅的血色癬子，大夥兒相顧駭然。

這牛皮最是堅韌，北胡人常以整塊牛皮做成輕甲，如今卻被這母液搞成這般模樣，若是塗在人的身上，那還了得？

「夫君莫非忘了？咱們給客商發出的手冊上，可是清清楚楚寫著切莫碰觸母液。想以此法除去人的氣味，那卻是未傷敵先傷己，萬萬不可。」安清悠嚴肅地說道。

那母液什麼情況她最清楚，為了追求超越人類嗅覺的濃度，經過了精煉、精煉再精煉，濃縮、濃縮再濃縮的。裡面的某些物質濃度極高，滴在人體上，皮膚會被灼傷。

「百密一疏啊！」蕭洛辰搖頭苦笑，「我這個外行就是外行，若非娘子提醒，差點害了弟兄們！」說罷卻是抬起頭來看著安清悠，眼中淨是相詢之色。

安清悠自然知道蕭洛辰問的事情是什麼。

當初兩人打交道時，最早便是因安清悠做了一瓶能消他身上氣味的香液給蕭洛辰，卻消不了別人身上的氣味，此刻這目光中的意思自然是：「既是能消除我身上的氣味，可有消除眾人身上氣味的法子？」

對於安清悠的調香手藝，蕭洛辰有著十足的信心。

可安清悠不是神仙，有些事情不是想做就能做到的。迎著蕭洛辰那充滿期盼的目光，她忍不住皺起了眉頭。在清洛香號裡，一份香物也許是一份銀子，可是放到辰字營的將士們手裡，一份香物也許就是一條人命。

「沒有！」從未有過的無力感盤踞在安清悠心頭，「這消除人身上氣味之法雖有，卻是一個人一個做法，根據每個人身上原有味道的不同單獨調製。據我所知，還沒有任何一種東西能夠既對人完全無害，又能夠消除不同人身上的氣味。當初我能消除你身上的氣味，不過是因為聞過你的味道才能做到，可這辰字營……」

安清悠說不下去了，那狼獒在辰字營中也有樣犬，她去看過，雖然未曾見過這種古怪大犬，卻可以斷定，蕭洛辰說這畜生嗅覺靈敏，只怕還是謙虛了。

蕭洛辰默默地把安清悠摟入懷裡，安慰道：「不怪妳，是我犯了錯。早該帶妳來這裡就好了，或許這些東西現在已經做出來……」

便在此時，有人叫道：「不就是那點狼獒嗎？缺了胡屠夫，咱還不吃這連毛豬了？咱們和北胡人打了百年，也沒見北胡人把江山都占了不是？該幹什麼幹什麼，打他娘的！」

說這話之人是馮大安，他這麼一說，幾個軍官紛紛附和。

蕭洛辰微微一笑，輕拍著安清悠的脊背道：「看見沒有，這就是咱們辰字營的男人！信不信我們就算是什麼都不帶，到了北胡那邊一樣攪他個天翻地覆？」

安清悠咬著嘴唇，蕭洛辰說的她都懂，可心裡卻難受得慌。少了合用的裝備，很多時候就得冒更多的風險，這些辰字營的粗豪漢子們……就算是多回來一個也好啊！

「還有幾天？」安清悠抬起頭來問道。

「十天！」蕭洛辰知道安清悠問的是什麼。

這十天是他做最後準備的時間，十天之後，他將會易名改姓，喬裝打扮，帶著辰字營冒充給北胡運送「歲幣」的隊伍，成為最早踏上北胡土地的大梁軍隊。

「拚了！」安清悠硬氣地說道。

「很難。」蕭洛辰知道安清悠想做什麼，她想給每個人都配上一套能夠消除氣味的裝備，「妳知道咱們辰字營的兵將有多少？將近三千人！要在十天之內調出三千份香液來，就算妳一個一個挨個去聞也來不及啊！何況，這等手藝除了妳，又有誰使得出來？就憑妳一個……妳不要命，我還捨不得呢！妳留在京城把家看好，咱們亮刀子前，多少還得拖著沈從元和睿親王府那幫人呢，他們可是和北胡人有勾結的！」

「誰說我不要命了？你媳婦本事大得很，誰說我要一個一個去聞，十天之內我還就是能一個人調出三千份不同的香來，你信不信？」

太陽升起，照得寬闊的山谷裡一片金色，也照出了辰字營中一片忙碌的景象。

大批大批的羊隻被宰殺，新鮮的羊肉被堆在了一邊，那些在這個部落裡生活的女眷們，此刻都在忙忙碌碌地做著同樣的事：剝羊皮。

不要頭頸，不要四肢，只取中間一段的羊皮。

不遠處則支起了一口大鍋，裡面燒著滾滾的開水，那些被剝下來的新鮮羊皮，全被扔進這大鍋裡燒煮著。

安清悠來回穿梭著，時不時停下來，在那大鍋旁聞一聞味道。

剛剝下來的羊皮趁著羊血還沒凝固，用沸水反覆滾煮個四五次，原本桌面大的一塊皮子可能會只縮到臉盆般的大小，但正是因為新鮮，羊皮本身的味道可以被消除得一乾二淨，變成一塊氣味吸收力極強的革製品。

煮淨了味道的羊皮被切成了半個手掌大小，運到了營地的外場。將近三千條辰字營的漢子們整整齊齊站在那原本用作跑馬射箭的寬闊空地。

蕭洛辰站在眾人面前，如帶領獅群的雄獅般吼道：「弟兄們，脫！」

蕭洛辰這「脫」字一出口，帶頭一把扯下身上的袍子，露出赤裸的胸膛來。

明晃晃的日頭下，六塊結實緊繃的腹肌清晰可見。

軍令如山，辰字營兵將們有樣學樣，紛紛脫下上衣，露出了結實的上身，也露出了凹凸的刀傷箭傷，那是這些男子漢們的過往和勳章。

「都跟著老子一起做！」蕭洛辰拆散了頭上的髮髻，拿過一塊處理過的羊皮，順著頭髮捲到了一起。頭髮、胸口、脖頸、腋下、小腹，共五片羊皮。

在蕭洛辰的帶領下，一塊塊羊皮貼在了大夥兒的身上，緊接著是一陣穿衣聲，貼肉裹著這些羊皮，兵將們又將衣服穿了回去，蕭洛辰再度高叫道：「坐！」

眾兵將席地而坐，這卻是安清悠教給蕭洛辰的法子。

這等姿勢坐上一兩個時辰，人身上的味道就會完全滲透到羊皮中，既不會因為運動量過大導致體味發生劇烈變化，也不致於太過放鬆使得身上的皮質汗腺分泌不足。肌肉越緊繃越好，身體越保持一個姿勢越好。

這坐字說起來容易，可真要一兩個時辰保持不動，普通人不一定做得到。

不過，這辰字營中的將士都是經過特殊訓練的精銳，莫說是席地而坐，便是在野外偽裝起來潛伏一天也是常事。就這麼坐了足有一個多時辰，眾兵將才將身上的五塊羊皮取出，用早已準備好的油紙裡三層外三層嚴密包裹起來，旁邊自有軍中文書挨個檢查，逐一寫上名字。

而此時此刻，蕭洛辰已經帶著安清悠打馬飛奔向清洛香號了。

辰字營所在的山谷裡缺乏必要的調香材料和工具，若要做些材料收集的功夫勉強湊合，可是要在十天裡製備將近三千份消除氣味的物事，那可真是巧婦難為無米之炊了。

「花姊，我說妳記，沒藥、龍延、田七、紫狐膏、天粯子……」兩人幾乎是一陣風般地衝回了清洛香號，氣還沒喘勻，安清悠已叫來安花娘，連聲下令。

安花娘在紙上飛快記錄著，記完便問道：「夫人，這些東西都要多少？」

「有多少要多少，急用！」

清洛香號緊鑼密鼓調集著材料，過了晌午，辰字營派來祕密運送羊皮之人也到了。

安清悠說幹就幹，面前十幾個櫃手一字排開，每人身前都是一堆用具，安清悠拆開一個油紙包，將那五塊羊皮放到鼻子下面輕輕一嗅，高聲道：「一號桌，龍延一兩，著溫火炒製；天粯子五錢，加清水十倍，燉煮收湯至半杯後調入前物。放涼之後濾去物渣，陳子、豆蔻、海棠花香露，加熱後以陳酒萃之，留其香露！此味物料記名『郭四平』，萬勿出錯！」

一號桌的調香師領命而行，安清悠又拿起另一個油紙包打開，同樣是把五塊羊皮按著順序輕嗅一番之後，快速下令道：「二號桌，著沒藥三錢、紫狐膏一錢，用明火烤至半焦，除其黑色部分備用，另以魚腥草半錢……」

安清悠不斷發號施令，其餘人一刻不停地動作。

等到那十幾個櫃手都忙活開來，安清悠也拿起細秤爐盤，加入到製作中去。

瞥眼卻見蕭洛辰面有憂色地站在一邊，便催促道：「你還在這裡做什麼，昨夜父親來向你傳話，咱們已拖到這時，想必皇……想必老爺子那頭已經等得急了，還不趕緊去向他覆命？」

蕭洛辰苦笑道：「我是擔心妳太拚太累，娘子，要不，咱別這麼……」

「別什麼？我這邊也就是動動嘴皮子，順便自己也幹上一點，哪裡有什麼累的？快走快走，你在這裡也插不上手，一個大男人怎麼這麼婆婆媽媽呢！」

勸走了蕭洛辰，那邊第一批十二份除味露先後出爐，安清悠過去檢驗，又將其中幾個做得略有誤差之物進行了調試，確保其中功能無礙，這才轉過身來對著櫃手們說道：「第二輪，咱們再來！」

將近三千份各有不同的除味露，哪裡是那麼輕易能做完的，安清悠雖然設立了這般流水化的製作方式，又有清洛香號的櫃手相助，但一直忙活到天色擦黑，才做出了百來份。

可要在十天內做出三千份來，一天最少需要做三百份，安清悠拳頭攥得緊緊地道：「傳令下去，發雙倍的薪水，把咱們工坊裡的工匠櫃手們選一批調過來，晝夜開工！」

晝夜開工，要拚的不只是安清悠，還有那些實際動手的櫃手們。這等東西全憑因人訂製，半點也錯不得，品質是必須保證的。

安清悠知道不可能要求所有人和自己一樣，一咬牙，把那些櫃手們分成兩批晝夜輪換，她自己由於必須居中調度指揮，完全沒法休息，一天僅能睡上一兩個時辰。

蕭洛辰那邊前去面見壽光帝，等到第三天深夜才返回，一見到愛妻，不由得大吃一驚。

短短的三天裡，安清悠原本靈動漂亮的大眼睛周圍，多了濃重的黑眼圈，雖然依舊炯炯有神，可眼白密布血絲。本來粉白嬌嫩的肌膚，也變得灰暗。

「別幹了別幹了！我就是擔心妳會這樣，就怕妳這樣，妳懂不懂？」顧不得安清悠正在指揮調度，也顧不得有別人在場，蕭洛辰衝了過去，將安清悠緊緊攬在懷裡，「妳這個臭丫頭，我不是說了嗎？就算沒這些東西，我也能打贏，妳怎麼就是不聽呢？」

「我才不是臭丫頭！我也知道我的郎君是個不世出的天才，就算沒這些物事也難不倒你，可是……可是我還知道，你念叨了此物這麼久，一定是有大用。有了它，你便能夠多一個手段。也許這個手段能讓你早回來幾日，也許這個手段能讓那些兵將們多回來幾個……哪怕因為我的努力多回來一個人也好啊！你不知道，我看到山谷裡那些女人，我就……就總想著能多回來一個是一個！」安清悠笑道。

蕭洛辰看著妻子的臉，忽然覺得這種笑容很熟悉，北疆邊塞軍戶的婆娘送她們的丈夫上戰場的時候，在辰字營說要出征北胡的時候，那些女眷們便是這般的笑容。

「阿彌陀佛，我佛慈悲！」一個老和尚邁步走了進來，卻是了空大師。他低眉垂目，行了一禮，「蕭夫人如此舉動，實乃大慈大悲的菩薩心懷，老衲佩服！」

他看看蕭洛辰，又看看安清悠，輕嘆道：「蕭將軍，便讓夫人做她想做之事吧！此事若是不允，只怕她心中有憾。以尊夫人之脾氣和聰慧，便算是將軍攔阻，她亦會另尋法子強為，將軍心中本就明白，不是嗎？」

「看看，大師都這麼說了，你還攔著做什麼？」安清悠拍手笑道：「倒是這幾日你不在，我領著人已經做出了不少除味之物，你趕緊運過去試試。這幾日來咱們香號裡提貨的客商本就多，混在裡面倒也不落人耳目，快去，有什麼不對的我再調！」

說話間伸手一指，只見她身邊的貨架上，一個個貼著人名的小瓷瓶竟已累積近千份之多。

安清悠又對了空大師道：「大師若是無事，小婦人還想煩勞大師辛苦，有您在那邊壓陣，這試物查誤之事我倒是可以放心，尤其是我家夫君心疼我，怕是有什麼不妥的也不肯往回送，您可得盯好了，此物萬萬出不得紕漏。」

「阿彌陀佛，蕭夫人但請放心，老衲此去本就要和蕭將軍同行，倒是蕭夫人萬望保重，夫人若安，將軍心中則安矣。」

安清悠微微一怔，「大師也要去……那邊？」

空大師卻是不肯多說了，逕自拿眼望著蕭洛辰，淡然不語。

蕭洛辰一雙劍眉緊緊皺了起來，神色複雜，好一會兒，終是向外行去，大聲吼道：「把這些瓷瓶裝車，老子親自押送！自此刻起，清洛香號的內院若無夫人手令，各色人等一概許進不許出，工匠眾人都吃睡在此，有敢擅自離開者，殺無赦！有外來窺探妄視者，殺無赦！有不聽夫人令行禁止者，殺無赦！」

蕭洛辰沒有回頭，也不敢回頭，彷彿生怕再多看妻子一眼，就下不了這個決定一樣。

「夫人保重！」了空大師合掌行禮，轉身飄然而去。

下一刻，清洛香號內院中的房前屋後，像是變魔術般多出了許多人來。幾個穿著與清洛香號櫃手夥計們幾無二致之人從牆頭上躍下，齊刷刷跪倒在安清悠身前。

「奉蕭將軍令，謹遵夫人調遣！」

幾人齊喝，原來是四方樓新增加到清洛香號的領頭之人。大梁國的戰爭機器已經開始悄然轉動，如今蕭洛辰麾下有的是人手。

安清悠笑著點頭，又轉身對著那些工匠高聲叫道：「各位，咱們招呼著！」

◉　◉　◉

蕭洛辰這一去，再也沒有回來看過安清悠。原本這十日的準備時間，或許便是出征前兩人相聚的最後時日，卻成了近在咫尺，又兩不相見。

一批批的瓷瓶從城裡運出，一批批需要調整的除味露和羊皮從山谷中的辰字營裡運回，清洛香號的內宅已經成了不停運轉的祕密加工所，工匠們加班加點，不停地趕製忙碌著。

所有人裡最累的自然是安清悠，這種以她為核心的高強度連軸轉，不僅僅是累人，更是累心。

隨著時間一點一滴流逝，她的眼窩深深陷了下去，整個人越發憔悴，可是她很高興，看著那越來越多的除味露做成，臉上的笑容越來越燦爛。

「加油！加油！加油！」安清悠狠狠地給自己打氣，那些從四方樓裡派來的人手看著她時，眼神裡的尊敬與日俱增。

時間過得很快，到了第九日早上，終於大功告成。

最後一批，成了！

看著最後一個瓷瓶被貼上了人名標籤，安清悠心情激動，忽然眼前一黑，感覺到天旋地轉，一雙腳好像踩在棉花上一樣。

「夫人當心！」有人在後面扶住安清悠，卻是這些天來和她一起勞心勞力的安花娘。

「夫人快歇歇吧，這些天您拚得太過，可不是鬧著玩的！」

「不必了，讓人準備一批材料器具跟我走，我要去辰字營。」安清悠勉力站直身子，掰著手指頭計算道：「這最後一批除味露不過一百多瓶，多帶上些材料，我在辰字營做最後的調整應該夠了，還可以陪陪他……北胡離得這麼遠，這一去怕是千里萬里，沒個一年半載的回不來，他……他明天就要走了，今天無論如何得要去見見他說說話……」

安清悠身形有些打晃地念叨著，安花娘忽然鼻子發酸，轉頭對一個在旁伺候的四方樓之人叫道：「沒聽見夫人說的嗎？還愣著幹什麼？備車啊！若是走得慢了，老娘拆了你的骨頭！」

一隊馬車緩緩進入了辰字營所在的山谷，安清悠在安花娘的攙扶下下了車，眼前的一幕卻是把她驚呆了。

原本模仿北胡人的營地，在這十天裡居然發生了天翻地覆的變化，那些營帳牛馬，不知到了哪裡去，整個山谷變成了規模龐大的使節團集結地。眾人往來奔忙，車馬穿梭不停，一堆一堆的錢銀貨物正自整裝待發。其間居然還有一人群和尚，極是惹眼。

「妳怎麼來了？」一個面色焦黃的中年漢子忽然站在身旁，這聲音安清悠很是熟悉，不是蕭洛辰又是何人？

安清悠怔怔地瞧著喬裝改扮後的蕭洛辰，一時不知道說什麼才好，半天才蹦出來一句：「你這模樣好醜！」

「扮得俊了徒惹麻煩，醜一點反倒安全。」蕭洛辰呵呵一笑，將安清悠摟進懷裡，「娘子，妳瘦了！在我回來之前要猛吃猛睡，好好地補回來，不然我會心疼的！」

這一句心疼讓安清悠的心裡柔腸百轉，勉強笑著說道：「沒事，瘦一點好，苗條！猛吃猛睡，那不是成了豬了？若是你回來看見自家夫人成了一個肥婆，只怕會起了納妾的心思！」

蕭洛辰哈哈一笑，貼近安清悠的耳梢輕聲道：「娘子放心，妳若是吃成了一個肥婆，我便吃得比劉總督再胖上三分，到時候莫說是出去勾引別家姑娘，怕是連走路都費勁呢！我蕭洛辰在這裡對天發誓，無論將來如何，我身邊妻室只有安清悠一人，終其一生，永不納妾！」

安清悠的心輕輕一顫，有些羞赧地道：「你……你……你討厭啦，還要人家吃成肥婆……我、我還要去看最後一批除味露有沒有問題，一會兒再來陪你，大壞蛋！」

安清悠跑了開去，只留給蕭洛辰一串銀鈴般的笑聲，可是蕭洛辰分明看見，就在她轉身的一瞬間，有一滴晶瑩之物在陽光中悄然飛揚，無聲落在地面的青草上。

「妳也和那些女眷一樣，不肯讓我看見妳的眼淚嗎……」蕭洛辰低下頭，凝視著草葉上那一滴細珠，忽然緊緊握住了拳頭，心中無聲念道：「清悠……清悠……」

「大師這是要到北胡去？」安清悠檢視著最後一批除味露，身前擺了一堆器皿和材料，隨查隨調，查漏補缺。

「老衲數十年來目睹百姓為籌措這北胡歲幣而遭殃者不知凡幾，更何況此次北胡國書中，這歲幣之索銀錢糧秣翻了許多，長此以往，唯有變本加厲。此禍已遺百年，老衲只盼有生之年能夠為了結此事出上一份力，此番進京名為替睿親王府出面鬥香，實則是老衲答應了陛下之請。想必蕭夫人亦已看出，這谷中許多僧人為辰字營中兵將所扮，此間種種，又何必說得那麼清楚？」

此刻給安清悠打下手的居然是原本負責查驗的了空大師，他以年邁之軀萬里遠赴北胡苦寒之地，臨到出發前卻依舊從容自若。

安清悠手上微微一顫，心知這北胡執行的安排越周密，將來所涉之事只怕越凶險，沉吟良久，到底還是輕聲低語了一句：「大師保重！」

谷中忙忙碌碌，都在為北上之行做著最後的準備，等到諸事差不多的時候，太陽已偏西。氈房之中，安清悠和蕭洛辰抱在了一起。

「今晚你是我的！」安清悠緊緊抱著蕭洛辰。

「妳一輩子都是我的！」蕭洛辰輕輕吻上安清悠。

同赴巫山，抵死纏綿，數不盡的恩愛意，道不完的離別情。安清悠的嘴唇冷了很多次，又熱了很多次，身體似癱軟，又似綳直。等到雲雨散去之時，便是精壯如蕭洛辰，也有些疲憊。而旁邊的安清悠，已是軟軟地躺在了他懷裡，連動的力氣都沒有了。

「今晚我不睡，沒力氣我也要看著你，就這麼看著你，看著你走！」安清悠呢喃般的說道。

「好，妳不睡我也不睡，咱們倆就這麼說著話……」蕭洛辰擁著安清悠，手卻悄然遊走到安清悠脖頸之際的某處，指尖發力，微微一點。

安清悠就這麼閉上眼，睡了過去。

蕭洛辰拉過一只薄被，蓋在這個他無限留戀的嬌軀上，愛憐地瞧著小妻子的臉龐看了半天，這才輕聲道：「丫頭，為夫可不想妳拚出什麼病根來，咱們將來的日子還長著呢！」

睜眼未眠的蕭洛辰，輕擁著愛妻，靜靜地看了她一宿，直到五更天月落時才悄然起身，躡手躡腳地來到氈房外。旁邊一雙眼睛默默注視著他，卻是安花娘在門外替他們守了一夜。

「真不和夫人道別嗎？」安花娘低聲問。

「該說的都已經說了，我和她的這裡……」蕭洛辰指了指心口處，「彼此都明白！」

安花娘似是想要說什麼，到底還是沒有說。

蕭洛辰走到了外場空曠之處，一揚手，沉默著向著空中揮了揮拳頭。

在他面前是明晃晃的火把，從各自居所慢慢聚集而來，打扮成各式各樣使節團人等，卻又同樣沉默的辰字營將士，不知多少個拳頭同樣舉起在空中揮舞著，有力而悄無聲息。

蕭洛辰微微點了點頭，拿過掌旗官手裡的大旗，凌空揮舞，大旗在風中獵獵作響。

安清悠是被搖醒的，安花娘不敢讓她睡得太沉，昏睡過度，對身體沒有好處。

安清悠睜開眼睛的時候，只覺得頭疼身疼關節疼，簡直是四肢百骸渾身都在發疼，卻是習慣性地翻了個身，向旁邊伸手一抱，含含糊糊地道：「我怎麼睡著了……」

這一下卻是抱了個空，伸手所及只有被子。

安清悠大驚，翻身而起，只見陽光從氈房的窗戶射了進來，桌上的蠟燭早已燃盡。

太陽似是剛剛升起，可是那個溫暖的懷抱，那個枕邊之人已然不見。

「花……花姊，他呢？」安清悠的聲音微微發顫。

「將軍已經帶隊走了，他沒有驚動夫人，奴婢也不敢造次……」安花娘苦笑，又彷彿不經意間說道：「將軍還傳下令來，軍眷都在谷口相送，不得出谷。不過，他們是五更天才列隊的，此刻日頭剛起，大隊只怕是剛出谷口……」

安清悠幾乎是聽到這話的同時，抓起幾件衣服胡亂套在了身上，「花姊，妳可會騎馬？」

「四方樓裡論騎術，將軍排名第一，奴婢大概能夠排進前十……」

不及梳洗，安清悠就這麼衝出了氈房，卻見門口一匹通體毛亮的駿馬就這麼拴在此處，與安花娘叫醒自己的時機一般恰好，安清悠微微一怔，低聲道：「花姊……謝了！」

馬騎得飛快，可還是晚了。

安清悠到達軍眷們指定送別的小丘時，大隊人馬已走過谷口，周圍是女人們硬撐著的笑臉，面前是不得出谷的禁令。雖然知道蕭洛辰必是在這隊伍之中，可茫茫人頭之中，讓人哪裡去找？

怔怔地望著面前那三千背影，安清悠忽然笑了，隨即用盡全身力氣高聲喊道：「賊漢子——你要是不當個大英雄回來，老娘就改嫁！」

沒有人停下，可是行進的隊伍中，卻有一個面色灰黃的中年漢子嘴角微微一翹，那笑容裡有點詭異，有點壞，卻沒有回頭。

「怎麼樣，我媳婦有點北胡可賀敦的架勢吧？」黃臉漢子低聲說道。

旁邊是一片翹起來的大拇指。

黃臉漢子得意地一笑，陡然間，提起了嗓子高叫道：「我們一定會回來的！」

安清悠用力點了點頭，雖然找不到人，可是她認得那個聲音。

男人們越走越遠，一陣整齊無比的喊聲隨風飄了過來：「我們一定會回來的！」

女眷們的眼圈全紅了，可臉上仍掛著笑容，直到那些背影消失在地平線上，才有人哭了出來。

而在這些女人瞧不到的地方，大隊人馬並沒有徑直向北，而是悄然轉東直奔京城，皇上在那裡等著做他的最後一場戲，為使節團送行。

後有《梁史．仁宗本紀》記曰：「大梁壽光三十九年五月十七，遣使至北胡納歲幣。隊三千人，奉檀香寺高僧了空，儀仗諸備，銀絹糧秣車馬相銜不息，蓋本朝以來未有其過也。皆於都鬧市之中招搖而過，有好事之徒圍觀，嘗有百姓及忠烈之士痛罵，高呼其為辱國之行。然帝談笑自若，親送至京城北門，辭使之時尚言結好北胡諸部，以示大梁上國天朝之恩矣。」

這是大梁立國以來派團前往北胡規模最大的一次，也是歲幣給的最多的一次，更是在當時挨罵挨得最多的一次。可是大梁與北胡征戰百年，期間共有以歲幣安撫或是和親使節團出使二十九次，卻沒有一次比這次出使的影響更大，大到了當時世上兩個最強大的帝國幾乎都處於風雨飄搖的狀態。

後世史學家研究這段歷史的時候，無不為壽光帝的苦心孤詣拍案叫絕，只是無論正史或野史，卻都把注意力集中在帝王將相身上，卻未對這些辰字營的軍眷們落下過半筆。

包括此時的安清悠也赫然發現，即便是當初曾經告訴她要笑著送走自己男人的那幾位軍眷，自己也完全不知道她們的名字。

望著到了這個時候才肯哭出聲來的軍眷們，安清悠忽然明白，原來自己也在不知不覺間成了她們當中的一個，無聲處，早就淚流滿面。

良久，安清悠慢慢地說道：「花姊，送我回去！」

「回氈房？」安花娘問道。

「嗯，回氈房小睡片刻，等過了晌午，夫君他們的大隊也該出城了。到時祕密送我回清洛香號，這些日子那邊繃得太緊，難免會讓人起疑心，下午我要在香號裡見幾個客商露露臉。」

安花娘微微一怔，繼而目光之中滿滿的佩服。

她知道蕭洛辰這一走，自家主母的心裡會有多難受，可是她擦乾了眼淚，依然是那個不肯倒下的女人，依然是那個精明強幹的清洛香號老闆娘。

太陽已經升起老高，一朵朵白雲向北緩緩飄去，安清悠抬頭望著天空，臉上露出了溫柔之色，心中默默地念道：「夫君，你去做你該做的事情，家裡有我，我一直在，我在這兒等你回來！」

陽光明媚，京城裡的金街依舊車水馬龍。

往來人等口中談論的，都是剛剛被皇上親自送行的北胡使節團。

「奇恥大辱！奇恥大辱啊！這北胡不過是一紙國書，咱們大梁就得巴巴地送這麼多銀錢糧秣過去，朝廷竟是如此軟弱！」茶館裡，一個書生模樣的年輕人義憤填膺地大聲罵道。

「你們看見那一隊一隊的押運車沒有？比往年的時候多了何止翻倍？不知道來年這歲幣是不是還得加……唉，朝廷的稅這麼重，卻都便宜了北胡人，我若為官，定當犯顏死諫……」旁邊一個年紀相仿的書生亦是憤憤不已。

「噓……二位年兄小聲點，便是為官又如何？那左都御史安老大人，不是也曾犯顏直諫過，如今怎麼樣？全家都成了白丁。那蕭家勢力不小吧？蕭大將軍都被降三級，帶著兒子發到北邊守邊去了。眼下朝中是睿親王和李家的天下，聽說這次修約之事便是他們定的，又能如何？那沈大人還不是為此當了禮部侍郎？皇上一門心思想換太子，眼下只求著北疆相安無事就好，咱們還是少說兩句吧……」

人在做，天在看。

睿親王府和李家或許在朝中能夠一手遮天，或許能夠裝模作樣求得賢名，但是日子久了，還是會露出真面目。而皇上恰在此時高調亮了北胡使節團招搖出京，無異於又在這個秤桿的一端加上了一個重重的砝碼。

頃刻之間，睿親王府和李家、沈家的聲望一落千丈，可他們還是把持著朝政。

一輛不起眼的馬車停在清洛香號的後門，安清悠進了門，立刻吩咐迎上來的兩個大丫鬟道：「青兒，準備熱水沐浴更衣。芋草，去看看前面有沒有想見我的客商，讓他們在前廳相候，一會兒我要出去見他們。」

兩個丫鬟齊聲稱是，卻是都沒移動，青兒遲疑了一下才道：「奶奶，晌午的時候蕭管家到了咱們香號裡，說是老夫人病了，讓您和五爺趕緊回去看看！」

安清悠猛地一怔，「老夫人病了？」

蕭府的大管家蕭達正心急火燎地在前廳相候，若不是有人攔著，他早就直闖內院了，可那幾個陌生面孔的護院，冷冰冰的，連他蕭大管家的帳也不買：「還請大管家稍安勿躁，沒有五奶奶發話，任何人都不得擅闖內院。」

蕭達只能無奈地在前廳乾等，一腦門子急得全是汗。

「有勞大管家久候了，不知家裡出了什麼事，竟讓大管家親自跑來傳訊？」

雖然與原來的計畫不同，安清悠到底是在前廳亮了相。

「哎喲，我的五奶奶，您總算是出來了，下人沒告訴您嗎？老夫人胸口疼病又犯了，讓小的叫您和五爺趕緊回去！唉……五爺呢？」蕭達急切地問道。

「五爺今兒到工坊去，已經派人去請了，大管家先別著急，說不定他這時候已經在回府裡的路上了。來人，備馬套車，回府。」安清悠鎮定得滴水不漏，就這麼上了回府的車。

肆之章 妯娌爭權掌家

來到蕭老夫人房裡，蕭家的幾個兒媳婦早就到了，林氏一臉惶急，緊緊盯著那給蕭老夫人瞧病的大夫，倒是寧氏瞅著安清悠到來，冷笑著道：「婆婆突發急病，五弟妹倒是不緊不慢，大管家親自出去相請，這麼許久才回來，真是悠閒啊！」

秦氏接了口道：「二嫂也別這麼說，如今清洛香號正是興旺，每天的客商銀錢進出不知有多少，人家五弟妹不是心裡沒有家裡人，就是這生意場上的事情太多抽身不開，五弟妹，妳說是不是？」

安清悠絲毫沒有搭理兩人的冷槍熱棒，心思只放在了蕭老夫人身上。

蕭老夫人雙目緊閉地躺在床上，旁邊一個大夫正捏著蕭老夫人的手腕診脈，聽得有人在房中聒噪，那眉頭微微皺了起來。

「咱們都安靜點，莫要攪了大夫診脈！」安清悠看都不看寧氏和秦氏一眼，聲音雖輕，語氣卻是不容置疑。

寧氏、秦氏俱是一怔，原本準備了一肚子的酸話，被安清悠這話一堵，撇嘴的、翻白眼的，都沒法再說些什麼。

那大夫本是和蕭家極為相熟之人，複姓司馬，亦是京城之中頗有名氣的大夫。見房中清靜下來，才又仔細診脈了一陣，好一會兒才放下手，轉過頭來時，臉色不太好。

「大夫，我家婆婆這病怎麼樣？」林氏急問。

「就是就是，婆婆這病怎麼樣？晌午她老人家突然昏過去，嚇了我一跳，我婆婆沒事吧？」第二個說話的是烏氏，晌午她被叫進房裡單獨問話，蕭老夫人卻意外地昏倒。

「蕭老夫人這病眼下無礙，只是這治起來卻是麻煩得緊……」

司馬大夫說到這裡，微微沉吟，安清悠登時反應過來，出聲問道：「婆婆這病可是有棘手之處？若是需要些稀有藥材，或者是什麼難尋的物事，大夫您儘管開口，只要這京裡有的，咱們都能想法子弄來。」

寧氏輕輕哼了一聲，心道：「口氣好大，顯擺自己有錢嗎？還京裡有的都能弄來！現在不是妳男人在皇上面前當寵的時候了，連皇后娘娘和太子爺那邊都只剩下名分，難道大夫說上幾味皇宮大內中才有的東西做藥，妳也弄得來？」

司馬大夫搖了搖頭，苦笑道：「五奶奶言重了，老夫人這病只是年紀大了，有些陳年宿疾，今日這一暈，是血稠心火虛旺之症，來得雖急，但在下待會兒給老夫人施針，開幾副方子慢慢調養，一時三刻並無大礙。倒是以後萬萬不得急，生不得氣，凡事也要少操心。不過，老夫人這性子……唉，還是請幾位奶奶多操心吧！」

這話一說，蕭家的幾個兒媳婦都明白是什麼意思。

蕭老夫人那性子，莫說是在蕭家，便是在京城裡都是極有名的。這不著急、不生氣，還要少操心，說起來容易，真要是放在這位老人家身上，那可不知道有多麻煩了。

「原來如此，多謝大夫，還請大夫費神施針開方，我等必會多加小心。」安清悠客氣道。

司馬大夫點點頭，待為蕭老夫人施了針灌了藥，開了藥方，這才拱手告辭。

安清悠卻是掏出一張五百兩的銀票作為診金，司馬大夫推辭再三，這才收了下來。

寧氏看著安清悠一出手便是五百兩銀子，又是哼了一聲，念叨道：「暴發戶……」

送走了大夫，幾人又回到老夫人房中，只是這次卻是一陣尷尬的靜默，誰都沒有先吭聲。憋了一陣，倒是烏氏最先沉不住氣，出聲說道：「婆婆病了，咱們幾個該做點啥？」

林氏幾乎是下意識地便回道：「還能做什麼？婆婆病了當然是先照顧婆婆了，難道還有什麼比這個更加重要的嗎？」

林氏這話當然是正理，秦氏卻搖了搖頭道：「大嫂這話說的自是沒錯，若說是照顧婆婆，咱們幾個責無旁貸，可是這上上下下一大家子，每天的事情不能亂了不是？怎麼個過法，咱們幾個得拿出個章程來。」

說到這等事情，林氏登時沒了詞，她雖是長嫂，這管家的事情卻不擅長。

寧氏看了眾人幾眼，咳嗽了一聲才道：「大嫂、諸位弟妹，婆婆病了，這家裡頭不能沒人主事。咱們分工一下，若是幾位沒有異議，打今兒起，這家裡的事情我先擔著，大家說怎麼樣？」

寧氏說得直白，其他人卻默不作聲。

寧氏環視眾人一圈，最後停留在安清悠臉上。

安清悠淡淡地道：「二嫂要掌家，那掌了便是，弟妹並無異議，只是婆婆病了，我這做兒媳婦的卻不能不盡些孝道。這樣吧，婆婆這裡的事情我來操持，一干挑費也由我出，其餘事情由著二嫂做主便是，如何？」

林氏也點頭道：「我……我管不了家，我也來伺候婆婆。」

寧氏看著二人，眼中的輕蔑之色一閃而過，三房、四房她壓根兒就沒放在心上，林氏更是早就知道必然是只有去伺候婆婆一途。所擔心者，不過是最近這個搞香號搞得風生水起的五弟妹而已。此刻見她主動說要去老夫人院子裡伺候婆婆，倒是正中下懷。

五弟妹啊五弟妹，我還當妳有多厲害，到底還是嫩了點。妳想去抱著老夫人粗腿不放，那就去抱。這本就是個吃力不討好的活兒，老夫人的院子裡就讓給妳又何妨？蕭家上下的權力產業，還有代表蕭家對內對外的一應發話之人，二嫂我就笑納了。只要讓我掌家三個月，將來立嫡子的時候誰占上風，那可就說不準了。

寧氏把手往林氏面前一伸，得意地道：「大嫂，這家裡的鑰匙在哪，除了婆婆之外，怕是只有妳知道了。弟妹既是要掌家，這些該有的物事可不能不用，這就拿過來吧！」

林氏很老實地點點頭，轉身就要去拿鑰匙，卻聽得一個聲音驟然響起道：「大嫂且慢。二嫂，婆婆如今固然是病著，可這麼快就定了由誰掌家，是不是太倉促了點？」

寧氏猛地轉頭看去，她萬萬沒有想到阻攔的人會是秦氏。

「三弟妹對於由我掌家有異議？」寧氏皺著眉頭問道。

「二嫂為人強幹，我們都是知道的……」秦氏躲在人後面久了，這乍一出頭倒還是對寧氏有些畏懼，只是這等畏懼轉眼便被掌家的前景所淹沒，用一種不陰不陽的語氣說道：「只是二嫂和婆婆的關係……呵呵，這個大家也都知道！剛才大夫不是也說了，只需要慢慢調養一段時日，眼下還無事，回頭若是婆婆知道二嫂掌家，再氣出個好歹，可怎麼辦？咱們可是誰都負不起這個責任！」

秦氏拿人當槍使慣了，這時候不好拿其他幾房來說事，便直接把蕭老夫人抬了出來。

幾個媳婦中，數寧氏和婆婆關係最差，秦氏一句話就搊在了二房的短處上。

「放屁！我和婆婆怎麼了？知道我掌家，婆婆她老人家就會氣出個好歹來？妳當妳和婆婆親到哪裡去了？我呸！」寧氏勃然大怒，指著秦氏的鼻子罵道：「老三家的，別以為我不知道妳是什麼打算！大嫂不爭，把我擠兌住了，就該輪到妳這小蹄子了是不是？想得美，連五弟妹都沒有爭，妳又算是哪棵蔥哪頭蒜，也不看看自己有沒有本事！我還真就告訴妳，今兒這個家，老娘我是掌定了！」

「瞧瞧，瞧瞧，這就自稱老娘了，連弟妹也變成了老三家的，二嫂，您真是好霸氣啊！如今這沒當上掌家的就這麼大的威風，若是真讓妳掌上了家，哪還有其他幾房的活路？今兒誰掌家都行，就是二嫂妳不行！五弟妹，妳說是不是這個理？」秦氏毫不退讓地反唇相譏，又不斷煽動著旁人。

安清悠苦笑，這二房、三房要搶掌家，怎麼莫名其妙扯到了自己頭上？

這事情說來倒不奇怪，擁有清洛香號的五房，如今在蕭家各房之中是財力最為雄厚的，安清悠既是表明懶得管家，自然便成了兩人大力爭取的對象。連寧氏和秦氏兩人自己都沒發現，在不知不覺間，她們已經把安清悠當作這個家裡最有分量的人之一。

蕭洛辰雖是應承了老夫人要撐起蕭家，但是這撐起蕭家卻未必只有一條路。只消自身成了氣候，誰又敢對蕭家如何？安清悠心裡明白，和其他幾房只怕早晚是要分家單過的，自然也就完全不想摻和掌家之事。

一想到蕭洛辰正帶人趕往北胡，安清悠心裡微微一痛，可面上卻是半點不顯，想了一想，不動聲色地道：「二嫂也好，三嫂也罷，誰掌家都可以，清悠年紀輕，資歷淺，只想把婆婆伺候好，誰來掌家我都無異議。」

這話說了等於沒說，寧氏和秦氏對望一眼，這當口還真就誰也不願把安清悠逼急了，於是，兩人調轉了方向，對著林氏一前一後道：「大嫂，妳怎麼說？」

「我……我……」林氏本就是個沒主意的，這當兒就更沒主意了，囁嚅了半天才道：「我也和五弟妹一樣，專心伺候婆婆便好，妳們兩個商量好了誰掌家，我便拿鑰匙去……」

寧氏和秦氏差點同時摔倒，我們兩個商量？我們兩個要能商量出個高低明白來，還用問妳嗎？知道這大嫂問了也是白問，兩人齊刷刷看向烏氏，「四弟妹，妳怎麼說？」

烏氏其實也是存著四房獨大的念頭，只是瞧這場面，心知自己便是爭也爭不過這兩位。她本是個給便宜就上的性子，又沒什麼城府，索性把實話給說出來了：「我這邊？簡單啊！誰給我們四房的好處多，我就支持誰掌家！」

話音未落，便聽得寧氏、秦氏異口同聲地大聲道：「我給的肯定比她多！」

烏氏一愣，卻是樂了。好啊，那就說說能給我們四房什麼好處，正要和二房、三房討價還價，忽聽得有人道：「妳們幾個，這就急著掌家了，我還沒死呢……」

說話之人，正是臥床的蕭老夫人。

幾人大驚失色，顧著爭掌家的事情，卻忘了自己還在老夫人房中。

「媳婦有錯，請老夫人責罰！」林氏打頭，安清悠收尾，五個兒媳婦在床頭跪倒了一排。

卻見蕭老夫人不光是早就醒了，還自己翻了個身側臥，一雙眼睛冷冷地瞧著幾個兒媳婦，目光依舊如之前那般犀利有神。

秦氏被瞧得發虛，卻是率先開口道：「老夫人，我們也不是要爭誰掌家，就是想著既把咱們這家裡的日子過好，也能讓您舒心一些……」

分辯閃躲，這原本就是秦氏的拿手好戲，可這次蕭老夫人沒有給她任何面子，直接打斷她的話道：「都給我滾！」

幾個媳婦沒人吭聲，全都站起來調過頭，灰溜溜地向外面行去，卻聽著背後蕭老夫人又是發話道：「五媳婦留下！」

驟然停步，安清悠回頭走了過去，待得幾位嫂嫂都出了房，才見蕭老夫人一下子鬆了下來，吃力地道：「水……」

安清悠連忙去倒水，伸手將蕭老夫人的頭微微扶起，把一碗水慢慢伺候著餵了下去。

蕭老夫人竟是連喝水都有些費勁了，好不容易一碗溫水喝下，又喘息了一陣，這才緩過氣來，慢慢地道：「扶我坐起來。」

安清悠依言拿過軟墊，扶著蕭老夫人半靠著坐了起來，蕭老夫人喘了一口粗氣，張口便問道：「五郎呢？」

安清悠微微一驚，當真是怕什麼來什麼，老夫人現在這個樣子，難道要告訴她兒子祕密前往北胡了不成？微一躊躇，方才含糊著道：「夫君昨日碰上了個宮裡的公公，好像和宮裡又有了聯繫。今日一大早就出了門，想是有什麼事逕自忙去，媳婦沒敢多問……」

「和宮裡又有了聯繫？好事啊……」蕭老夫人半閉著眼，喃喃說道。

安清悠這才鬆了一口氣，剛要尋個什麼其他事情岔開話題，卻聽得蕭老夫人冷不丁問道：「妳這孩子心善，怕我這病老婆子受不了，胡亂拿些藉口來敷衍我吧？我問妳，今天出京的那個使節團，他便混在裡面吧？妳跟我說實話，五郎去了北胡，對不對？」

這一下安清悠猶如被一盆冷水當頭澆下，只覺得從頭涼到腳，待要否認，又不知說什麼好。

就這麼一遲疑，蕭老夫人已是苦笑道：「果真如此，我還尋思著皇上究竟會在什麼時候把我這個兒子送上戰場，沒料想便在今日。我說晌午聽那北門傳來的號炮聲怎麼就心口痛得慌，原來是五郎也去北胡了，當真是母子連心嗎……沒事，沒事，咱們蕭家多少代人，送夫送子上戰場的事情我這一輩子見得多了，受得了！」

嘴裡說受得了，蕭老夫人的手卻微微發顫。

安清悠咬了咬嘴唇，這才知道蕭老夫人突然暈倒竟是由此而起，正要說幾句安慰的話，卻見蕭老夫人忽然睜開了眼，說道：「妳是不是很好奇，我怎麼猜出這些事情的？」

安清悠點了點頭，順著蕭老夫人的話頭道：「您向來精明，經驗又多……」

「精明個什麼，我壓根兒就沒去猜，我本來就知道！」蕭老夫人嘆了口氣道：「五郎這孩子看似輕浮，其實比誰都重諾。這伐北胡是天大的事情，他連親娘都不肯漏了口風，可是他忘了，他還有個爹，老頭子也是局內人啊！這老東西若論手段，只怕比五郎還差了一籌，一輩子什麼時候瞞過了我去？就他肚子裡那點東西，早就被我掏了個明明白白！」

蕭老夫人口中的老東西，說的自然是蕭洛辰之父，如今身在北胡的前大將軍蕭正綱了。

蕭大將軍歸根結底，還是沒能架住蕭老夫人的刨根盤問，將這天大的機密洩露了出來。若真要深究，單說這一條，便足以讓他人頭落地。

不過，事到如今，這一切已經都不重要了。

蕭老夫人怔了半晌，才對著安清悠道：「我知道，我什麼都知道，可是我只能把這些事情埋在心裡頭，跟誰也不能說。我還得演戲，裝作不知道，有時候還得裝著誤會你們。不過，這都沒什麼，無所謂了，皇上終於動手了，咱們蕭家的苦日子也就算熬到頭了！」

安清悠呆呆地看著蕭老夫人，忽然覺得這位婆婆也同樣不易，明明知道前因後果，卻不得不裝作毫不知情的樣子，直到此時才能和自己說上兩句。

蕭老夫人又苦笑了一下，身上急病剛緩過來，說這些話還是太吃力，靠在軟墊上喘了一陣，才又嘆道：「我掌管蕭家內宅幾十年，五郎那幾個哥哥都是我給做主娶的媳婦，到頭來卻沒一個像樣的，反而妳這個五郎自己找的媳婦倒真是個好孩子。五郎心裡這麼多年的疙瘩，我和五郎之間這麼多年的心結，都讓妳給解了去，又這麼能幹，若說這幾個兒媳婦裡，我對妳是最滿意的一個，偏偏攤上這麼個時局世道，真是苦了妳了！」

安清悠輕聲道：「婆婆這是哪裡來的話？既是做媳婦，這可不都是應當應分的？能嫁給夫君既是我自己選的，也是我自己爭來的。我不苦，和他在一起，我心裡開心得很。」

「這臭小子倒是好福氣！」蕭老夫人笑罵了一句，繼續說道：「我聽說妳做姑娘的時候，在家裡也是主持過中饋，如今我老婆子病了，妳來掌家如何？」

「這……」沒想到蕭老夫人竟然說出這等話來，安清悠思索了一陣，到底還是搖了搖頭，「不是媳婦不肯挑起這個擔子，實在是此時此刻太不合適！」

「哦？此話怎講？」

「媳婦進門之日尚淺，驟然掌家，二嫂、三嫂是不會服氣的，便是四嫂前不久和我站到了一起，也不過是因為清洛香號調貨許她利益所致。我掌了家，幾位嫂子反會折騰不休，更何況我掌了家，夫君又不能露面，會讓有心人對蕭家起疑，那才是真天大的麻煩。」

蕭老夫人點點頭，「那妳說怎麼辦？難道真讓老二、老三她們掌家不成？」

安清悠笑道：「一動不如一靜，說白了，咱們蕭家現在也沒什麼大事，夫君和父兄既出行北胡，皇上那頭保著咱們還來不及。左右不過是些內宅之事，只要婆婆把這掌家的名分留在手裡，對外就出不了大亂子，這管與不管又能差到哪去？便是真讓二嫂、三嫂她們來操持，有何不可？婆婆倒是可以趁著這個機會調養身體，這等事，讓別人操心去！」

「把掌家的名分留在手裡，讓她們操持嗎……」蕭老夫人瞇了瞇眼，忽然一笑，「也罷，我老婆子操心了這麼多年，讓這些整天惦記著向上爬的媳婦們也知道什麼叫受累！」

當安清悠走出蕭老夫人房裡的時候，其他幾位嫂子居然都沒走，還靠了過來。

林氏率先抓住了她的手道：「婆婆怎麼樣？身體如何？」

「沒事，大夫的施針和用藥挺有效的，婆婆精神好多了。」安清悠拍了拍林氏的手，安慰著說了兩句，林氏這才定下神來，卻見旁邊烏氏眉開眼笑地湊過來說道：「五弟妹……」

這聲五弟妹叫得肉麻無比，安清悠只覺得身上起了一層雞皮疙瘩，心知這四嫂惦記的是什麼，忙連聲說道：「四嫂可別這麼客氣，婆婆她老人家是說了掌家之事，卻不是我。」

這句「卻不是我」一說，眾人的目光齊刷刷看向了安清悠，寧氏和秦氏自然不用說，本就是惦記萬分的，烏氏的眼睛更是亮了起來。

林氏壓根兒就不是當家的人選，寧氏、秦氏又剛剛被老夫人抓了個正著，再加上不是五弟妹，難道這等好事竟是落在了自己頭上？

一陣清風吹來，院子裡幾棵大樹沙沙作響，幾人看著默然不語的安清悠，場中竟是形成了一種古怪的靜默。

「哎呀，五弟妹，妳就別賣關子了！咱們心裡都清楚，這一大家子人的日子得過，到底是誰掌家，妳就痛痛快快說出來不就結了！不論是誰，終歸是有個章程，也省得咱們在這裡六神無主的！」

這次先沉不住氣的是平日裡總躲在後面的秦氏，她今日左右已經露了真面目，又和寧氏撕破了臉，索性不再演戲。

「就憑妳？」寧氏柳眉一豎，不屑地哼了一聲。

秦氏直接一個白眼翻過去，正要反唇相譏，卻聽安清悠笑道：「幾位嫂嫂別急，婆婆說了，掌家的事情她老人家要想一想，明兒一早讓咱們都到她房裡立規矩，倒時候她自然有主意。」

明兒一早去立規矩？老夫人現在有心思想事了？那是說，老夫人身子好了不少？

惦記歸惦記，蕭老夫人發下來的話還是沒人敢說個不字，大夥兒只好一起到老夫人房裡認了番錯，蕭老夫人嗯嗯了幾句，留林氏下來伺候，眾人才都散了。

回到各自院子裡，幾個媳婦各自轉著不同的心思。

寧氏左琢磨右琢磨，總覺得這事若是由老夫人來說，掌家的位置十有八九落不到自己頭上。一個人悶在屋裡想了半天，居然找到了大管家蕭達頭上。

「達叔，忙啊？」寧氏難得給這位大管家笑臉，蕭達規規矩矩地行禮，語氣客氣得很：「給二奶奶請安了。」

「婆婆這一病，家裡大大小小的事有勞達叔了，您在我們蕭家忙活了這麼多年，可真是辛苦得很……」寧氏有一搭沒一搭找著話頭，蕭達恭敬地道：「奴才這條命是大將軍當年在北疆沙場上救的，為蕭家效力是本分。二奶奶若是有什麼要奴才跑腿的，儘管吩咐。至於蕭家一應大小事，奴才只聽老夫人的話行事，半點不敢逾矩。」

不久前，幾個媳婦在老夫人房裡爭著要掌家的事情，他哪裡會不知道，便搶著先把話封死了。

寧氏的臉上登時出現幾分尷尬之色，卻沒有發作，反倒擠出笑容道：「達叔這話說哪兒去了？誰來掌家，還不是婆婆說了算？咱們今兒不說這個，我剛才閒著無事倒是想起，達叔似乎有兩個侄子在城防軍效力，熬了那麼久，好像還就是個卒長是不是？實在是糟蹋了，達叔的晚輩那還能有錯的？我有個舅父在京東大營裡當差，身邊正缺合適的人手，用誰都是用，不如調咱們自家的子弟兵過來……」

「這……」蕭達遲疑了，寧氏的娘家很是不軟，這事他自然早就知道，他膝下本無子女，家裡的下一代全靠這兩個侄子……

這邊寧氏破天荒放下身段去和大管家套近乎，那邊烏氏卻是跑到秦氏院裡。

烏氏不是不惦記掌家的位置，可是回去坐定了一想，越想越是覺得棘手。

蕭家的幾房媳婦哪一個是省油的燈？真是論起實力來，只怕數自己這四房最是單薄，真要坐上那掌家的位置，其他幾房怕是明槍暗箭都對著自己招呼上了。

烏氏魯莽歸魯莽，卻是最現實的一個，左思右想，便來找了秦氏，一進門就笑道：「三嫂，弟妹來看看您。婆婆她老人家病了，又趕上這麼個時局，家裡要忙的事不少，辛苦三嫂了。」

蕭老夫人病了不假，蕭家的事情不少也真，可怎麼輪也輪不到秦氏。

秦氏微微一怔，含糊著應道：「四弟妹哪兒的話？如今事情多，四弟妹也是給家裡出了大力不是？真要說起來，咱們家裡缺不了四弟妹才是真呢！」

烏氏精神一振，這話再往下說便露了馬腳：「三嫂過獎了，我在家裡倒是也能出得上力，可是哪有三嫂能幹？要我說啊，婆婆明天要說誰掌家，除了三嫂，還有誰更適合挑這個擔子？我可是鼎力支持三嫂的，以後要請三嫂多多照顧了！」

秦氏心中雪亮，這四弟妹想掌家，又怕坐不住，索性把自己推出來，一邊可以躲在後面，一邊趁機把自家賣個好價錢，這點小伎倆如何瞞得過她？

眼珠一轉，秦氏笑著說道：「四弟妹這話不是遠了？若是我當家，別的不敢說，家裡頭二房有的，四房必須有，二房沒有的，四房也該有！咱們妯娌什麼關係，沒得說！」

林氏那邊本來就不爭什麼，安清悠那頭有清洛香號在手，想比也比不上。

烏氏眼皮子淺，當下點頭不迭地道：「那敢情好，妹妹在這裡先謝謝三嫂了！那二房整天趾高氣揚的，我老早就看著她們不順眼了，明兒到老夫人房裡立規矩，我一定站在四嫂這邊，不把那老二家的罵個狗血淋頭才怪，到時當家的人不就是三嫂了嗎？」

烏氏就是這種人，當初可以為了一點銀子站到安清悠那邊，眼下也可以為了一點芝麻綠豆大的好處跑來捧秦氏的臭腳。

秦氏心裡卻在冷笑，就這兩把刷子，還想躲在我後面？隨手畫了個餅就擺平了，明兒還是老老實實地給我當槍使吧！

轉過天來一早，五個兒媳婦自去蕭老夫人房中立規矩。

果真如大夫所說，蕭老夫人這病雖然來得急，可慢慢調養著也未必就那麼嚇人。

緩了一天一夜，蕭老夫人已能夠讓人扶著靠軟墊坐起來了，安清悠和林氏在旁邊小心伺候，一個在後面伸手相扶，一個小心翼翼餵著粥。

其他幾人各自站在飯桌旁立規矩，蕭老夫人出奇的溫和，嚥下一口粥後才慢慢地道：「我老婆子吃得慢，妳們幾個也不用看著，都是自家人，先用了早飯再說吧！」

這話一說，寧氏、秦氏、烏氏心裡越發篤定，婆婆難得溫和，這掌家的人應該是要從自己幾人中選出了。

烏氏雖說昨兒到三房那邊談了價，這當兒心裡又起了雜念，老夫人不會選自己吧？若是選了自己，自己是不是真的要讓給三房？這掌家的位置若是讓出來，那昨天開的價錢可是有點虧了。

三個兒媳婦各有心事，這早飯就用得有些心不在焉，結果幾個年輕女人竟然吃得比蕭老夫人慢上三分，一邊吃還一邊向著蕭老夫人那邊瞟，就等著老夫人開口。

蕭老夫人只作不見，慢慢悠悠喝完了粥，才嘆了一口氣道：「人老了，這身子骨也不比妳們年輕人，如今這一病，倒是想開了不少事。對外如何不提，內宅終究要有主事者。咱們蕭家不比別家，一舉一動上有天子盯著，下有將士看著，對面還有那些文官惦記著……呵呵，五媳婦別多想，我說的可不是你們安家！」

安清悠笑道：「蕭家世代忠烈，便是家父和家祖父，提起蕭家來，也是欽佩的！」

其他人聽得胸口直跳，寧氏若在往日，少不得要諷刺幾句文官沒好人，安清悠這是拍老夫人馬屁，而秦氏瞅瞅烏氏，心道四房一會兒究竟會不會出力？

烏氏卻是瞬間推翻了之前的想法，原因無他，只見蕭老夫人一開口竟提出了一個話頭來：「蕭家將來自然是要有人承宗的……」

剎那之間，三個兒媳婦同時轉過了一個念頭，難道今兒立規矩，不光是說誰當家，老夫人還要表明對於誰承宗的態度嗎？

「老夫人有事，儘管吩咐媳婦去做，媳婦萬死不辭……」第一個搶著出來說話的是秦氏。

「萬死不辭也得看有沒有那個本事，更何況可別是話說得漂亮，心裡想的卻是自己的小九九！」秦氏話音未落，寧氏已插口，冷笑著頂了一句，又對著蕭老夫人道：「老夫人，媳婦知道自己脾氣太倔，對您多有頂撞，可是咱們蕭家眼下正是多事之秋，真要幫襯好這個家，卻是不能只懂得在陰處胡亂攛掇，該有擔當時須有擔當，媳婦如今明白老夫人的一片苦心，以後定當謹守婦道，孝敬公婆，做好咱們蕭家的賢內助。」

說著居然雙膝一跪，向蕭老夫人行了個大禮。

這承宗二字果然好使，便是驕傲強似寧氏，也改了做派。

烏氏急了，原本以為只是掌家的事，誰料想連承宗也出來了，眼見著別人都各有招數，她只能急火火地道：「老夫人，我……我也是能做事的，若是老夫人今日選我，以後您老怎麼說，我們四房就怎麼做……」

烏氏這一急，大白話都出來了。

秦氏微愣，向烏氏瞧去，心說我算是認清楚妳了，昨兒還到我房裡信誓旦旦說什麼要幫襯，今兒一聽承宗，便翻臉不認帳！行，就是沒妳這反覆小人相助，我也不能退！

幾個媳婦各自表忠心，卻又各自踩著別人家的短處。

安清悠看著她們醜態百出的樣子，心裡暗嘆，老夫人果然厲害，人還病在床上，卻是一招就把幾個媳婦逼得退無可退，露出了真面目來。

蕭老夫人眼中的失望之色一閃而過，淡淡地道：「吵夠了沒？都閉嘴，聽我說！」

三個媳婦登時住了嘴，誰知蕭老夫人說出來的話卻是：「說起來妳們也都知道，五郎是我的親生兒子，又是最小的。俗話說的好，親與不親，骨肉難分，便是民間的小戶人家，疼親兒子，疼小兒子也是常見……」

這話一說，幾個媳婦如同被潑了冷水，折騰了半天，敢情老夫人是拿我們幾個當猴耍呢，到頭來還是要撐她自己的親生兒子？

卻聽蕭老夫人話鋒一轉，皺著眉頭道：「可是五郎這孩子生性頑劣，這次我這親娘生病差點死了，他居然連個面也不露，昨兒問了五媳婦才知道，這小子居然是做生意做上了癮，一頭扎進工坊說要弄出什麼驚天動地的新品去，還說什麼弄不出比她媳婦更好的東西就不出來。這好勝的脾氣什麼時候才能改改，連這麼個小事都要跟自己的媳婦較勁，這麼點破事，至於連娘都不顧了嗎？太傷心了，我真是太傷心了！」

蕭老夫人說到這裡，三個媳婦恍然大悟。五房的生意如此紅火，名揚京城的卻是安清悠，外面早有清洛香號裡只知五奶奶而不知蕭五爺的傳聞。

蕭洛辰被削為白丁也就罷了，做生意的名氣反倒不如妻子，時間久了，這男人心裡也會泛酸。按他那爭強鬥狠的脾氣，什麼跑到工坊裡弄新品之類的事情，還真幹得出來。

三人不約而同看了安清悠一眼，那目光裡都帶了些幸災樂禍的神色。

讓妳能幹！能幹得妳男人心裡都不自在了！這女人就要有做女人的樣子，現在倒好，連老夫人都翻了臉！五房夫妻越是不和，她們的心裡就越高興。

幾位嫂子幸災樂禍，安清悠暗叫妙極，大梁國的使節團要到達北胡，最快也得走上一兩個月，若是蕭洛辰總不露面，難免會有人起疑心。老夫人就是老夫人，這一招瞞天過海，倒是極佳的藉口。

安清悠立刻故作委屈，到蕭老夫人身前跪下，一邊賠罪一邊哽咽著道：「都是媳婦不好，原想著開個鋪子掙些銀子還債，誰料想鬧出這等事來，媳婦有錯……」

「起來起來，妳有什麼錯，都是五郎那小子犯渾！為了跟自己的媳婦掙個高下，連親娘生這麼重的病都不肯回來，照這麼胡鬧下去，這蕭家他能撐得起來嗎？妳就留在這裡好好伺候我這個老婆子，什麼也別瞎想……」

蕭老夫人和安清悠這對婆媳一唱一和，配合得天衣無縫，對面三位媳婦只聽得蕭老夫人又道：「說起來，咱們蕭家家大業大，我本有心把這掌家之事交給妳們，可是就衝妳們這兩天的……哼！太嫩了，也太差勁了！這掌家的事情，我還是自己先擔著罷了！」

「啊？」幾個媳婦張大了嘴，心情跌落到谷底。

「可是，我這身子總是不便，對外嘛，名義上是我擔，對內嘛，總得有個人管管內宅……這樣吧，打明兒開始，一人輪流當家個十天。」

寧氏三人心情猶如井架上的半吊子水桶，一會兒登高，一會兒竄低，一會兒又被吊在半空中，被蕭老夫人弄得七上八下，最後聽得要輪流掌家時，已是面面相覷，不知道該說什麼好了。

安清悠在旁邊看得佩服至極，三個嫂子沒有省油的燈不假，輪流坐莊，誰也難以獨大。再有承宗之事橫在中間，彼此之間自是難以結盟，不得不表現出自己掌家的本事來。

寧氏幾人大眼瞪小眼相互看了半天，終究還是沒能提出什麼意見來。在老夫人房裡立了一早上規矩，各自懷著心事告退，只是這蕭洛辰為了和妻子賭氣，一頭扎進清洛香號工坊要弄些驚天動地的香物出來之事，卻是不經意間便傳了出去。

寧氏三人離去後，蕭老夫人把林氏也遣走，獨獨留下安清悠，這才嘆了一口氣，拿出一張紙道：「妳看看這個。」

安清悠接過紙來，卻見上面寫得清清楚楚，什麼寧氏私下去找大管家拉攏許諾，什麼烏氏去找秦氏討價還價，一條條寫得清清楚楚。雖然是意料之中，可真看到這些東西，還是不禁苦笑。

蕭老夫人嘆道：「蕭達這人信得過，這東西便是他送來的，可是……看見了吧，這便是咱們安家的媳婦們，掌家、承宗，腦子裡只有這個！唉，真想讓妳來掌家，偏偏又不是時候，現在家裡一個男人都沒有，真要把這個家撐得住，撐得滴水不漏，妳得幫我！」

「那是媳婦分內之事，更何況跟在您面前，媳婦也是學會了不少東西。」安清悠笑著稱是，又服侍老夫人吃藥飲水。

安清悠伺候著婆婆，蕭老夫人院子之外，二三四房的媳婦居然湊到了一起。

不見面不行啊！蕭老夫人雖然定下了輪流掌家的事情，卻不知是忘了還是刻意為之，沒有說誰先誰後。

寧氏三人雖是各有打算，這個時候卻誰也不敢去問老夫人，到頭來還是得幾個人見面，只是這一次卻是一個個冷著臉，誰都沒有好面孔看給對方看。

「三弟妹，妳先來？」寧氏到底先打破僵局，下巴一揚，對著秦氏冷笑著說道。

「這個……」秦氏猶豫，寧氏卻是轉身不再搭理她，逕自對著烏氏道：「那妳先？」

「我……」烏氏亦是遲疑，寧氏便老實不客氣地冷笑道：「那就是我先了！剛才在老夫人房裡的本事都哪去了？就知道憑妳們這兩塊料，也沒有敢打先鋒的本事和膽量！老老實實地看著妳們二嫂掌家，學著點吧！」

秦氏和烏氏默然不語，寧氏氣勢是比她們強，可她們也不弱，都知道那打先鋒固然要有膽量，卻也最容易折在戰事裡，妳要打先鋒？只管去！

◉　◉　◉

金街熙熙攘攘，尤其是清洛香號面前，川流不息，雖然招商大會已經過去十幾天，這裡依舊熱鬧非凡。母液合作生產的方式，加上數十個衝擊力極強的產品，就好像是火山噴發一樣，爆發出巨大的力量。

如今清洛香號的管道已經向著四面八方蔓延開來，每天前來這裡談生意的客商，十成裡倒有九成是從外地專門趕過來的，而且人數還在不斷增加中。

蕭洛辰祕征北胡，安清悠則是一邊伺候著蕭老夫人，一邊暗地裡幫著撐住蕭家。

清洛香號裡只剩下安子良一人坐陣，忙得不可開交，而且接到大姊的條子開始，他就在和客商談生意的時候有意無意漏上那麼一兩句，清洛香號又要出新品了，他的姊夫蕭洛辰現在正在工坊裡親自操刀，很快就可以搞出來。

客商們聽見這種消息，都只是不在意地一笑，調香若是蕭五奶奶那沒得說，五爺嘛，你確定不是舞刀弄槍？

這時候，安子良才會帶著一種娘家人的得意，念叨道：「我大姊太能幹了，姊夫這空頭掌櫃做得久了，難免……哈哈哈，大家都是男人，有些事就不說了，接著談生意！」

消息從蕭家和清洛香號兩處漏了出來，很快就傳到很多人耳裡，不過，街頭巷尾好像對這個八卦興趣不大，大家的注意力都集中在了另一件事情。

招商大會上，沈從元大敗而歸，讓睿親王惱火，聽說沈大人也因此氣得舊疾復發，在床上咳著血躺了一陣。

睿親王府那邊倒沒有什麼針對清洛香號的動作，因為他們正在忙著另一件事，當朝首輔李閣老家要嫁女了。在選秀之時奪得頭號玉牌的李寧秀，皇上指婚嫁給睿親王為正妃。

婚禮就在今天，這個時間很微妙，前腳北胡使節團出發，讓睿親王府受了不少非議，後腳皇家便如此大張旗鼓辦婚禮。皇上似乎是以一種堅定的方式告訴所有人，他對睿親王的聖眷沒有減少，而是更親厚了。

對面的七大香號裡又多了許多名為買香實為送禮的人，朝中的一些官員也更加神氣活現地張嘴閉嘴稱睿親王府如何如何。

民間對於北胡之事的怨念，完全抵擋不住睿親王府迎親的隊伍從金街上走過的腳步，雙方都是此刻天下最為炙手可熱的門第，這迎親之隆重之張揚，遠勝當初蕭洛辰迎娶安清悠。

安子良就這麼微笑地看著迎親隊伍從清洛香號門前走過，神色一點變化都沒有，只是沒有人留意到，他在迎親隊伍走後隨口吐在地上的一口吐沫。

「得意吧，使勁得意，你們得意不了多久了！」安子良暗啐，臉上卻始終保持笑容。

而此時此刻，蕭家內宅裡，寧氏走馬上任，成為第一個開始代替老夫人掌家的兒媳婦。

「各位，打今兒起，由我主持中饋！」寧氏以一種一如既往的氣勢如虹宣告了她當家，上來第一件事情便是重申軍紀：「除了老夫人院子裡，各處無論大事小事，都要向我稟報，有不按規矩做的，死契者一頓板子打殺了事，活契者直接趕出府去！哪個敢徇私舞弊，不好好做事，不妨試試本夫人的手段！」

砰的一聲，寧氏把柳葉刀拍在了桌上，以此作為自己很有威懾力的開始。

當然，她也明白軍情為先導，令自帥帳出，上任的訓話裡除了嚴整軍紀，還老實不客氣地把大事小事的權力一把抓過，集中在自己身上。

闔府上下的內院下人們盡皆低眉順眼，不敢有二話。

寧氏對於這個開始顯然極為滿意，但讓她不滿的地方很快就來了。

蕭老夫人極是精明，這幾十年的經營下來早已把蕭家收拾得井井有條，下人們本就是訓練有素，寧氏拎著柳葉刀在府裡轉悠了好幾天，愣是沒找著一個可以讓她殺雞給猴看的地方。

寧氏的上任頭把火沒燒起來，但這還不是最為麻煩的，更麻煩的事情接踵而至。

「二奶奶，眼瞅著天氣一天天的熱了，往年這個時候該給各個院子做夏衣了，您看這夏衣的料子款式，還有給各院的分配，該如何做才好？」

「二奶奶，崔將軍家的夫人聽說咱們老夫人病了，派人遞帖子來說明天要親來探望。老夫人那邊發下話來，說是崔將軍跟咱們蕭家關係深厚，要留崔大人好好招待，您看這招待的事情……怎麼個章程？」

生活不是行軍打仗，恨不得生為男兒的寧氏，遇上這些家裡家外的事情，卻是空守著柳葉刀派不上用場。

以前寧氏管自家院子的時候，倒沒覺得這麼難，那是因為不過區區十來個人而已，幾百口人的事情壓過來，自是不同。更何況蕭家不比別家，十幾代人下來，軍中內外關係盤根錯節，光是往來招待這種事情就讓她一個頭變成了兩個大。

好在寧氏不小氣，衣服料子要好的，接待規格要高的，這一來卻又把錢花得過了。眼瞅著才幾天銀子便不夠了，又不想讓別人看自己笑話，只好拿出自己的私房錢往裡頭添。

「二奶奶，這是這個月的採買單子，您看看有什麼要添要補的？」

家大業大，最後讓寧氏兵敗如山倒的卻是一張小小的紙片。

當那長達數百樣採買單子擺在面前的時候，寧氏終於有點扛不住了，柴米油鹽醬醋茶，什麼叫做瑣碎，什麼叫做力不從心？

好在寧氏還有人可以請教，她找上了蕭大管家。

「哦……這些事情啊，待老奴給二奶奶一樣樣詳細說來。」蕭達到底沒有讓兩個侄子去京東大營寧氏娘家那裡接受照顧，但對工作卻是盡職盡責，不厭其煩地說明。

問題是，蕭達說了一個上午，才說了那麼二三十樣東西，若要說完，怕是什麼都不用做了。

事情以寧氏聽得頭昏眼花，甩下一句「按老規矩辦」的結果告終。從此以後，她似乎抓到了一個訣竅，碰上這些難纏的事情便按舊例辦，可與此同時，關於「二奶奶管管自己的小院子還行，若要掌家，這差得可太多了」之類的小道消息不脛而走，最後變成了蕭府上下皆知的祕密。

當然，寧氏這邊也不是一點突破都沒有，比如對其他幾房院子的了解就比以前清楚了許多，有什麼風吹草動，轉眼就知道得一清二楚。

比如她這一掌家，烏氏這個反覆無常的小人居然又厚著臉皮去三房串門子，兩個人大搖大擺地就在院門口嘮嗑，彷彿生怕人看不見一樣。

「嘖嘖嘖，咱們這位二嫂可真是夠意思，拎著柳葉刀滿院子亂竄，還搞什麼嚴整軍紀。妳說這家裡頭的人早就被老夫人調教得順順當當的，搞這套有意思嗎？」烏氏聲音放得很大，就差沒扯著脖子喊了。

「就是就是，就算想抓兩個犯了事的立威，也該查帳啊！妳信不信，咱們要是現在去問二嫂府裡的家底有多少，她保證說不出來！」秦氏依舊陰陽怪氣，說著陰損話。

烏氏連連點頭，「對對對，查帳好，回頭輪到我掌家的時候也得好好查查帳，就算是承不了宗，將來要分家單過，咱們也得知道有多少家當不是？」

秦氏：「……」

烏氏眼皮子淺、秦氏對烏氏的鄙視，這些寧氏都知道，可知道又能如何？這兩位本就是在等著看笑話。

長房和五房的情況倒是也知道，只是長房裡孤兒寡母的，實在沒有摻和過什麼事。

那個最讓她顧忌的五弟妹倒是事情不少，每天除了和林氏伺候老夫人之外，還要聽清洛香號派來夥計的各種彙報——大多數是關於五奶奶又掙了多少銀子，讓整天往府裡貼私房錢的寧氏有一種眼紅到了牙疼的感覺。

「早知道讓那老三、老四家的打先鋒就好了……」寧氏恨恨不已，又很沒底氣地罵了一句，忽然盼著這十天趕緊過去。

除去開頭時候的威風凜凜，寧氏直有度日如年的感覺。

好不容易熬到十日過了，換秦氏接棒。

「二嫂這掌家過得真是威風，如今輪到小妹，倒是要向二嫂多請教請教了，不知道二嫂掌家可是有什麼祕訣，不妨傳授小妹一下？」

蕭老夫人又開始立規矩，秦氏笑語盈盈地從寧氏那裡接過了一長串鑰匙，沒忘了擠兌兩句。

寧氏臉上一紅，她所謂的祕訣不過就是「按老規矩辦」，這等事情被當眾揭短，當然是大為羞惱。狠狠地瞪了秦氏一記，寧氏咬牙切齒地道：「不敢！三弟妹本事大得很，想來必有什麼持家妙法，二嫂我等著瞧！」

兩個妯娌在那邊明裡暗裡地過招，上首的蕭老夫人在這十天的功夫裡，得著安清悠和林氏精心伺候，身體緩過來許多，此刻不用人扶，也能自己靠著軟墊喝水吃藥了，只是那桿大煙袋子卻被沒收了。

安清悠知道老夫人這心口疼的老毛病，十有八九類似心絞痛一類的症狀，便要老夫人戒煙。

蕭老夫人沒了煙袋，倒也不影響她的智商，瞧著秦氏，忽然說了一句：「三媳婦，妳二嫂雖然有些事情不甚明白，但是這氣勢卻足。輪到妳當家，妳可是要有些擔當，莫要行事總縮在後面了。」

幾個兒媳婦再有問題，還是兒媳婦，不是仇人，蕭老夫人這話裡倒是有幾分調教之意。只是寧氏一聽此話，臉上登時有了得色，一門心思地等著看秦氏的笑話。

秦氏臉上微紅，應道：「老夫人放心，既是輪到媳婦掌家，媳婦必然會擔起責任。」

且不論秦氏如何去體現她的擔當，遠在蕭家十幾條街之外的睿親王府裡，幾人正談著大事。

睿親王娶妃，王府裡熱鬧了一番，不過那已是幾天前的事情了，該大辦的也大辦過了，該回的門也回了，該到宮裡向皇上和文妃請安也做了，諸事落定，這重心又轉移到儲位的事上。

「北胡使節團已出發，歲幣也送過去了，北疆之地短時間內自是無憂。既是打不起來，那蕭家便不會被皇上啟用。如今又得父皇支持，正是形勢大好之時，我等便是要再鼓餘勇，以得全勝。」

睿親王心情極好，眼瞅著這最近好事不斷，便想著再添一把火。

幾個幕僚卻是你看看我，我看看你，誰都不肯先說話，目光投向了大病初癒的沈從元身上。

如今的「沈系」已經成為朝中一支越來越重要的力量，便是睿親王府對待沈從元也不能像之前那般召之即來，揮之即去。

這次招商大會沈從元鬧了個灰頭土臉回來，只是挨了一頓睿親王訓斥而已，沒過幾天便又像沒事人一樣。更何況這位沈大人的確有手段，如今在睿親王府裡的那些謀士幕僚，早就以他為首了。

只是在當著睿親王本人的面時，沈從元依舊保持著謙和溫順的樣子。此刻見睿親王發話，連忙接上去回應道：「王爺所言甚是，只是這蕭家百足之蟲，死而不僵。在行那最後一擊之前，還是應再想法子削弱一下才是。微臣已有一計，要對那清洛香號……」

「清洛香號清洛香號，如今諸事已備，沈大人要對付蕭家，只須直接向蕭家下手便是，又何必總在周邊打轉呢？」

一個不緊不慢的聲音響起，書房中的眾人微微一驚。

沈從元如今在睿親王府中的地位已是穩固，行事又是一貫的心狠手辣，誰竟敢在王爺面前當眾反駁他，不要命了嗎？

門簾掀開，從外面走進了一個人來，眾人拿眼瞧去，都是一怔。這人還真是沈從元惹不起的，便是新進門的王妃李寧秀。

沈從元面色不變，搶上去行禮道：「微臣沈從元，參見王妃娘娘。」

按大梁制，能稱娘娘者唯有後宮裡的帝后嬪妃，睿親王妃地位雖然尊貴，卻也當不得這「娘娘」二字。沈從元這般說話，卻是不著痕跡地奉承了李寧秀一句，說她是將來的皇后了。一時間，眾人醒悟，有樣學樣，一邊稱著娘娘一邊起身行禮。

「諸位請起，不必多禮！」李寧秀點頭示意，睿親王哈哈大笑道：「愛妃，妳怎麼來了？」

「臣妾本是來向王爺請安，沒想到諸位都在此。無意中聽到諸位所議之事，一時衝動便說了一句。言語中若有唐突，這便向沈大人賠罪了。」

李寧秀說著微微福身，沈從元連忙側身避開。

睿親王又是笑道：「都是自己人，不用那麼見外。愛妃既是來了，便也一塊兒議議，好教諸位得知，本王這位愛妃可不是一般人，便是李大學士對她的聰慧也是讚不絕口呢！」

李寧秀本來便是李家的人，李閣老誇獎她也沒什麼稀奇，可是睿親王特地把她留下來共議大事，顯見推崇有佳，也足見這女子絕不會僅僅是內宅婦人。

「王爺謬讚了！」李寧秀微微一笑，又道：「沈大人為王爺立功不少，如今這方向卻是錯了。蕭家固然是百足之蟲，卻未必死而不僵。大將軍蕭正綱已經帶著他的幾個兒子被打發到了北疆，蕭洛辰也成了白丁。如此情況下，總盯著這清洛香號未免有點捨本逐末了吧？雖說是萬歲爺提出了要興香物之業，但那卻是長遠之舉，如今從這裡下手，是不是嫌慢了點？」

李寧秀說話的聲音輕輕柔柔，可這話就只差直指沈從元無能了。

沈從元心中微微一凜，他一直揪著清洛香號不放，固然是有通過這裡打擊蕭家之意，挾帶私怨報復蕭洛辰和安清悠二人亦是有的，可另有一個更大的原因，只有他自己才真正清楚，那就是他並不希望睿親王的腳步邁得太快。

在沈從元看來，那個被圈在宮中的太子已是砧板上的肉，睿親王取而代之不過是早晚的問題。他沈從元雖然正當紅，可說到底不過是從一個知府火速竄上來的新貴，沈家亦是名門，可是相比那些在大梁國中多少代人相傳而成的大門閥，根基還是太淺了。

自從太子被圈、蕭家和安家等家族受挫之後，沈從元就刻意放慢腳步，一手促成九大香號聯盟也好，攻擊清洛香號也罷，其實全都是隔靴搔癢。逐漸壯大自家的班底，才是他最想做的事情，若是自己羽翼豐滿之時，睿親王剛好當上太子，這豈不是更妙？

沈從元從來都不滿足於僅僅只有一個「沈系」，他最為渴望的是形成一個像李家那樣的龐大集團，一個連皇帝都不得不容讓三分的龐大集團，但是這個節奏現在似乎被打亂了，李寧秀剛嫁入睿親王府，卻直指他捨本逐末，這是這位王妃自己的判斷，還是李家的意思？

沈從元沒法判斷，但要把球踢回去卻是不難，雖然心中驚凜，臉上卻是堆起了笑容道：「王妃教訓的是，只是下官愚魯，想向王妃請教，這直接向蕭家下手，該如何行事，莫非是要對蕭家直接上奏本彈劾不成？」

「直接上奏本倒也不是不行，只是沒必要用在蕭家身上……」李寧秀似乎早有定計，卻是轉而又道：「聽說蕭老夫人病了，沈大人，您說，若是咱們派人去探望可好？」

「探望？」沈從元苦笑道：「王妃娘娘有所不知，那蕭家做事犀利，不僅跟著咱們不對盤，簡直是跟滿朝的文官都不對盤。若是貿然派人前去，只怕是……」

「只怕那吃閉門羹是輕的，派人打了出來都有可能是不是？」李寧秀笑道：「那若是派個蕭家不得不見，又沒法打出來的人去呢？」

「不得不見，又沒法打出來？還請娘娘明示，派何人為佳？」沈從元一怔，出聲問道。

李寧秀忽然正色地道：「比如說……我！」

「這……蕭家如虎穴之地，王妃娘娘金貴，切不可輕入險地。」沈從元勸阻。

李寧秀笑道：「你們這些男人只知道用男人的法子，弄得人家喊打喊殺的，蕭家的老夫人怎麼說也是一品誥命，如今既是病了，我過去探望探望，多大點事？」

礙於禮法，沈從元自是不能盯著睿親王妃看，他低下頭思索了半天，這才緩緩地道：「既如此，微臣便預祝王妃娘娘旗開得勝，等著王妃娘娘的好消息了。」

一場睿親王府中的談論就這樣結束，望著幕僚們散去的背影，李寧秀忽然輕聲道：「祖父說，沈從元此人鷹視狼顧，眼下雖可用，卻不得不防。」

她口中的「祖父」指的自然是當朝首輔李華年李大學士。

李寧秀身為李家的孫女，真要論起輩分來，睿親王還得叫她一句表外甥女，可是這既不是同姓，嫁了也便嫁了，而且新婚燕爾，她還很得睿親王寵愛。

睿親王呵呵一笑，雙手環到了李寧秀的腰際，不以為意地說道：「此人也就是用用，愛妃放心，本王心裡有數。哼哼，沈系？我不會讓它比李家更大的！」

「王爺英明，臣妾佩服！」李寧秀讚了一句，話鋒一轉，又道：「不過……那個沈從元送給王爺的小白臉呢？」

「這個……已是遣出府了……」睿親王露出了尷尬的笑容，李寧秀所說的小白臉，自然便是那個甘為男寵的趙友仁。

李寧秀嫁過來後，睿親王便把這小白臉趕出府不假，只是卻不像他口中所說的什麼遣走，而是送到外面一處居所，祕密養了起來。

「王爺身負大任，這類事以後還是小心些好。且不論那人是不是沈從元安插在王爺身邊的一顆釘子，單說這類事情若是被皇上知道了，只怕於王爺的清名有礙……」

李寧秀也不緊逼，點到為止，以她的身分，實在懶得和一個男寵一般見識。

睿親王亦是不想在這事情上談得太多，笑著改變了話題道：「好好好……不過，愛妃真的要去探望蕭家的老夫人？」

李寧秀點點頭，「蕭家臣妾自然是要去的，卻不是看那位一品誥命，而是去看看臣妾選秀之時的一位舊識。蕭家已沒必要太過糾纏，由臣妾去探查一番也就罷了，王爺的精力，還是放在如何掀起大議來才是。」

所謂「大議」，說白了便是百官對於更換太子之事的意見。

睿親王雖是得了李家的信，說如今是掀起大議最好的時機，可這等事情自然有人幫他去做，他所需要的不過是點點頭罷了，便饒有興味地對李寧秀道：「愛妃要去看安家嫁過去的那個媳婦？莫忘了提防些，那女子詭計多端……」

「多謝王爺提醒，臣妾與那安清悠有過數面之緣，對此女略知一二。」李寧秀淡淡地道：「說起來，她連宮裡的天字號玉牌都沒拿到，王爺，臣妾是第幾來著？」

「選秀頭名，玉牌天字第一號！」睿親王哈哈大笑，「人人都說選秀是女人的科舉，那愛妃便是女人中的狀元，才貌雙全，本王便在府中等愛妃的好消息了！」

睿親王府中自有一番安排，與之相較，蕭家內宅如今忙活的，不過是女人之間的小事罷了。

秦氏輪值當家，她所做的事情與寧氏掌家時完全相反，不但沒有搞什麼立威之舉，反而在上任之初便宣布：以前老夫人定下的規矩都是對的，大家都是蕭家的老人，她沒必要指手畫腳。日常裡的一切事情都由各處的管事做主，有什麼大事才來彙報。她三奶奶是給大家做支持來的，不是來給大家挑毛病的。

被寧氏調得緊繃無比的弦驟然鬆了下來，眾人各忙各事，秦氏卻是緊著趕著和府裡的下人們打起了交道，尤其是那些各處的管事，幾乎是逢人便笑。

這邊道聲辛苦，那邊慰勉有加，對於一些關鍵人物還毫不吝惜地發下了賞錢，賣力地拉著關係。一時間，滿府一片和氣。

安清悠對秦氏掌家沒什麼在意，每天只專心把蕭老夫人伺候好，回到院子裡便聽取安子良從清洛香號中派來的夥計彙報，日子過得清清淡淡，卻又不乏忙碌。

就這麼過了數日，生活中沒起什麼波瀾，直到某個看似沒什麼不一樣的中午，李寧秀來了。

「睿親王府的王妃？」此時的安清悠正在伺候老夫人喝藥，聞得下人來報，下意識問了一句：「可又是打著看望老夫人的旗號來的？」

最近幾天，常有一些說不清道不明的文官家眷們以探望老夫人的名義來府上拜見。

蕭老夫人非常沉得住氣，都以正在養病為由推掉，可如今睿親王妃親自登，便不好推辭了。

安清悠和蕭老夫人對視一眼，心中同時生出了一個念頭：這幾天有些和蕭家八竿子打不著的人登門拜訪，似是為這位睿親王妃打前哨一般，難道這個才是正主？

「睿親王妃來咱們府上，倒不是說來看望老夫人，而是……而是說要見五奶奶敘舊！」

敘舊？

選秀之時，安清悠倒是和這李寧秀有過一些交集，但是真論起來，卻是連話都沒說上幾句，不似和那劉總督家的秀女劉明珠般不但熟稔，甚至還結拜。

安清悠對李寧秀的印象有些模糊，只記得她是個清秀的女子，和誰都保持著距離。如今自己做了安家的媳婦，她成了睿親王府的王妃，卻忽然趕在這時候來找自己敘舊？

「怕是來咱們蕭家探虛實的。」蕭老夫人放下藥碗，冷笑道：「這睿親王府還真是不客氣，讓個王妃就這麼大搖大擺殺進咱們蕭家來，哼哼，尊卑有別，皇家上下最大，她若是執意要來，咱們還真不能不見。還打著和妳敘舊的名義，這不是擺明要搞花樣嗎？也罷，五媳婦，我陪妳出去『恭迎』，也給這位睿親王妃亮亮相！」

蕭家老夫人正在病中，往來女眷若是到蕭家來，於情於理都該先來探望老夫人才是，李寧秀卻偏偏打著敘舊的旗號，顯然無視蕭老夫人，卻只重安清悠，光是這個名目，便有離間挑撥之意，還是明著來的。

在安清悠與林氏的精心伺候下，蕭老夫人身子已好了許多，但也不過是能夠下地行走而已。她這出去見客，自是對安清悠的維護之意，亦是表明蕭家團結之舉。

安清悠見老夫人要強撐著上陣，趕緊攔住，「老夫人切勿如此，區區一個王妃，還不值得您這般動肝火。更何況，如今這局面，咱們蕭家也未必需要處處逞強，偶爾示弱未必是壞事。」

「示弱……」蕭老夫人眉頭微微一皺。

安清悠在蕭老夫人耳邊低語了幾句，只見蕭老夫人臉上的神情從疑惑轉向了若有所思，又從若有所思轉向了微笑，最後又從微笑變成了哈哈大笑，「妳這丫頭倒是個鬼靈精，示弱便示弱好，咱們蕭家已經為皇上賣了這許多死力，剩下的事情便讓皇上替咱們操心去！」

「那位睿親王妃現在何處？」

「便在前廳，三奶奶正陪著。」

「三嫂動作倒快……」安清悠苦笑。

蕭家的前廳裡，秦氏正面無表情地對著那如今已是睿親王妃的李寧秀。蕭家的女人內鬥歸內鬥，真碰上睿親王府這等死敵時，還是很團結的。

李寧秀坐在秦氏對面，今日刻意穿上王妃的正服，似是在提醒著旁人她的身分，眼瞧著秦氏一副冷臉，倒也不生氣，只淡淡地道：「本妃此來，只是來見見一位故人罷了，不知蕭五夫人可是在府裡？請她出來相見便是。」

秦氏冷冷地道：「不見！」

她不說不在，而說不見，李寧秀卻是微微一笑，又道：「這話可是說得有趣，蕭五夫人見與不見，倒由三夫人做主嗎？」

這話隱含挑撥之意，秦氏更來勁了，老夫人要她有擔當，這擔當可不是送上門來了嗎？當下語氣加重了幾分，冷笑著道：「便是由我做主卻又怎地？我說不見便是不見！」

旁邊早有睿親王府的隨侍婆子大聲喝道：「大膽！竟敢這樣對王妃說話？」

秦氏一怔，話已經說出去了，要做個有擔當的掌家人，自然不能被這等婆子一喝便縮回去，可要光明正大駁回去，又該怎麼駁？

李寧秀伸手虛擺了一下，示意那婆子退下，又微笑著道：「既是如此，那不見也罷。聽聞蕭老夫人生了重病，不知道情況如何？老夫人是我大梁的一品誥命，朝廷貴婦，我奉命前來探視，還請三夫人領路。」

這話裡有幾分命令的語氣，秦氏卻並未留意，剛才那一句硬頂對方受了下來，讓她平添了幾分信心，想到之前那些文官家眷們無一例外被拒之門外，便又冷著臉來上一句：「不見！」

這話一說，陪著李寧秀來到蕭家的那些隨侍婆子、王府親衛，臉色全都變了。

有人正要說話，卻見李寧秀笑容不改，悠悠地道：「有趣，有趣！這五夫人的主，三夫人做得，難道連蕭老夫人的主，三夫人也做得嗎？這話可是代表蕭家來著？」

秦氏從來沒有過獨當一面的機會，眼見情勢如此，頗有喜意，面上難得地擺出了凜然的樣子，冷笑著道：「不錯，這話便是代表著蕭家來著！我婆婆身體不便，這幾日蕭家由我做主，不見便是不見，王妃又待如何？」

「不如何，既是三夫人能夠做主，又能確定是代表著蕭家說話，那便是足夠了！」李寧秀的笑臉下一刻消失無蹤，瞬間如同這寒冰般冷峻，站起身來，毫不遲疑地向著隨行眾人道：「走，去宮裡！」

秦氏兀自冷笑，卻不知此時此刻李寧秀的心裡，笑得更比她冷上千倍。

初時秦氏言語無禮，便可以給她安上一個「不敬皇室」的罪名，後續李寧秀說了自己是奉命前來探視，卻沒說是奉誰的命，秦氏又是頂了回去，還自承代表蕭家，這罪過可就更大了。

太子被圈，這睿親王熱得發燙，可李家卻不僅僅是有這麼一位王爺，皇宮裡頭的文貴妃，如今已是「代皇后暫攝六宮事」，手裡頭便有著號令朝廷品階官婦誥命的權力，更是李寧秀的姑奶奶兼婆婆。

就秦氏這麼個「有擔當」的做法，整個蕭家從上到下，便是吃不了兜著走。

都說這蕭家不好對付，今日看來也不過爾爾。

李寧秀心裡已經開始盤算著今日之事該怎麼利用才好了，卻聽得門口有人高聲說道：「民婦蕭安氏，參見王妃，王妃金安。」

李寧秀抬頭，卻見有名女子正嫋嫋婷婷地福身行禮。

「這不是清悠妹妹嗎？快快起身。剛我還說來看看妹妹和蕭老夫人，誰想到貴府的三夫人說了，無論是老夫人還是妹妹，一概不見我這個王妃，怎麼妹妹自己出來了……可是好不容易才偷跑到前廳的？沒事，妳若有什麼委屈，本妃為妳做主！」

李寧秀這姊姊妹妹叫得親熱，好像安清悠和睿親王府、李家有什麼瓜葛一樣。

「謝王妃恩典。」安清悠笑道：「軍中婦人不懂規矩，不識尊卑，王妃別和這般粗鄙婦人一般見識。我家老夫人說了，王妃是我們蕭家的貴客，只是她老人家身染重病起不了床，特派民婦前來相迎，哪裡有什麼不見的道理？我這三嫂子也不是代表蕭家的人，不過是對睿親王府有誤會，亂發脾氣罷了。王妃，您請上座。」

李寧秀暗叫可惜，就差那麼一點，蕭家便要吃不完兜著走了。

秦氏卻猶自不知自己差點鑄成大錯，聽得安清悠如此說話，登時大怒。

正要插話，安清悠劈頭便道：「老夫人叫妳什麼話都不許說，趕緊去房裡伺候，還不快去？」

當斷須斷，安清悠把蕭老夫人抬出來自然是虛的。

秦氏縱然不服，也只能閉上嘴，怒氣沖沖地走進內宅，心中想著：「好好好，妳就和睿親王妃姊姊妹妹叫著親熱吧，看我到老夫人面前怎麼告妳一狀！」

秦氏甩頭走了，安清悠這邊的事情卻還沒完。

李寧秀微微一笑，「記得當初選秀的時候，妹妹初選就拿了頭名，當時我就在想，怎麼沒聽說安家有這麼個厲害的女兒，我是直到這兩天出嫁才算是出了來。這不，就想著來看看妹妹了。」

安清悠客套地道：「勞王妃掛念，民婦……」

「別什麼王妃、民婦的了，多生分？男人們做官講究同鄉同科同年，咱們都一起選過秀了，不如姊妹相稱好了！」

「禮不可廢，還是叫王妃的好，民婦不敢逾越……」

李寧秀打斷了安清悠的話，言語中透著親密，安清悠卻也客客氣氣的，沒有順著她的話頭做那姊姊妹妹。

剛剛差點被秦氏捅出來的大婁子猶在眼前，這李寧秀又是厲害的女人，安清悠實在是不敢有半點的掉以輕心。

李寧秀嘆了一聲，「我知道妳擔心什麼，睿親王府和蕭家，說到底是死對頭，可男人們的事情是男人們的事情，讓他們自己料理便是，我們女人何苦往裡面摻和呢？就像我，拿了個玉牌又有什麼用，還不是讓人當個雀兒一樣地關在皇宮這金籠子這麼久……唉，對了，妳夫君呢？有好多天了吧，怎麼沒見他露個臉？」

這話一問，安清悠心中微微一凜，忽然低下了頭，默然不語。

「怎麼？」李寧秀皺眉道：「說起來妳也是成婚沒多久，怎麼一提起夫君來，卻是這般模樣，難道是他對妳不好？又難道是他另外做了什麼妳不知道……」

李寧秀緊緊盯著安清悠，似是在尋找什麼破綻。

安清悠慢慢抬起頭來，面色淒然，一想到蕭洛辰此去北胡的凶險，一想到夫妻離別的思念，這表情根本就不用裝。

「王妃都知道，又何必明知故問呢？」安清悠故作吃力地擠出話，眼圈都發紅了。

「知道？我知道什麼？」李寧秀一臉迷茫般的假裝關心。

「王妃口口聲聲說男人們的事情女人不要摻和，可您說我夫君許久沒露面，這事情若非是睿親王府派人盯著我們清洛香號，如何能夠不在意？若非那些盯著我們清洛香號的人曾向您稟報過，王妃如何得知？我開個香粉鋪子，不過是想掙些銀錢把日子過好些，我努力做事……卻忽略了夫君的感受，他……他現在在工坊裡和我彆扭著，發誓要做出些驚人的香物來，連婆婆生病都不肯出工坊，這些我就不信王妃您不知道，可……可這又來明知故問，這不是有意折辱於我這個命苦的，又是什麼？」

「這……」

李寧秀語塞，安清悠這般劈頭一記反擊回來，自己倒是不好回話了，甚至還不由自主浮起了一個念頭，自己這般幫著王爺出謀劃策，王爺會不會也覺得自己太精明而心中不平？

但這念頭也不過是一閃即逝，李寧秀臉上半點沒露，含糊著道：「我……我也是有一次給王爺奉茶時，無意中聽那些稟報之人說的。唉，沒想到就這麼隨口一問，倒是讓妳多心了，莫怪莫怪，千萬別想多了……」

安清悠既是扮了怨婦，索性扮到底了，絮絮叨叨說著一大堆有的沒的話，淨是些蕭洛辰被皇上貶為白身後，兩口子過得如何不易等等，其間居然還向李寧秀透露了一點清洛香號創業的艱苦奮鬥史。

以她的本事，這些話自然是說得足斤加三，便是那些王府親衛、隨侍婆子聽了都有些惻然。

李寧秀甚是無奈，她是來這裡興風作浪的，又不是來當別人的訴苦對象。

好不容易等到空隙，她趕緊撇開了話頭說道：「妹妹就別難過了，或許過幾天蕭洛辰真弄出什麼新奇的香物來……哎呀，我差點把一件重要的事情給忘了，蕭老夫人生了重病，怎麼說也得慰問幾句才是，咱們這裡說了這麼久卻沒進內宅，不會惹她老人家不高興吧？」

安清悠這才止住了絮叨，卻是紅著眼圈，低頭對李寧秀說道：「有勞王妃掛念，蕭家上下感激不盡，請您隨我來。」

安清悠當先引路，領著李寧秀轉出廳中後門，進了內宅。

待得進了蕭老夫人房裡時，只聞得滿屋濃重的藥味，三個藥爐在火上咕嘟咕嘟地沸騰個不停。蕭老夫人躺在床上雙目緊閉，呼吸聲粗重無比。

安清悠走到蕭老夫人身邊道：「老夫人，醒醒，王妃來看您，已經到屋裡了！」

蕭老夫人慢慢睜開眼，似是連轉頭都有些費勁，就這麼望著床頂的帳子，喘著氣，半晌才無比艱難地道：「有勞……王妃掛念，請恕……請恕老身不能行全……全禮……」

李寧秀趕緊走上前一步，輕聲道：「老夫人千萬別這麼說，聽聞老夫人有恙，我特來看望您，若是有什麼不便，您就這麼躺著便是，千萬別勉強！」

李寧秀說得客氣，眼睛卻掃視著屋內。

蕭老夫人早有安排，想找出什麼破綻來，談何容易？

「多……謝，王爺對我們……蕭家，可真是掛念……掛念得緊啊！」蕭老夫人斷斷續續說著，眼睛卻看向了李寧秀，那眼神中滿滿都是憤恨之色。

李寧秀只覺得渾身都不自在，恰好有個僕婦端了藥碗正要去餵藥，連忙躲了開去。

安清悠從那僕婦手中接過藥碗，送到蕭老夫人嘴邊，「老夫人，該吃藥了……」說罷，拿起調羹送了藥過去，蕭老夫人卻是兩片嘴唇閉得緊緊的，安清悠叫了三次都不肯張口，只能很無奈地放下藥碗。

蕭老夫人的嘴角微微翹了翹，像是冷笑一般，吃力地道：「王妃……是來找妳的，談了這麼……這麼久，很開心吧？很好，很好……怪不得五郎不……不待見妳！」

安清悠剛才扮怨婦的時候本就是雙眼紅著，這時候再被老夫人一罵，扮委屈的樣子更維妙維肖「老夫人……媳婦和王妃不是……」

「我和五夫人也不是外人，早在選秀的時候就認識了。那時候宮裡就秀女房巴掌大的那麼點地方，低頭不見抬頭見，大家做姑娘的時候尤其是關係好，五夫人跟我可真是情同姊妹。此番前來不過是先和清悠妹妹敘敘舊，順便來看望老夫人，您可千萬別多想！」

安清悠的分辯之詞只說了個開頭，便被李寧秀打斷了，著急地道：「老夫人，不是那樣子的，我和王妃雖然是一起選過秀，可……」

安清悠的話又一次被人打斷，只是卻是蕭老夫人。只見她雙目圓睜，眼睛裡幾乎要噴出怒火，看都不看安清悠一眼，逕自對著李寧秀吃力地道：「好……妹妹？是吧？」

「對，好姊妹！」李寧秀用非常肯定的語氣回答道：「我清悠妹妹雖說已是嫁了人，可她若是吃了什麼虧，我可不會不管！」

這話又給安清悠加上了一條以死對頭施壓婆婆的罪名，李寧秀似還不知足，伸手便從安清悠手邊親自端起了藥碗，柔柔地道：「算起來，我亦是老夫人的晚輩，五夫人餵藥您不肯吃，我這個王妃親自伺候您，您總不能不給面子吧？身子骨總是自己的，和誰過不去，沒必要和藥過不去不是？來，張嘴。」

蕭老夫人就這麼看著李寧秀，眼中浮現出鄙視的不服氣來，嘴角那不成形的冷笑猶在，「行……有勞了……我老婆子這輩子　品誥命也做了……也算是被王妃伺候過，沒白活！」

李寧秀對蕭老夫人言語間的譏諷不在意，還親自拿過一個枕頭把蕭老夫人的頭部墊高，吹了吹藥，這才像個小媳婦般，將那湯藥餵到蕭老夫人口中。

一勺、兩勺、三勺……蕭老夫人似是很努力地吞嚥著，便在這時，忽然劇烈咳嗽起來，尚在嘴裡的藥水狂噴而出，登時噴了李寧秀一身一臉，王妃的正服就這麼汙了。

「王妃！」周圍人等無不大驚失色，驚叫的驚叫，上來擦拭的擦拭，好一通手忙腳亂。

李寧秀眉頭大皺，一雙眼睛死死地盯著蕭老夫人。

蕭老夫人此刻卻是雙眼緊閉，渾身無力地癱在榻上。

李寧秀猶未放心，掏出一塊帕子，在被藥水噴到的脖頸處輕輕擦了兩下，只見上面除了藥水污漬之外，還有絲絲血跡，眼中的笑意一閃而過。

忽聽得有人道：「王妃息怒，老夫人實是身染重病，絕無半點冒犯之意，還請王妃明查！」

說話之人正是安清悠，她早已敏感地聞到了蕭老夫人咳藥時的血腥味道，忍不住心中驚慌。

雖說老夫人這病好了許多，但老人家病症反覆，誰也說不準，尤其是以蕭老夫人這個脾氣，真對上睿親王府這個死對頭……

安清悠一邊搶上去驗看老夫人，一邊替蕭老夫人撇清。

伸手扶著老夫人，只覺得入手竟是綿軟無力，更是擔憂不已。

就這麼短短的一瞬，李秀寧已敏銳地察覺，逕自微笑道：「無妨，這事情原本就怪不得誰。老夫人既是身體有恙，那本妃也不多打擾，回頭有空時再來找妹妹說話，本妃這便告辭。」

送走李寧秀，安清悠三步併兩步奔回房裡。

「來人啊，快去請大夫！老夫人，您怎麼樣？」安清悠使勁呼喚著蕭老夫人，甚是焦急。

「不用請大夫，我的病好多了，沒事……」蕭老夫人慢慢睜開了眼睛。

安清悠鬆了一口氣，卻見蕭老夫人一個翻身坐了起來，放聲大笑道：「哈哈哈，好好好，連妳都能瞞過，料來那李寧秀目光再怎麼犀利，也看不出破綻來！」

安清悠又驚又喜，只是想到適才聞到的那血腥味，又不禁擔心道：「老夫人今日固是作態，但您咳藥之時，兒媳確曾聞到血腥味……」

「嘿嘿，妳這孩子倒是有良心！放心，我這一口老牙是老毛病了，微微用力一咬，便是有血滲出，當不得什麼大事，多少年了……」

安清悠細細看了老夫人口內，發現確是牙齦出血，這才放下了心來，卻又搖頭笑道：「睿親王府經此一事，怕要在路子上越走越偏，不過，這大夫還是要快些遣人去請才好……」

「對對對，差點百密一疏，既要作戲，當然是要做個十足十！」蕭老夫人登時反應過來。自己這「病」突然發作，若是沒有大夫來瞧，卻是不通情理了。

這邊打發人去請司馬大夫，那邊二、三、四房的幾位奶奶連袂來見。

烏氏一進門就直撲老夫人床頭而去，張口便高叫道：「老夫人啊，您身體怎麼樣了？嚇死媳婦了，聽下人說剛剛睿親王妃來了的時候，您這病……」

「我這病一時半會兒的死不了，還用不著這麼急著嚎叫！真等著妳們上門叫喚，只怕是什麼事兒都涼了！」蕭老夫人沒好氣兒地掃了寧氏幾個兒媳婦一眼。

剛才有事的時候，不見她們這般賣力，如今人走了，戲也演完了，倒是一窩蜂的都來了。

蕭老夫人瞅著幾房兒媳婦面上的表情各異，嘆了一口氣道：「私心太重，一個個都私心太重！有些話我以前說得夠多了，也說得煩了。三媳婦，這幾天輪到妳掌家，見了那位睿親王妃，妳可有什麼想法？」

秦氏精神一振，正色道：「老夫人曾說當家人須有擔當，這次媳婦正是按照老夫人的教訓所為，媳婦本是要狠狠將睿親王妃頂回去的，斷不容她進您的內宅半步，只是五弟妹卻不知為何，居然以老夫人之名，把媳婦遠遠調了開去。等到了老夫人院裡卻又沒得見著，眼睜睜瞅著睿親王妃進了老夫人房裡……」

秦氏憋了一肚子氣，見老夫人問起，自然是好一通發洩。

卻聽蕭老夫人猛地插話道：「妳是蠢貨嗎？」

「啊？」秦氏沒有回過味來，陡然一愣。

蕭老夫人冷冷地道：「看什麼看，妳到現在還沒聽明白嗎？那李寧秀怎麼說也是睿親王妃，如今宮裡頭又有個暫攝六宮的文妃做她的後盾，待她回宮去討一張探望我老婆子的宮事令來，左右都成了咱們蕭家的錯！說輕了，便可安妳一個藐視皇家的罪名，妳想過沒有？」

秦氏原本還在琢磨怎麼給安清悠上眼藥，此刻聽了老夫人的話，臉色煞白。

「有擔當並不是胡亂擺譜，更多的時候是知進退！」蕭老夫人重重哼了一聲，「尤其是掌咱們蕭家，更要坦坦蕩蕩，若是妳適才這番話裡有半點反省之意，我還能高看妳一眼，本事眼光什麼的都可以再磨練，可這做人若是不正……我剛剛便說過了私心太重這四個字，妳卻還緊著給妳五弟妹使絆子！」

蕭老夫人的話透著那麼一股寒意，秦氏身形一晃，差點跌坐在地上。

旁邊的寧氏瞧了瞧秦氏，奚落之色一閃而過，悠哉悠哉地道：「老夫人說的是，咱們這蕭家百多年的基業，我們這些做媳婦的如要掌家，可不是誰都能幹的。媳婦今兒聽了老夫人這句話，當真如醍醐灌頂，以後自是會沉下心來多學學。」

「那是那是，人得知道自己的斤兩，以後若有這等事，當然是先請教老夫人……或是請教一下五弟妹！」烏氏順勢附和，卻又多瞅了安清悠一眼。

今兒這事簡直是太明瞭，五房這不就是幫著老夫人盯著幾個媳婦怎麼掌家嗎？

便是如烏氏這般人也看了出來，只是以她的本事，卻想不出來怎麼才能在這等局面裡顯出她四房來。既是想不出，那便順水推舟，連安清悠也一道捧上了，只希望她說五房無意承宗是真的。

寧氏借勢踩人也好，烏氏又一次牆頭草隨風擺也罷，蕭老夫人不置可否，她掃了秦氏一眼，淡淡地道：「從今兒起，直到妳當家的日子結束，不許妳再見外客，不許妳踏出蕭府半步，更不許妳以蕭家的名義向外放什麼話。管管府裡的事情也就罷了，好好琢磨琢磨什麼叫擔當吧。」

「媳婦遵命！」秦氏無奈應下，知道自己這次當家也就是在內宅裡走走過場的命了。

「三嫂也不用太過把這些事情放在心上，事多事少，事大事小，總歸都扎扎實實地做好便是，何苦非要求全呢？」

秦氏皺眉，只當安清悠是在說風涼話，半點都沒有聽進去。

安清悠見她這樣，不再多言，逕自捧了幾件物事到蕭老夫人面前道：「老夫人，打今兒起，您除了吃藥之外，每天早晚還得各再加上一件事。」

「嗯？」蕭老夫人朝著安清悠手中那托盤看去，只見上面有一個水杯、一個瓷罐，另有一柄加了毛的小刷子，不由得問道：「這又是罐了又是刷子的，是要搞些什麼名堂？」

「以前不曉得老夫人牙齒有出血的毛病，如今既然知道，當然不能坐視不理。這罐子裡是媳婦前不久剛做出來的牙膏，這個小刷子叫牙刷，刷門牙這麼用，刷槽牙這麼用，刷牙齒的背面要這麼用……」

「哦，這就是清洛香號前幾天推出來的那個新玩意兒？聽蕭達說你們這次弄出不少物事，更數此物賣得最好！」蕭老夫人接過牙刷來比劃兩下，「這個刷牙好像很麻煩啊，我這都是幾十年的老毛病了，不刷行不行……」

「不行！您是媳婦們的表率，哪能不刷牙？」

安清悠義正辭嚴地回絕了蕭老夫人苦著臉的請求，轉頭又把水杯遞了上來，笑著說道：「您先試試，用牙膏對牙齒好，刷一刷其實很舒服的……您也想回頭再多吃些夫君為您做的飯菜不是？若是牙齒脫落得早，那可少了口福呢……」

一提到兒子為自己做菜，蕭老夫人微微一怔，隨即拿出了氣魄，毅然決然把牙刷沾上了牙膏塞進嘴裡，一邊刷一邊說著：「五郎那小子不會還是只會炒蛋吧……」

安清悠耐心地教蕭老夫人用牙刷，寧氏三人卻都看傻了。老夫人什麼時候被這五弟妹指揮得團團轉了？還有老五，一個大男人什麼時候居然會下廚了？還炒蛋？

安清悠餘光掃了一下面色古怪的幾個嫂子，心裡微微一嘆。

蕭老夫人按著安清悠所教的方法刷牙漱口，果然覺得唇齒清爽，口氣清新。一抬頭，卻見另外三個媳婦目瞪口呆地瞧著自己，便翻了個白眼道：「看什麼看，這個牙膏牙刷有點名堂，打明兒起，讓府裡人都用用！」

蕭老夫人的一句話，讓秦氏總算有了個可以體現自己有擔當的活兒。在她掌家這段日子裡，下大力氣抓了蕭家上下人等的口腔衛生問題，一時間，闔府上下早晚刷牙的好習慣蔚然成風。安清悠也不小氣，既是自家人用，牙膏自然是管夠的。

當然這都是後話，眼下蕭家看似有幾房媳婦在那裡明爭暗鬥，可是自蕭老夫人以下的這幾個真正知情人眼中卻是安全得很。蕭家的男人先後奔赴前線，皇上便得把婦孺老小們護住。安清悠越發感受到了蕭洛辰臨走前的話：「我這一去，所有的結都解開了，只要這一仗打贏……」

想到遠方的丈夫，安清悠的心又飛到千里之外，而此時此刻的蕭洛辰，出發已有些時日。只是隊伍龐大，行走緩慢，眼看著出京二十來天了，也只從大梁腹地走到了大梁邊境，離大草原上的北胡金帳還早著呢！

「將軍，今日京裡又遣人來，催咱們快走……」張永志悄然湊近，壓低聲音說道。

「京裡？京裡急得很啊！」焦黃面目的漢子微微一笑，他臉上的面具製作精良，怒笑之間表情絲毫不受影響，這個人自然是蕭洛辰了。

「已經準備了這麼久，何苦急在這幾天？師父，您這是怎麼了……難道是京中有變？」

從使節團出發到現在，後方已經祕密派了三撥人來，無一例外是催使節團加速行進的。蕭洛辰心中雖然擔憂，但面上依舊輕鬆自若，「這一仗從我們出谷時就已經開打了，要快要慢，咱們只看北邊有沒有來人催！京裡愛怎麼催怎麼催去，將在外，君令有所不受！」

輕鬆的語氣感染了周圍的人，車隊繼續慢悠悠前行，前方忽然塵煙四起，有軍馬迎頭來到，正是大梁北疆邊軍的服色。為首的將官大聲喝道：「前面可是去往北胡的使節團，我等奉令前來護送，敢問使節大人何在？」

「使節大人在此，有勞邊軍諸位兄弟！」

使節團中自有擺在明面上的管事軍將答話，只是話音未落，忽見北疆軍馬的陣營中斜刺裡殺出一隊騎士來，一個個都是北胡服色，卻是不著急去見那使節的中車，逕自繞著大隊兜起了圈子，策馬飛奔之際，猶自在鞍上扶高竄低，賣弄騎術。

「怕！」蕭洛辰低聲吐出一個字。

一道命令以蕭洛辰為中心傳開，眾人立刻作畏懼狀，有時候怯懦比慷慨激昂更加難得。

那些北胡騎士看到一張張害怕的臉，登時有人哈哈大笑道：「漢人！懦夫！不中用！快走快走！運錢！運糧！運你們的孝敬啊！」

這些話都是刻意用漢話說的，發音雖然生硬，但輕蔑之意溢於言表。

「呸！直娘賊的北胡人，來了我們大梁的土地上，還這麼耀武揚威！催什麼催？催著給你祖宗嚎喪啊！」

大隊旁邊，一個路過的大梁北疆士兵恨恨地啐了一口，這話得到了他身邊那些同袍們的回應。

「血猶未冷，軍心可用！」蕭洛辰在心裡默念了一句，露出詭異的笑容。

北胡人如此驕狂，催歲幣催到大梁境內來了，這正是他一直以來盼望見到的。若是那邊好整以暇地嚴陣以待，那才是真正的麻煩。

「等那些北胡人從正使那邊出來，咱們只怕是要加速前進了，這可是北胡人逼著催著的，咱們受迫無奈，要這樣才對路！」蕭洛辰笑著對身邊的手下說道，回應他的是一片會意的目光。

遠處，北疆邊境那一片綿延起伏的長城，已然遙遙在望。

使節團開始加速，而在京城之中，睿親王府也同樣悄然發生著改變。

「這蕭家的老太婆實是可惡，都病成這個樣子，還噴得妳一身藥來，本王定不能善罷甘休！」

睿親王兀自在屋裡發著狠，卻時不時偷瞟身旁的李寧秀。作為睿親王最大也是最強而有力的支持者，李家在整個大梁國中的地位自不用多言。只是這相敬如賓也好，彼此刻意去顧及著對方感受也罷，明明是該有的都有了，睿親王卻總覺得夫妻間少了點什麼一樣。

他甚至有點怕這位妻子，卻又說不上來這種怕是因為什麼。

李寧秀一眼便能看出王爺的怒氣是針對蕭家，而非為了她這個妻子，但那又怎麼樣，她根本就不放在心上。嫁過來連一個月都不到，李寧秀已經輕輕鬆鬆就把這位被朝野內外一致看好的睿親王收拾得服服貼貼，她有的是手段，至於像那想利用爭儲之事培養出自成一派勢力的沈從元之流，同樣瞞不過她的眼睛。

王府內外，很多人都對這位王妃的敬畏之意與日俱增，偏偏與之相映成趣的是，無論是什麼人，都會認定李寧秀是溫柔賢慧的好女子。

李寧秀一直都認為，自己會是一個幾乎完美的王妃，但這從來就不是她追求的目標，自小她就堅信，能夠與她相匹配的身分，應該是一個完美的皇后，完美的前面甚至不用加幾乎兩個字。

李寧秀臉上慢慢浮現出了一種矜持而又感激的神色，就像細心感受著丈夫為自己生氣的新婚妻子一樣，柔柔的話語聲幾乎挑不出一點毛病來：「王爺莫動怒，氣大傷身。知道王爺為了那一口湯藥如此發火，臣妾已經心滿意足了……」

剎那間，就連睿親王都有些恍惚，可是李寧秀話鋒一轉，卻又回到了某些大事上：「可是，此時此刻，王爺應該關心的不是臣妾。蕭家如今已是外有難患，內不齊心，主母病重，下面各房不和。王爺要謀大事，再不可把行事眼界糾結在蕭家之上。如今諸事已備，只消王爺君臨天下，什麼蕭家不蕭家，還不是有的是時間慢慢收拾？」

睿親王聞言，來回踱步了半天才道：「這個……是愛妃的判斷，還是李家長輩的意思？還有母妃，她在宮中有什麼消息透出來，對這個事情又有什麼想法……」

睿親王說得面面俱到，好像什麼都考慮到了，李寧秀卻是能夠清楚地看出來，自己這個天下一致看好的丈夫，遠沒有和他那賢王名氣相匹配的本領。

你滿腦子都是周圍人的想法如何，自己的想法呢？你身為爭儲之人的決斷何在？

李寧秀心裡嘆了一口氣，對於嫁了這麼個繡花枕頭頗為失望，但是轉瞬卻又有一種不知名的愉悅在她心中泛起。一個雄才大略的皇帝，對於皇后從來就不是好事，尤其是對於一個不僅僅想在皇帝身後默默奉獻的皇后而言。

李寧秀忽然覺得李家當初選擇睿親王真的是太對了，或許睿親王今天這個樣子，更是李家刻意栽培的結果？甚至睿親王那位母親，宮裡的那位文妃娘娘，對這種情況也是有意睜一隻眼閉一隻眼？李寧秀早就明白，要她那位同樣出身李家的婆婆在文妃和太后這兩種身分中選擇其一的話，她一定是對太后的興趣更大。

「臣妾當初從蕭家出來之時，沒急著回府，而是先去娘家見了祖父，又到宮裡走了一遭，和婆婆說了幾句話。若無諸位長輩首肯，焉敢對這等大事妄言？」

李寧秀笑得溫柔恬靜，哪裡讓睿親王有半分可以反駁的餘地？

伍之章 ● 百官叩闕廢儲

無論是北胡還是京城，很多事情都在悄無聲息中發生著變化，蕭家真正知情的幾個人，都篤定地認為，蕭家的男人們領兵在外，衝著這一點，皇上也得把老弱婦孺們給護好了。

於是，安清悠還能輕鬆地替老夫人盯著家裡，悠悠哉哉地看著嫂子們你方唱罷我登場。

「五弟妹啊，這次嫂子可是真求著妳了！」秦氏灰溜溜地結束了當家的日子，終於輪到烏氏當家了，她來到安清悠的院子裡，諂媚地笑道：「這掌家說來好聽，其實又哪裡是那麼好做的？二房、三房跟頭一個比一個摔得慘，如今輪到我了，那承宗什麼的，我也想爭，很想爭，可是妳四嫂論家事比不上二房，論陰損比不過三房，論本事、手段更比不過五弟妹。嫂子我也算是看明白了，這種事啊，由著老天定吧，什麼掌家不掌家的，走個過場，不捅婁子算是好了！」

安清悠瞅著烏氏說了半天，有些啼笑皆非，這可不像是四嫂的作風啊！

「四嫂有什麼事情需要清悠出力，只管開口便是，都是一家人，用不著客氣。」

「我就說五弟妹做事最是爽快！」烏氏打哈哈，「嫂子也不想出什麼風頭，就想藉機把家底弄弄明白，將來分家單過，心裡也有個譜。五弟妹，妳也知道，四嫂我啊，娘家那頭一家子的軍漢粗胚，要說這財帳之類的事情，誰能有五弟妹手底下的人多？清洛香號每天的銀子進得就如流水一般，找五弟妹借幾個帳房先生來查查帳，不知道行不行？」

「四嫂這話說得還真是……實在！」安清悠苦笑。烏氏還真是個走實際路線的人，早就叫嚷著要查帳，現在還真是說動手就動手。

不過，這蕭家不論那一房最後承宗，其他幾房都要分家出去單過，早晚的事情罷了。烏氏說得簡單，真做起來，可能還會去查查之前掌家的寧氏和秦氏，不過這也無所謂，查不查得出問題，對蕭家都不是壞事，安清悠當下點頭應允。

烏氏登時笑成了一朵花，連聲誇獎安清悠仗義。妯娌兩個閒話幾句，丫鬟來報，說是老夫人請五奶奶過去有事相商。

安清悠正懶得和烏氏掰扯什麼家底之類的事，聞得老夫人遣人來喚，正好藉著由頭起身離開。只是這一進了蕭老夫人的屋裡，立時察覺氣氛不對，太壓抑了。

蕭老夫人見安清悠進來，伸手指向旁邊的一疊書卷，沉聲道：「打今兒起，咱們娘兒倆多看看這些東西，我陪著妳看。」

安清悠頗覺奇怪，卻只微微點頭，探頭看去，上面第一本的封皮上寫著：「蕭氏家錄。」所謂家錄，是豪門大族中對歷代重要人物言行及諸般大事的記載。

安清悠略微翻看，卻見家錄不全，倒像是專門讓人揀選過的一般。

裡面林林總總，都是些歷代女眷在大梁歷史上某些重要事件裡發揮作用的經過。其間更有許多外界從未聽說過的密辛。無數讓人心驚肉跳的詭異陰險自不用提，這東西若傳了出去，大梁國歷朝歷代的官方記載只怕都要改寫不少。

翻看了幾眼，安清悠便知道這家錄的分量，毫不遲疑地合上放了回去，對著蕭老夫人道：「老夫人，您這是……」

「這家錄素來由蕭家一族的主母收管，昨夜我想了半宿，還是決定破例給妳看看。」蕭老夫人露出了幾分疲態，說話的聲音極慢：「我且問妳，當初皇上布了如此大的一個局來制北胡，滿朝文官之中唯有安老大人穩得住，唯有你們安家沒有站到睿親王那邊，妳當初也曾主持過中饋，對於某些方面，就沒有點家學淵源嗎？」

「這……」安清悠心裡微微一顫，咬了咬嘴唇，苦笑道：「媳婦當初未出閣之時，在安家便只講禮教規矩，古人云，女子無才便是德……」

「妳可不是什麼無才女子，似妳這般才華，便是放在男子裡，也不遑多讓，碰見這等事為什麼卻總是往後躲呢？」蕭老夫人打斷了安清悠的話，注視了安清悠半晌，臉上忽現柔和之色，慢慢地道：「古往今來天下事，數這政局最不乾淨。我看得出來，妳這孩子最討厭那些腌臢事，所以總是能躲就躲，對不對？」

安清悠低下頭，默然不語。

「這幾天我也在想，讓妳這麼個孩子非得沾這種事，究竟是不是對妳太過殘酷了，可是妳既嫁了五郎，既嫁入了蕭家，有些事情只怕身不由己，尤其是……」蕭老夫人幽幽嘆了一口氣，「這北胡戰事迫在眉睫，五郎和他父兄是有進無退，即便是和北胡打個平手，對蕭家都是大禍，何況我更怕咱們等了這麼久，熬了這麼久，卻是徒勞。」

安清悠一驚，問道：「可是外面出了什麼事？」

「妳這孩子果然敏感！」蕭老夫人臉色凝重，遞過一疊紙來，沉聲道：「蕭達剛剛從外面弄回來的，妳好好看看！」

安清悠自嫁入蕭家以來，還是頭一次見到婆婆露出如此嚴肅的神色。接過那寫滿字的紙一看，竟是一份奏摺的抄本。

如今的蕭家雖然明面上備受打壓，可是多少代人苦心經營出來的軍方大閥又豈同一般？暗地裡少不得也有黑不提白不提的消息管道。

安清悠也不多問這份東西由何而來，看完那抄本的內容，微微一怔，「彈劾太子借勢斂財，侵人田產？」

安清悠的秀眉皺了起來，自太子被圈以來，雖然京城中廢太子而立睿親王的傳聞甚囂塵上，可是終究沒有定案，而且參奏的人，不過是距離京城四百里外一個河清縣的小小知府罷了，而所參之事又是數年前之事，所謂斂財侵產之事，有些牽強附會。

「妳怎麼看？」蕭老夫人問道。

「怕是那邊投石問路之意了，找個小官來上個摺子看看萬歲爺的意思。以睿親王和李家如今的聲勢，想必那想搏富貴的官員不少，不怕死地為他們打前鋒的大有人在。」安清悠一邊想，一邊說道。

「我就說妳這孩子聰慧，似妳這等年紀能有這般見識，已是不錯了。」蕭老夫人嗯了一聲，又搖頭嘆道：「只可惜妳對於政局上的經驗太少。這份奏摺卻不是投石問路，而是一場狂風暴雨的先兆。眼下能幫上我的，只有妳了……只怕咱們還是小覷了睿親王妃！」

忽然提起李寧秀，安清悠微驚，「這奏摺和李寧秀有關？這是……」

「談不上什麼理由，就是一種直覺。那日睿親王妃來這裡走了一遭，我便覺奇怪，才臨時起意噴了她一口藥，可是她回去以後居然全無動靜，倒是睿親王府那邊莫名其妙出了這麼個奏摺來，妳不覺得奇怪嗎？」

蕭老夫人有些出神，似是對著安清悠說話，又像是喃喃自語：「圖窮匕現之時，最是凶險不過，應該還有點時間，咱們娘倆一邊吸收蕭家前人的經驗，一邊見招拆招，這怕是妳成長最快的法子了。既然男人們都不在，咱們娘倆便得把這個家守穩了。」

而在此時，壽光帝卻正對著劉總督大笑道：「好好好！朕三次祕密派人去催，蕭洛辰這小子三次頂了回來，就這麼不露痕跡地一路等到了北胡人來催來迎，這才提快了速度！不錯，這小子如今成了親，倒是越發穩當了！朕的最後一道考驗他過了，以後在北胡草原上才真的能讓他放手施為！」

「皇上識人之明天下無雙，培養了這麼多年的青年俊才又怎麼會錯？他日蕭將軍震驚天下之時，陛下的功績只怕更在前朝武帝封狼居胥事之上了。」

劉忠全這個馬屁固是拍得好，卻也替蕭洛辰捏了一把冷汗。雖說是將在外君令有所不受，不過那得是將真的在「外」，一日未出大梁國境，壽光帝若想收回兵權，走馬換將，不過是一道聖旨的事情。

壽光帝的笑容裡多了幾分高深莫測的意味，似是漫不經意地隨口又問道：「那個彈劾太子的摺子，朕已經留中不發了數日，劉卿，你對這事情有什麼看法？」

「這……怕是睿親王和李家那邊在試探陛下。」劉忠全小心翼翼地答著，只是以劉大人這位江南第一總督的眼光，心裡是不是真的如此想，就只有他自己知道了。

「你這傢伙，還是那麼謹慎，朕的意思你其實明白，隨口說說又有什麼大不了的？」壽光帝笑罵道，臉上的表情卻似對劉總督的表現極為滿意，又自言自語地道：「沉了幾天，第二波上摺子彈劾太子的人只怕也快要來了，你說有沒有人會連蕭家也一起參了？」

安清悠只是個調香師，不是什麼政客，對政局自然沒有極高的敏銳度，但她也有自己的法子，蕭老夫人傳給她的那本蕭家家錄，研究了幾日，尤其是最近幾十年來的事，更是反覆揣摩多次，有不懂之處便問蕭老夫人，慢慢的，也有了些心得。

「原來當初皇后娘娘能夠嫁給陛下為妃，竟然是您從中設局牽線，當初您……您也不過是二十歲出頭的年紀，居然如此手段！」安清悠翻過一頁家錄，看向蕭老夫人的眼神裡已經滿是欽佩之色。

「當年我嫁入蕭家時，對外說是十七，真實年齡也不過是十三歲而已，到那個時候，都已經做媳婦七八年了，算不得是什麼新婦。當年雖說是我從中牽線創造了機會，可重要的還是當年還在做王爺的陛下有意於咱們蕭家。若說歲數，妳這孩子只怕比我當年還要小上那麼兩歲，我當年可沒有手段能搞出清洛香號這般大的場面來。」蕭老夫人語氣淡然，對於當年之事不置可否。

安清悠心中微微嘆息，十三便嫁人，對女孩子的身體傷害極大，不知道老夫人年紀很大才有了蕭洛辰這麼個兒子，是不是與此有關。不過，看到蕭老夫人盯著自己的眼神，她便明白老夫人這是盼著自己去做些什麼。

「媳婦今日一早便已經安排下去，以清洛香號要在各地開設分號為名，向川中、湖漢、兩廣、甘陝諸路及東北關外等地調撥人手財物，還有南海之地的番邦諸島國，也以行商海外之名做了調派。萬一碰上最壞的打算，天下之大，總有容身之所。」

所謂最壞的打算，自然蕭家的男人們在北胡作戰不利，那在京城裡等著蕭家的便是傾覆之禍。有些事情便是不願想，也要有所防備。

「未謀勝先謀敗，這是用兵之道。妳能想到此節，比之五郎那幾個哥哥，已是不差了。」蕭老夫人點點頭，又拿出一本小冊子來，「這是我蕭家在外地的人手和祕密聯繫方式，妳若需用，知會我一聲便是。若有緊急，亦可自行決斷。」

狡兔三窟，似蕭家這等豪門，在外自然早有安排，此刻不過是強化罷了。

安清悠接過冊子，低聲道：「京中之勢，媳婦仔細想了一番，只怕還真是如您所言，李家此來絕非投石問路，正要與您商量……」

還沒等安清悠和蕭老夫人談定，下人來報，說是五奶奶的父親來訪，人已到了廳中。

安清悠微微一怔，「父親來了？」

蕭老夫人對外稱病，親家前來探視倒是合情合理。

待得安德佑進來，見著蕭老夫人和安清悠，這才沉聲道：「親家母、悠兒，出大事了！那河清知府參奏太子的摺子遞了上去，皇上留中不發。原本大家都認為，便是那邊要有大動作，也要有個過程，誰料想，今兒一早，彈劾太子的摺子竟是越來越多，再過一陣，只怕這朝事房就要被奏摺堆滿了！」

事態比蕭、安兩家預料的更糟，今兒一早，兵部尚書夏守仁依舊為李家做先鋒，率先遞牌子進宮，緊接著便接二連三有人遞摺子彈劾太子。從小小的巡城御史到六部尚書，文官們顯然是事先串通好，按照各自的品級高低，一波一波地上本參奏。彈劾太子的罪名之多，便是連壽光帝也被鬧了個措手不及，如今連早朝都被他老人家臨時取消了。

蕭家男人不在，安家有安老太爺坐鎮，得到消息的速度比蕭家快了半分，等到蕭家的人一臉焦急地來內宅報訊之時，安德佑已經把情況說得七七八八了。

「李家瘋了？這……這到底是要做什麼？」蕭老夫人聽到這消息，也是震驚。

事情已經是明擺著的了，這分明是百官逼宮，逼皇上廢黜太子！

逼宮！

「父親，祖父讓您過來，究竟是怎麼個章程？」

安清悠打破了僵滯的氣氛，兩人不約而同看了她一眼，只見她此刻反倒是最沉得住氣的一個。

安德佑心中暗叫慚愧，連忙對蕭老夫人道：「這事情太大，家父讓我來問親家母，蕭家在宮裡的管道多，不妨使路子打探一下宮中的情形……」

「到底是安老大人，看得清楚！」蕭老夫人登時醒悟，安德佑還未說完，她已經站起身來，幾乎是沒有遲疑地張口便道：「我親自去一趟宮裡，看看這情形如何！來人，備車，我要進宮見皇后娘娘！」

蕭家和皇室的關係千絲萬縷，尤其是蕭皇后再怎麼被架空，名義上還是皇后。

在座幾人心知肚明，壽光帝作戲歸作戲，對這位原配只怕也是明貶暗保的成分居多，更別說蕭皇后統攝六宮多年，如今在宮中再怎麼蟄伏，也總是有些心腹手段。

此時此刻，哪裡的消息又能比宮裡頭更重要？

蕭老夫人說走就走，不帶半點猶豫，偏在此時，蕭人管家急火火地前來報信：「老夫人，宮裡來人了！」

百官上書逼廢太子這等天大的事情都出來了，現在最缺的就是宮裡的消息。

宮裡來人很快便進到了內宅，一入房中，劈頭先行禮：「老奴慈安宮劉成，給蕭老夫人、五奶奶和安大人請安。」

劉成是蕭皇后身邊的第一親信，是慈安宮的總管太監。如今蕭皇后被架空，他的聲勢也是大不如前。儘管如此，皇后派出了慈安宮除她自己之外最夠分量的人物，不問便可知如今宮中形勢之嚴峻。

「老奴出宮時，內閣首輔李大學士已經進宮面聖，陛下在南書房單獨召見。」劉成一開口，便帶來了最重要的消息。

屋內幾個人心中一沉，百官逼宮彈劾太子，皇上猝不及防，不得不坐下來和臣子們談判了。

「李閣老親自上陣……」蕭老夫人怔了一陣，半晌才喃喃地道：「皇后娘娘怎麼說？」

劉成道：「娘娘的意思是，宮內宮外眼下必須有個聯繫，亟需有個能力極強之人代表蕭安兩家入大內研議。只是老夫人趕在群臣進諫的風口浪尖進宮，風險太大。要想把蕭家守好，老夫人必須坐鎮。」

眾人精神一振，蕭皇后特地派人囑咐蕭老夫人不要離開家門，說明情況雖然嚴重，但還沒到不可收拾的地步。

「可是，我若不去，這入宮之人的擔子卻是極重，這手段拿捏……」蕭老夫人微一沉吟，目光卻直朝著安清悠看來。宮外的人手雖多，但唯有蕭安兩家才是真正的「知情人」，蕭皇后點明是代表這兩家的人進宮，這人選是呼之欲出。

安清悠咬了一下嘴唇，卻聽得劉成猛然間高聲道：「皇后娘娘懿旨，蕭安氏下跪接旨！」

「民婦蕭安氏恭迎懿旨，皇后娘娘千歲千歲千千……」安清悠沒有絲毫遲疑，待要下跪，卻被劉成一把拉住道：「得了，五奶奶，這都什麼時候了，咱們還講這套虛的？老奴也是幾十年來說順了口，該死該死！懿旨在這裡，您幾位自己看吧！」

眾人接過來一看，見是蓋了鳳印的手諭，上面寫道：「聞母家新婦蕭安氏有喜，著其明日入宮來給本宮瞧瞧。」

「這懿旨上面是說……我有喜了？」安清悠眉頭微微一皺，隨即舒展開來。

「不錯，娘娘說妳有喜，妳便是有喜了！」蕭老夫人最先反應過來。

「老奴恭喜五奶奶有了身子，皇后娘娘聽了高興得緊，著您明日進宮說話！」劉成緊跟其上，鄭重地向安清悠賀喜。

安德佑亦是反應過來，這不就是以懷孕為名，讓悠兒進宮去給皇后娘娘「瞧瞧」嗎？

雖說這等時候，只怕是誰也不相信蕭家人進宮是什麼蕭皇后找娘家的侄兒媳婦去說私房話，可是這非朝廷誥命者，莫說是不得進宮，普通民婦便是求見宮中貴人的資格也沒有。

這麼一道睜眼說瞎話的懿旨頒下來，倒是免了不少麻煩。

再仔細一想，悠兒進宮比老夫人不打眼，而且蕭皇后在懿旨中寫清楚了是明天去，可見這局勢並非自己等人想像得那麼差，安德佑的心裡又穩當了幾分。

眾人又說了一番明日入宮之事，劉成率先告退回宮，安德佑也自回安家商議諸般要務，只是轉過天來啟程之時，安老太爺竟是親赴蕭家相送。

「丫頭，此次入宮，爺爺就一句話囑咐，和皇后娘娘那邊談得如何，觀察到什麼情況尚在其次，最要緊的是能從宮裡出來。」

安老太爺是真正的明白人，蕭皇后那番安排穩得住宮外己方陣營的人心，卻改變不了這風雲突變之下形勢險惡的現實，但是他同樣沒法把話語說得太明。

安清悠的眼睛有點濕，卻還是笑道：「祖父放心，孫女就是進宮去陪著說說話，沒什麼大不了的，少時便歸。」

說完，邁步上車，載著她的馬車緩緩向前挪動了開去。

蕭老夫人嘆了一口氣，「可惜，這孩子天賦為我生平僅見，若是再多些時間好好教教她便好了，沒想到這暴風雨來得如此快……」

安老太爺同樣注視著那遠去的馬車，撫鬚一笑，「皇后娘娘不過選秀之時見過悠兒這丫頭數面，這人挑得卻是極為堅決。正所謂，紙上得來終覺淺，須知此事要躬行。我孫女我有譜，錯不了！親家夫人，妳素來俐落，怎麼這時候倒有些長吁短嘆起來？」

蕭老夫人也有些自嘲地笑了起來，和安老太爺自去商議應對之策不提。

那邊安清悠坐在車中，由蕭皇后派來的劉成親自護送，不多時便到了北宮門外。掀簾望去，只見這朱紅色的宮殿依舊巍峨，卻物是人非，與當初選秀之時大不相同了。

安清悠正有些感慨，忽聽得有人喝道：「站住！何人要入宮？」

隨車護送的劉成輕輕吐出一口氣，昔日蕭皇后全盛之時，他在宮門口只消把臉一露，哪個還不過來打躬作揖陪笑臉？今時不同往日，自己親自護送的車駕，竟也被人如此呼喝。

虧得他有上得去下得來的本事，這時面色不變，高聲答道：「皇后娘娘的侄媳蕭安氏，如今因有身孕，被娘娘召進宮。」

幾個守宮門的侍衛眼見如此，倒也是公事公辦，驗過了懿旨鳳印就要放行，卻在此時，有個陰惻惻地聲音響起：「喲，我道是誰，這不是慈安宮的劉公公嗎？怎麼著，這是皇后娘娘的親戚入宮？可真是會挑時候啊！」

這不陰不陽的嗓音尖銳，一聽便知道是太監。

劉成的瞳孔微縮，這個聲音他簡直是太熟悉了，不是文妃身邊的侯旺，卻又是誰？

尖利的譏誚聲中，一個老太監在幾個小太監的簇擁下大搖大擺地走了過來，他上下打量了馬車幾眼，對著劉成笑道：「我說劉公公，昨兒剛出了回百官遞摺子的大事，今兒您就這麼急慌慌地從外面給皇后娘娘送人進宮啊？只是好像不對，這蕭家的男人都被萬歲爺發配到北疆邊境充軍去了，剩下一個蕭洛辰也被貶成了布衣，聽說他在幹什麼來著？好像是躲在自家工坊裡跟老婆嘔氣，去搞那製香什麼的調調了啊！您說您就算給皇后娘娘送人進宮，還能有用嗎？」

侯旺藉故嘲諷，旁邊一干人等陪著起鬨大笑。

「侯公公，您老的眼睛還真辣，這車裡坐的便是那蕭洛辰的媳婦蕭安氏！」

「蕭家可真是沒人了，就算是皇后娘娘向宮外討救兵，怎麼就弄進來這麼個小媳婦？」

「對啊！就算是討救兵，哪怕是找幾個有官位在身的也好，這安家好像如今也成了白身？」

「白身！絕對白身！安家從上到下，一家子都被皇上革了官……」

能在宮裡做事的，哪個沒些看人的本事？文妃既是暫攝六宮事，實權便已遠在蕭皇后之上，這侯旺更是在宮中的大小奴才之間鋒頭最健的一個，幾個小太監因此順著侯旺的話頭往下嚷嚷，守宮門的侍衛統領亦是一臉獻媚之色，一個眼神丟過去，那些手下的侍衛便非常配合地哄堂大笑起來。

「等等，說什麼來著，安家……哦，我想起來了，這蕭安氏好像還是當初進宮來選秀的秀女！嘖嘖，倒楣就倒楣在嫁給那蕭洛辰，可惜了這麼一個人兒……」

侯旺聽到眾人提起安家，想起了安清悠，也更想起了清洛香號來。

清洛香號有錢啊，有錢到了滿地流油啊！

太監不得為官，不得干政，不得授品級，又沒法娶妻生子，對於錢財便加倍喜愛。侯旺的臉上浮起得意洋洋的笑容，天時地利人和，這麼一隻肥羊撞在他眼前，當然是要石頭裡也榨出油來。

「最近宮裡的事多，你們這些侍衛做事也不知道警醒點，萬一讓什麼不三不四的人混進了宮去，誰吃罪得起？把車簾打開，讓裡面的人出來，咱家要查驗！」

有侯旺撐腰，侍衛們哪裡有什麼客氣的，當下便有人要動手了。

劉成暗暗叫苦，怎麼偏偏碰上文妃身邊的侯旺？他在宮裡混了一輩子，對於宮門這點腌臢事哪裡有不明白的，一咬牙，湊上前忍氣吞聲地陪笑道：「侯公公，這蕭家的新婦有了身子，行動不太方便，皇后娘娘特地叫進宮裡來看看。出入腰牌俱在，合情合理又合規矩，您老高抬貴手，就別讓宮門的弟兄們折騰一個婦道人家了。」

說話間，劉成一伸手，侯旺發現手中多了一件硬物，低頭一看，卻是名貴的翡翠玉核桃。

宮中三大總管太監，侯旺原本排名最末，被劉成壓了幾十年，如今看到對方低眉順眼地給自己遞東西，頓時心花怒放。只是正所謂皇城當差兩張臉，宮中做事一串錢，眼瞅著對方一出手便是如此，更激發了他的貪婪。東西照收，臉上卻是一板，冷笑道：「我說劉公公，您也是宮裡當久了差的人物，咱家在文妃娘娘面前也算是有頭有臉的人，這麼一個小玩意兒，您當是打發要飯的呢？來人，給我查！」

侯旺這話一說，便有人邁步上前，卻聽得馬車中陡然傳出一聲嬌叱道：「且慢！」

說話之人正是安清悠，只見她掀開簾子，慢慢從車裡走了出來。

一下車先是打量了侯旺幾眼，才冷笑道：「好一個奴才！」

靜……

周圍猛然間一靜。

安清悠這話一說，幾個小太監和一干侍衛皆面面相覷，這……蕭家的婦人膽子好肥！

侯旺幾乎不敢相信自己的耳朵，如今這形勢，太子只怕朝不保夕，更別說這區區一個連誥命都沒有的民婦，居然敢這麼對自己？

「妳……妳敢罵咱家？」侯旺那尖利的嗓音一下子提起老高。

安清悠悠悠地道：「我可沒有罵侯公公，你是宮中的內侍，那不就是天家的奴才嗎？你敢說自己不是皇上的奴才？民婦加上一個好字，這哪是罵你，這可是十足十的誇你呢！劉公公，你說是不是？」

「那是當然！那是當然！」劉成反應極快，立刻附和。他對侯旺已是恨極，見事情難已善了，索性也不打那委曲求全的主意了，「老奴亦是天家的奴才，皇上的奴才，我等宮中內侍都是！只是，侯公公當真是名聲在外，便是宮外都知道您這好奴才的大名了！嘖嘖嘖，真是好一個奴才啊！」

「你……你們……」侯旺氣得臉發綠，可要當著這麼多人的面公開說自己不是天家的奴才，他還真是沒膽子開這個口。手指顫顫地指了安清悠半天，陡然氣急敗壞地大聲叫道：「查，給我查！不光是馬車上要查，這婦人的身上也要查，把她給我扒光了，仔細地搜！」

侯旺雖然氣得臉色發紫，卻還保留著一絲神智，左右這是蕭皇后從宮外召來的蕭家人，自己就是做得再過分，到了文妃娘娘面前也只是有功無過，有這位主子保著，有什麼不敢幹的？

侍衛們卻是不敢行動，這婦人可不是一般的民婦，那可是蕭家的五奶奶。真要是動手搜人家婦道人家，壞人名節，就是跟蕭家結下了死仇。雖說這蕭家如今早有要倒的傳聞，可是軍中誰不知那累世將門的赫赫威名？瘦死的駱駝比馬大，蕭家混得再怎麼慘，明裡暗裡要弄死幾個看宮門的侍衛未必辦不到。到時候你侯公公拍屁股走人，到文妃娘娘面前邀功，卻留下我等頂缸？

大夥兒大眼瞪小眼，一個個人聲吆喝檢查，腳下卻如生了根般的紋絲不動。

侯旺指使不動這些侍衛，氣得暴跳如雷，一把推過身邊一個小太監道：「你，上去動手！」

那小太監都快哭了，似他們這等小太監可不同於那些宮中侍衛另有體系，侯公公那邊隨便找個藉口便能一頓板子打死了事，當真是前進是個死，後退也是個死。哆嗦了半天，哭喪著臉，只好一步一步地往前蹭。

「侯公公，你好大的膽子！」

安清悠的冷笑終於變成了寒霜，喝斥一句，手上已是多了一捲紙，上面的印章人人識得，正是蕭皇后的鳳印。

「老奴恭迎懿旨！」劉成口中高呼，拜了下去。

懿旨就是懿旨，對於這些長期受到訓練的宮中之人來說，有些東西早就形成了條件反射，周圍那些侍衛、太監等人幾乎是下意識地跪倒。

偌大的宮門下，只有兩個人還站在原地，其中一個是手握懿旨的安清悠，而另一個人赫然是如今聲勢極旺的侯旺。

侯旺站在原地，臉色僵硬。

安清悠冷冷地道：「剛才我稱侯公公是個好奴才，這話看來倒是說錯了，見懿旨都敢不拜，侯公公這是算藐視天家？還是想造反呢？」

一陣涼風襲來，原本還趾高氣揚的侯旺打了個寒顫，雙腿一軟，跪倒在地，顫聲道：「奴才……奴才侯旺恭迎懿旨。」

安清悠淡淡地道：「罷了，諸位都請起身。侯公公，我雖是民婦，卻也是奉了懿旨進宮，如今你可是該放行了吧？」

「這個……那個……」侯旺遲遲沒有吐出放行的話來，只見他支支吾吾了半天，抬起頭來時，臉上居然帶上了一絲獰笑，「蕭五夫人，妳有懿旨在手，咱家自然是動不了妳，可是妳今日若想進這宮門，怕也是難了！」

侯旺行了那兩拜六叩的禮，卻是一臉狠厲地站了起來，轉頭對著那些守門侍衛道：「各位弟兄，今兒這事你們也看見了，人家蕭家的五夫人有懿旨在手，脾氣大著呢！可是，如今宮中不比往日，這出入宮闈該查也得查不是？咱家索性也把話挑明，動不了人，你們也可以查驗馬車，給我慢慢地查，仔細地查，查驗到宮裡上鑰匙封門為止，這不算為難你們吧？若是實在不肯賣西宮文妃娘娘這個面子，咱家也沒話說，事兒不大，諸位看著辦吧！」

劉成聞言變色，心中大罵侯旺，守宮門的侍衛則是哀嘆，這神仙打架，小鬼遭殃，自己怎麼就偏偏是今日當值，偏偏遇見這等夾在中間的事情？

可是，想想如今這宮中局勢，到底還是覺得不能惹了文妃娘娘，只好上前苦笑地低聲道：「蕭五夫人、劉公公，如今宮裡是文妃娘娘說了算，小的這一班兄弟也是身不由己。您二位大人不記小人過，千萬別跟小的們一般見識，得罪了！」

侯旺大笑道：「蕭五夫人，您有懿旨在手又如何？咱家有的是時間陪妳耗，耗到了天黑宮門關上，妳依舊無可奈何，咱家卻是要到文妃娘娘那裡領賞去了。」

安清悠微微皺眉，向那領頭的侍衛招了招手問道：「敢問這位侍衛大哥，這宮門出入，可是該由這西宮的總管太監轄制？」

那侍衛一愣，下意識答道：「宮門自有侍衛轄制，侯公公雖然貴為西宮的總管太監，可是權力上卻與我等互無歸屬。不過，蕭五夫人啊，您也知道如今這宮裡的情形，我們這一干辦差的也是……」

那侍衛會錯了意，以為安清悠是要從自己這邊打開缺口，卻不防安清悠面色一變，輕笑著道：「夠了夠了，既是如此，卻是剛好，劉公公，咱們打道回府！」

侯旺正自得意，聞言一怔，夠了？什麼夠了？還有什麼剛好？

安清悠逕自對著旁邊的劉成笑道：「我原本還想著怎麼才能打開局面，如今看來倒是省了我一番手腳。文妃娘娘縱奴逾權，挾制宮門，這個罪名說大不大，說小也不小了。家裡正愁沒個好由頭把水攪渾，這下把柄不是來了嗎？家裡都在等著，回去報喜找人寫摺子去！」

她的聲音不高，剛剛好能讓侯旺聽個真真切切，令他臉上的神色從得意變成了驚恐。

逾權而挾制宮門，這等事情往大了說，簡直形同謀反了，他可不信對方會把事情往小了搞。

蕭家如今雖然搖搖欲墜，可是找幾個官兒弄上幾份摺子還是沒問題的。

如今睿親王府和李家一系全力發動，百官彈劾太子，便是文妃娘娘也曾發下話來，如今千事萬事都要力保此事，而那邊的蕭家只怕還真是正在發愁沒有什麼橫生枝節的事情把水攪渾，今日這宮門一鬧，事情雖小，可向來大事是由小事而起，蕭家已是被逼到了懸崖邊，當真是神仙都不曉得會從這小由頭搞出什麼大事來。

思及此，侯旺的額頭登時冒出了冷汗。

文妃娘娘御下極嚴，憑空送了對手一個機會，哪怕是微乎其微的機會，自己也不會有好下場。

偏在這時候安清悠還一疊聲地催促道：「快走快走，這事可是要緊，家裡還等著呢！劉公公，你不必送我回府，逕自到清洛香號走一遭，把咱們的人手都放出去，在京裡可勁兒地傳，就說文妃娘娘已經派人封了北宮門！」

劉成腦筋動得快，大聲答應。安清悠則是連車馬都不要了，就這麼準備往宮外走去。

侍衛們彼此瞅了一眼，樂得撇清干係，沒有半個上來阻攔，倒是越發賣力檢查起那被拋在宮門口的車馬來。

吵吵嚷嚷之間，一個尖利的聲音傳來：「別……別啊，蕭五夫人，您暫且留步，這入宮的事情，咱再商量商量！」

安清悠卻是連頭都沒回，冷冷地道：「商量？我可沒那功夫，侯公公還是趕快去找文妃娘娘領賞才是，您阻了蕭家的人入宮見皇后娘娘，這是多大的功勞啊！」

只聽得身後噗通一聲，侯旺重重地跪倒在地，高叫著道：「奴才沒有阻擾懿旨，奴才沒有封閉宮門，奴才……奴才侯旺，恭迎蕭五夫人進宮！」

原本隨著安清悠正要離開的劉成暗笑，轉身走到侯旺面前，一本正經地道：「侯公公，您不逼著宮門的弟兄們查驗了？最近宮裡可是大事不少啊！」

「哪兒的事，劉公公，您是知道的，侯某管的是西宮，又不是這北宮門，再說大家都是內侍，怎麼也管不到侍衛頭上不是？剛才不過是開個玩笑，這……還請您老幫襯著跟蕭五夫人說說，我真的沒有攔懿旨，我真的沒有封宮門啊！」

說話間，劉成只覺得手中一滿，那顆翡翠核桃不僅回到了手中，還多了一件羊脂玉的鼻煙壺。正要再擠兌侯旺兩句，卻見安清悠重又上了馬車，當下提聲叫道：「蕭五夫人奉懿旨進宮！」

「奉懿旨奉懿旨，人家有懿旨，這事可不能怪我……」侯旺兀自喃喃自語，一顆心終於放了下來。這位蕭五夫人進了宮，總不能說自己封宮門了吧？

卻聽那馬車內有個女子的聲音淡淡飄了過來：「真是一個好奴才！」

跟車的劉成似是看出了安清悠眼神中的複雜之色，兀自在旁邊扯著剛才的事情，只是這口中雖然叫著痛快，笑容卻透著一絲勉強。

「痛快！痛快！那侯旺仗著文妃娘娘的勢，如今在宮裡可說是無人敢惹，沒想到夫人年紀輕輕，手段竟是如此厲害，收拾得他半點脾氣都沒有！老奴剛才還在想，夫人這可不是真的準備要走？現在這形勢誰也說不好一個變數會產生什麼，小小一個由頭，說不定還真能鬧出些大事來！」

安清悠淡淡一笑，「公公謬讚了，其實我也不過是唱齣空城計，若是那侯旺真是這樣放我們離去，只怕倒是耽誤了大事。宮中最準確的消息拿不到，便是家中出手，只怕也打不到點子上。您的好意我心裡領了，且請放心，既是進了宮，我心裡自然也是什麼樣的準備都有。」

劉成勉強一笑，到底還是嘆了一口氣。

這位蕭五夫人果然是明白人，人家心裡邊透徹著呢，倒是不用自己寬慰了。只是這情形當真是……當真是不好，若是放在一年前，他要帶人進宮，哪用得著這般費力？

拾掇了侯旺，安清悠卻沒有什麼興奮之意。

單是進宮門便鬧出了許多事情來，不知皇后那邊又是面對著多大的壓力？

進了慈安宮，安清悠大禮叩拜：「民婦蕭安氏，拜見皇后娘娘，皇后娘娘千歲千歲千千歲！」

宮裡來的傳信指示起到了穩定軍心的效果，安清悠也是在用自己的方式告訴皇后，家裡穩得住，您也放心。

蕭皇后眼中的讚許之色一閃而過，笑道：「起來吧，坐著說話，妳是本宮的侄媳婦，都是一家人，沒必要搞這虛禮。私下的時候，便隨著洛辰那孩子，也叫我姑姑便是。」

「謝皇后娘娘賜坐。」安清悠低聲道，側著身子貼著椅子的一邊坐下。

再看蕭皇后，只見她雖然依舊是那副雍容華貴的模樣，但面容卻憔悴了許多，兩鬢上斑斑點點多了不少白髮，顯然是這段日子裡幾近於冷宮的生活著實不好過。

「老夫人和家祖父讓我來請示娘娘，宮中的情形到底如何，尤其是陛下那邊……究竟是怎麼個態度？」

如今外頭說什麼的都有，甚至有說太子和皇后已經被軟禁了。

「四方樓緊急接管了瀛台，太子目前無恙，至於本宮這邊也還湊合，還能讓劉公公出去和家裡打個招呼，妳這不是來了嗎？」蕭皇后微微一笑，只是接下來的話卻像是晴天霹靂一般：「跟家裡該告訴的先告訴一聲，本宮這皇后的位置九成保不住了，太子那邊更是凶多吉少。以後家裡若有人想到宮裡來，怕是再沒有懿旨護身了。」

安清悠心頭大震，這情況比預想的更糟，簡直就是凶險到了極處。若真是如此，那蕭家該怎麼辦？安家該怎麼辦？遠在千里之外，賭上了性命遠征北胡的蕭洛辰又該怎麼辦？

這……這事情怎麼一夜之間就變成了這樣？一次百官逼宮式的彈劾，居然就逼得皇上真的做出了廢后和廢太子的決定。

這還是那個號稱權謀之術天下無雙的壽光帝嗎？這還是那個手段強硬，想要在文治武功上都超越先祖的壽光帝嗎？

「皇上已經……」安清悠一臉驚愕，話說到一半，卻被蕭皇后揮了揮手打斷：「陛下什麼也沒和本宮說，這些都是本宮自己猜的。李大學士昨日入宮與皇上議事，晚上被賜了留宿宮中，今兒五更天就被陛下召了去，到現在還沒談出個結果來。」

蕭皇后的語氣平緩，說話的聲音很慢，安清悠的心卻一點一點地沉了下去。

皇上和臣子談條件？這本就是天子權力幾近失控的徵兆了。

安清悠的秀眉緊緊皺了起來，「現在李家已經占了上風？皇上為什麼不出手？」

蕭皇后有些驚訝，以這侄媳婦的年紀，能夠在聽到這等大事後穩得住，已是難能可貴，這時候居然還能冷靜思考地提出問題來，還都問在了點子上。

「若說李家已經占了上風倒也不見得，陛下的手段高深莫測，半年前便將京中各緊要關節之處做了一番安排，京東京西兩處大營又都是只忠於陛下之人掌控，若真是要破釜沉舟地來硬的也不是不行，只是如此一來，這朝中登時便是無人可用之勢，偏偏……偏偏又趕上這個時候……」

蕭皇后口中的「這個時候」，安清悠當然知道是什麼意思。

如今蕭洛辰等人祕伐北胡，只怕人都到了那草原深處，便是用獵鷹傳訊追去也是來不及。所謂箭已離弦，再沒有回頭的可能，大梁與北胡一戰實際上已經開打。

李家幾乎將朝中將近七八成的文官拉了進來，若是壽光帝在此時以強硬手段來上一場大清洗，不僅朝廷中樞陷入無人可用的癱瘓局面，只怕整個文官系統都會大地震。

如此局面下再與北胡開戰，只怕大梁江山有傾覆之危。

安清悠和蕭皇后兩人對視了一眼，不約而同想道：李家這逼宮彈劾的時機抓得太好了！

便在安清悠和蕭皇后苦笑著念叨李家的時候，李家在宮中的主事者文妃，正面若寒霜地訓斥著侯旺：「蠢材！誰讓你去招惹蕭家的媳婦，皇后要召人進宮，讓她見了便是。慈安宮那邊如今已是死了的老虎，她若還有手段，早在派人出宮報信的時候便已經帶出去！既是已經攔下，偏又沒有攔得住，你這是平白無故給本宮丟人，居然還摻和上了城門衛？你當那些侍衛是真的能聽你差遣？前腳蕭家人進了宮，後腳他們就會去報給皇上，若是皇上由此而改了什麼主意，那才是真正的大麻煩！」

侯旺在外面趾高氣揚，到了文妃面前卻是半點也不敢放肆，不待主子吩咐，自己已左右開弓掌起嘴來，「奴才無能！娘娘，奴才真是錯了……」

忽然有個女聲插口道：「娘娘，侯公公也是想替主子辦事，雖說這次不得其法，但到底還算是沒出什麼大事，便饒了他吧！」

說話之人便是如今的睿親王妃李寧秀，安清悠進宮費了一番周折，李寧秀卻是來去自如。

文妃冷哼地說道：「哼！既有睿親王妃求情，便饒了你這遭！再有差錯，仔細你的腦袋！」

侯旺如蒙大赦，紅腫著雙頰正要告退，卻被李寧秀叫住：「等等，你說那蕭家的五夫人帶著懿旨進宮，這理由又是什麼？」

「好像是說蕭家的五夫人有喜了，皇后說讓領進宮去瞧瞧……」侯旺連忙又是點頭哈腰。

「有喜？」李寧秀低下頭似是在思考著什麼，忽然笑了起來，「娘娘，今兒這事兒倒是有趣得緊，如今這皇后娘娘召蕭家人進宮雖是攔不住，但若叫她出不去，倒是不難！」

「出不去？」文妃瞧了李寧秀一眼，淡淡地道：「這個時候，妳對蕭家來人還有興趣？」

「有興趣，當然有興趣！」李寧秀笑道：「昔日祖父和娘娘都曾教訓過，越是大事，越是到了最後一刻也不能放鬆，尤其是像皇后娘娘和蕭家這種對手，更得小心，若是能封住了，當然不能給她們和外面半點通氣的機會！」

文妃微一思忖，到底還是點了點頭，「妳欲如何做？」

「煩請娘娘傳宮中太醫一用！」

慈安宮裡，安清悠和蕭皇后面色凝重，宮裡宮外的消息通得越多，越見事態險惡。偏在此時，劉成一溜小跑來報：「娘娘，睿親王妃在殿外求見，說是來向娘娘請安！」

「請安？」蕭皇后眉頭微皺，「這個時候？李寧秀？」

李寧秀進了慈安宮，大禮參拜，對蕭皇后的恭敬竟是比平日還要嚴謹上三分。

「臣妾拜見皇后娘娘，娘娘千歲千歲千千歲！」

侍立在一旁的安清悠暗嘆，這李寧秀當真難纏。

「起來吧！」蕭皇后淡淡地道：「睿親王妃今兒倒是有閒，皇上正與妳家家主議事，妳不去陪文妃娘娘，到本宮這裡來做什麼？」

蕭皇后如今雖然被架空，但說起話來還是半點也不客氣。

李寧秀恭恭敬敬地道：「我家家主？臣妾愚魯，不知道皇后娘娘指的我家是哪一家？臣妾雖然出自李家，但自從嫁入睿親王府，便是皇家人，若說我家家主，怕是只有萬歲爺才能當得起。娘娘所言，臣妾實不知是從何談起。身為皇家媳婦，來向皇后娘娘請安，那不是應當應分的嗎？」

李寧秀這話說得雖恭敬，話中之意卻是毫不退讓，不軟不硬地頂了蕭皇后一記，接著又道：「更何況，聽說蕭五夫人有喜，這可是天大的好事。我與蕭五夫人一起進宮選秀，情同姊妹，如今既知她有喜訊，怎能不來道賀探望呢？」

情同姊妹？又見情同姊妹！安清悠苦笑，明明和自己沒說過幾句，卻總是說情同姊妹，而且每當她提起情同姊妹四個字的時候，便是麻煩找上身來的時候。上次來蕭家探望老夫人似是打了個平手，可沒過幾天便鬧出了李家煽動百官彈劾太子的事來，卻不知是不是和李寧秀有關？

安清悠不敢怠慢，福身道：「有勞王妃掛念，折殺民婦了！」

「妹妹勿輕動，有了身子的人，還講這般虛禮做什麼？更別說咱們姊妹這等關係！唉，也不知當初一同選秀的姊妹中，如今有幾人肚子爭氣？我這一聽妳有喜，高興得不知怎樣才好呢！這不，慌著忙著向文妃娘娘請了宮令討了賞，讓太醫過來幫妹妹號號脈，琢磨下該如何進補！」

李寧秀這話一說，安清悠和蕭皇后兩個人心中同時咯蹬一下。

所謂有喜，不過是蕭皇后的藉口，卻沒想到隨口編的理由，居然會被李寧秀尋出破綻來。

「不必了，本宮剛才已經讓人給她號過脈，這事就不勞睿親王妃和文妃操心了。」蕭皇后故作鎮定，淡淡地把事情推了回去。

可越是這樣，李寧秀越覺得有問題，微笑著道：「娘娘哪裡來的話？臣妾可是為我這好妹妹在文妃娘娘面前討的賞，這脈還是號一下為好！」

「放肆！妳這是拿文妃來壓本宮不成？本宮的晚輩自有本宮來管，還輪不到旁人插手！」蕭皇后勃然大怒，狠狠甩了一下衣袖。

李寧秀笑了，笑容中還帶著些得意之色。

如今李家連壽光帝那邊都已經撕開了臉，蕭皇后的一番作態，又哪裡嚇得住她？她既是認定安清悠並未懷孕，便毫不退讓地道：「皇后娘娘請息怒，不過是號號脈罷了，對我這好妹妹又沒有什麼壞處。臣妾和文妃娘娘也是一片好心，怕是有人以此為由，哄騙皇后娘娘。來人，請宮令！」

蕭皇后心中大悔，當初找什麼理由不好，偏偏選了這個。

到了這般田地，安清悠也無計可施，只能無奈將手伸了出去，由著李寧秀帶來的太醫診脈。

「瞧仔細點，蕭夫人可是我的好姊妹，若有半分診不清楚，本妃饒不了你！」李寧秀警告道。

那老太醫戰戰兢兢地應下，號脈時全神貫注，生怕出了半點差錯，而且平日裡號脈不過是片刻便有結果，這時候卻足足號了一炷香的功夫。

安清悠和蕭皇后額頭微微見汗，倒是那老太醫臉色古怪。李寧秀見狀，心中越發篤定，等到那老太醫收了手，這才笑著問道：「如何？蕭五夫人可是當真有了身子？」

按照李寧秀所想，這當兒只要真相大白，接下來自然是水到渠成。

蕭家派人進了宮又如何，進得來出不去也是枉然，還平白搭上了一個能幹的媳婦。

老太醫擦擦額頭上的汗，顫巍巍地道：「回王妃的話，蕭五夫人這脈象……確實是……確實是喜脈！」

喜脈？李寧秀一怔，原本如春風般的微笑，僵滯在了臉上。

蕭皇后大喜過望，自己不過隨手一寫，沒想到卻有這等巧合，還是這老太醫另有古怪？不管是哪一種，今日這難關終究是過了。

安清悠卻是呆愣。

原本是配合皇后娘娘的託辭，怎麼還真的……真的號出了喜脈？

安清悠這才驚覺，這個月的小日子還沒來。之前自己的小日子本就不是那麼準，晚個十天半個月也不是沒有過。如今這一算，蕭洛辰出征前的那夜抵死纏綿，到現在剛好差不多有四十來天……

難道真的是有了？

安清悠只覺得腦子一團亂，蕭皇后卻已悠悠笑道：「睿親王妃，妳既和我這位侄媳婦情同姊妹，如今好姊妹有喜，妳準備送上點什麼做賀禮啊？」

「瞧臣妾這腦子！若不是皇后娘娘提醒，幾乎都忘了這般大事！」李寧秀瞬間恢復了常態，一把拉過了安清悠的手笑道：「妹妹這次進宮，姊姊我也是剛剛才得知，倉促之間沒備得什麼禮物，這鐲子是上好的西域羊脂玉所製，權當是送給妹妹的賀禮，妹妹可別嫌棄！」

李寧秀褪下了鐲子，蕭皇后瞳孔卻是微微一縮。這李寧秀腦子倒好使，一眨眼的功夫就懂得借勢下坡，果然可怕，不知蕭家這年輕一代裡……

蕭皇后瞧了安清悠一眼。

「民婦多謝王妃厚賜！」安清悠心中雖然混亂，面上卻是不顯。

那羊脂玉的鐲子觸手生溫，瞧著上面刻著兩條皇室才能用的騰空九尾鳳，便沒順勢戴在手腕上，行完禮後，便小心翼翼地收進了懷中。

「妹妹可真是小心，只是不知……」李寧秀似是還有話要說，便在此時，兩個太監一前一後地走了進來，走在前面的是劉成，後面的居然是侯旺。

「稟皇后娘娘，萬歲爺剛剛和李大學士議畢朝事！」劉成恭敬地稟告道。

「奴才侯旺，給皇后娘娘請安，給王妃請安！」侯旺跟著行了大禮，說道：「文妃娘娘派奴才給王妃傳個話兒，請王妃速去西宮，有要事相商！」

蕭皇后點點頭，「知道了，睿親王妃，文妃那邊既傳妳去，那便去吧。左右這今日該做的事情妳也都做了，回去給文妃帶個好兒，就說本宮勸她一句，得饒人處且饒人，凡事留點餘地。」

「臣妾遵旨。」李寧秀柔柔地答應一聲，心中卻是不以為然。爭儲奪嫡這種事情原本就是一條你死我活的不歸路，大家易地而處，妳蕭家放在今日的形勢上，又豈會給別人留有餘地？

李寧秀向著慈安宮外退去，忽聽得蕭皇后又道：「對了，睿親王妃，妳今日這太醫我瞧著倒是醫術高明，正好本宮這幾天身子略有不適，便先讓他留下來給本宮瞧瞧，不隨妳回西宮了。」

李寧秀驟然停步，竟是連身都不轉，就這麼背對著蕭皇后道：「皇后娘娘真是用心良苦，難道是怕臣妾回去逼著這太醫改口，來一個栽贓陷害不成？娘娘放心，小小走眼，臣妾沒放在心上！有喜便是有喜，有些事情臣妾既不屑為之，也沒必要為之！」

這一席話說完，李寧秀這才轉過頭來，卻是看向了安清悠，「好姊妹，這一次恭喜妳了，回去好好過幾天日子，我盼著能看到妳生個大胖兒子的一天！」

說罷，李寧秀頭也不回地向外走去。

只是便是連劉成也聽出了她話中的意思，好好過幾天日子？這是說蕭家沒幾天日子好過了嗎？留在慈安宮中的幾人彼此對視，俱是苦笑。這李寧秀當真是厲害，看似柔弱，對著蕭皇后這等人物卻都不落下風，最後這一番作態……臨走都沒忘了打擊一下對手的士氣。

殿中一片安靜，最後打破沉默的，卻是給安清悠號過脈的老太醫。只見他從懷裡掏出了一塊形狀古怪的權杖，跪地沉聲道：「微臣四方樓孫無病，恭請皇后娘娘聖安！」

「你是皇上的人？」蕭皇后脫口而出，雖說四方樓號稱「天下四方，無孔不入」，可是當對方報出四方樓的名號時，還是讓人吃驚。

「可是皇上派你來傳信？」蕭皇后的聲音有些激動。

孫無病苦笑道：「這個倒是不曾有過，微臣雖然在太醫院中領職，但若按四方樓那邊算，不過一個身分低微之人罷了。只是昨日皇甫公公交代下來，若是待皇上與李大學士談出個結果，而我等又有機會和皇后娘娘私下見面，不妨視情況挑明身分。娘娘若有什麼想帶給皇上的話，微臣可代為祕密奏稟。」

「原來如此！」蕭皇后微感失望，卻是又喜又憂。

喜的是四方樓那邊既然有這等舉措，自是說明皇上沒忘了自己這邊。憂的則是這動作說明了另一件事，依著壽光帝的性子，作戲從來都要做到位，如今連傳個話都要通過四方樓，想來皇上必是不會和自己見面。

那廢后、廢太子的決斷，只怕是當百官叩闕之際便已定下了。

蕭皇后心中百感交集，嘆了一口氣道：「臣妾叩謝皇上聖恩，煩勞孫太醫給帶個話，如今之事自有萬歲爺乾綱獨斷，需要怎麼做便怎麼做，莫要顧忌我們母子！為大梁計，為皇上計，臣妾無怨無悔！還有……我這侄媳婦有喜的事情，多謝孫太醫周全了！」

「娘娘忍辱負重，微臣欽佩，此話一定帶到！」孫無病磕了三個響頭，只是抬起頭來臉上卻帶著一絲疑惑，「剛剛娘娘說這蕭五夫人有喜的事情，微臣只不過是說了真話，並沒有什麼刻意隱瞞的……」

「真是喜脈？」蕭皇后微驚，聽到這孫太醫亮明身分時，只當他是為了自己這邊故意作態，沒想到侄媳婦真的有喜了。

「真是喜脈！」孫無病肯定地點點頭，「臣敢斷言，蕭五夫人必是有喜了！」

蕭皇后的目光登時轉向了安清悠，兩人四目相對，一時間都不知道說什麼才好。沉默半晌，到底蕭皇后是過來人，嘆道：「這是大喜事，只是太不是時候了，真是……苦了妳這孩子了！」

蕭皇后話裡的意思安清悠當然明白，此刻夫君遠征，京城中的大靠山壽光帝卻腹背受敵，她這個當口有了身孕……

「皇后娘娘放心，如今這局面雖險，可我答應過夫君，要幫他守好家裡，何況是自己的親生骨肉？待他凱旋歸來之日，便是我們闔家團聚之時！既是喜事，咱們更該高興才是！」安清悠說得很慢，語氣裡透著堅定的不容置疑。

蕭皇后看了安清悠半晌，才嘆道：「好孩子！」

安清悠低下頭，瞧著自己那尚未顯懷的腹部，慢慢地道：「我相信他一定會是個好孩子，我保證他一定是個好孩子！」

蕭皇后笑了笑，「不愧是那個渾小子拚死拚活娶回來的媳婦！趁著如今還有時間，妳速速出宮，回去以後莫要踏出家中半步，事情如何，自有妳婆婆和安老大人他們處理，給洛辰那個渾小子好好生個大胖兒子比什麼都強！」

蕭皇后主意一定，便令劉成整車備馬，送安清悠出宮。

「皇后娘娘莫急，要侄媳婦傳出去的消息，可還有遺漏？」安清悠臨了還想著查漏補缺。

蕭皇后頓了頓，才道：「再給家裡人多捎上一句話，我和皇上多年相伴，此次不管他做出什麼樣的決定來，我相信皇上！」

我相信皇上？

安清悠吃驚地看著蕭皇后，最是無情帝王家，壽光帝為了成就帝王功業，兄弟可殺，妻子可棄，連睿親王這個親生兒子都可以擺來做算計北胡人的幌子，可蕭皇后在即將被廢之時，居然還說她相信皇上？

安清悠敢打賭，就是蕭洛辰，也絕對不是太敢相信他那位皇帝師父！

「那麼吃驚幹什麼？洛辰那渾小子在外面的名聲如何，妳這做媳婦的怕是比我還清楚，可妳還不是相信他是個好男兒！皇帝、皇后怎麼了？皇帝、皇后就不能有點權謀利益以外的東西？」蕭皇后搖頭笑道：「好了，妳信妳的男人，我信我的男人，這種事情一個巴掌拍不響，舒服不舒服只有兩口子自己知道！快走快走，若是走晚了，保不齊那文妃和李家又使出什麼手段來！」

安清悠幾乎是被攆出了殿，回頭一望，只見蕭皇后正對著自己微笑，雍容華貴，端莊有度，端的是母儀天下的翩翩風采。

遣走了安清悠，蕭皇后才嘆了一口氣，知道自己很長一段時間裡，再沒有和娘家人見面的機會了。一轉身間，她又恢復了傲然神態，笑著下令道：「來人，給本宮沐浴更衣，這幾天一律盛裝伺候，打今兒起，本宮日日穿戴整齊，等著他們來宣聖旨！」

坐在馬車裡，安清悠慢慢咀嚼著蕭皇后的話，忽然覺得這個女人很可敬，不僅僅是她忠實地履行了對家族的責任，更是因為在一場政治婚姻裡愛上像壽光帝這樣的男人，那得需要多大的勇氣？

那皇上呢？是不是一個男人就算再怎麼老謀深算，再怎麼視天下人為棋子，在他的內心深處，也會為某個自己所愛的女人留下一塊地方？

「這老兩口子，真是……得了，人家的事讓人家折騰去，人家都是過來人，夫妻幾十年了，我這是在操哪門子心？」安清悠苦笑。

便在安清悠朝著蕭府趕回去的時候，皇城的西宮裡卻是一片興奮。

「祖父談成了？」李寧秀有些激動，看著文妃喜悅之情溢於言表，結果幾乎是不言而喻。

「這事妳自己去問不是更好？」文妃笑著指了指屏風後面。

「祖父！」李寧秀歡呼一聲，便要奔著屏風後面而去。

「小妹，妳不厚道啊，我本想看看秀兒在這個時候的樣子，妳倒好，大哥比不上小輩，竟是一句話就把我給賣了！」一個老者緩緩從屏風後面轉了出來，清瘦儒雅，頗有隱士般的風範，可若有人真拿他當隱士，那便大錯特錯了。這老人正是如今李家的家主，李華年。

「秀兒現在是我的兒媳婦，我這做婆婆的偏心一下怎麼著？」文妃心情甚好，調侃道。

「祖父，您又來作弄人家，這麼大的事情有了結果，人家高興一下還不行？您給說說，到底是怎麼一個結果？」李寧秀嬌嗔道。

「當然是好結果！五日之內，廢后而立小妹，廢太子而立睿親王！妳們兩個一個是皇后，一個是太子妃，怎麼樣，滿不滿意？」

文妃笑著說滿意，李寧秀卻是微微皺眉道：「五日？為什麼是五日？聖意難測，這可保不齊是緩兵之計，祖父您真信？」

「五日已經不慢了，廢立太子，廢立皇后，這是多大的事情，便是走規矩，五日已是有些緊了。至於這緩兵之計……呵呵，這當然是緩兵之計，我從來就沒信過咱們這位萬歲爺，半點也沒有！」李華年道：「正因為不信，這幾十年我才會下了死力去琢磨皇上，正因為不信，咱們今日才能有這個局面。之前種種，若是信了他一星半點，只怕咱們李家轉眼便是個死無葬身之地的下場。」

「大哥便是大哥，此次傾力一擊，卻是大哥力排眾議才有今日之勝！咱們這位萬歲爺脾氣強得很，當初接到要百官叩闕消息的時候，我可真怕他會行那雷霆手段，沒料想居然是成了！」文妃抿嘴一笑。

李寧秀拍著手笑道：「娘娘倒是不用害怕，祖父既然敢出手，必是有了十成的把握。此次看似驚險，我李家其實卻是穩如泰山，祖父，我說的對不對？」

李華年呵呵一笑，卻又搖了搖頭，鄭重地道：「妳們兩個的話各說對了一半，此事也不能完全這麼說。我這百官叩闕之前，也曾猶豫過，若不是逼不得已，實在不願意走這條路。可是，現在若是不動，接下來皇上便是要將咱們李家抄家滅族，便是延續先祖傳下來的家業尚不可得。眼下乃是咱們李家最危險，也是最大的一次機會，勝負尚能有五五之數，所幸咱們李家的勝算比皇上略大一些。」

這話一說，旁邊幾人都是臉色大變。

最近幾年壽光帝無論是對睿親王府，還是對李家，可謂恩寵有佳，到了太子被圈之後，更是聲勢無兩，可是這位李家家主一開口，竟然便是抄家滅族之禍？

文妃駭然，李寧秀若有所思。

李華年看在眼中，嘆了口氣，「我琢磨了皇上一輩子，皇下最愛的便是一切事盡在掌握，這麼一位有手段的皇上，你能指望他會在臥榻之側容得他人酣睡？我李家世代顯貴，哪能不為之所忌？」

文妃越聽越是發愣，怔了半天才問道：「大哥所言不錯，陛下性情剛愎，可是小妹有一事不明，若是以大哥這般推斷，萬歲爺這幾十年來又為什麼要放任我李家坐大？當初他正逢壯年之時若是全力對付咱們，只怕我李家早已覆滅，為什麼要等到現在？」

李華年淡淡地道：「李家？除掉一個李家有什麼用？大梁朝制如此，滅了一個李家，一樣會崛起一個什麼張家趙家王家，小妹，妳進宮這麼多年，難道還沒看透嗎？咱們這位皇上要的，哪裡是這麼簡單？」

文妃已經傻了，除掉李家，放在壽光帝身上確實很符合他的風格，可是再往深裡想，卻不是她一時半刻所能想得清楚了。

李寧秀卻是陡然一震，面色蒼白地顫聲道：「皇上可是……可是要廢了那天子與士大夫共治天下的祖制？」

「秀兒聰穎，比之我少年之時只怕還要高上幾分，只可惜是個女子……」李華年嘆了一口氣，說不上是對李寧秀的讚許還是遺憾。他怔怔地盯著前方，似在回味著自己和壽光帝這幾十年來的交鋒，好一會才似是回過神來，慢慢地道：「廢了祖制還不夠，他還要加上北胡！」

「北胡？」聞言，眾人皆驚。

「不錯，正是北胡！如果我猜的不錯，陛下這一場布局，只怕是十幾年前就已經定下來的了。之前種種對睿親王府的厚待，不過是為了演那麼一齣戲給北胡人看，讓那些北胡人覺得咱們大梁在為了太子的事情鬧得不可開交罷了！」

「蕭家父子名義上被降三級發到北胡去戴罪立功，哼，什麼品級官秩，就算把那蕭正綱貶為普通兵卒，他蕭家人到了邊塞上一樣是如魚得水，單憑這幾十年打下來的名聲，又有誰不服他？北胡蠻子控馬射箭或許要勝咱們大梁一籌，可若說這謀算手段，哪一個能是咱們這位萬歲爺的對手？能而示之以不能，陛下這權謀裡面有兵法，兵法裡面有權謀，這盤棋當真是下得漂亮！」

李華年冷笑一聲，繼續道：「若皇上真能蕩平北胡，那便是開國太祖、前朝都蓋了過去，到時候陛下聲望如日中天，又有蕭家人出那死力，強兵在手，天下蕩平，百姓仰望，區區一個祖制，說改也便改了！收內閣諸相之權而盡歸皇上，嘿嘿，天子與士大夫共治天下？皇上那邊可是準備讓大梁自他這代起由帝王獨攬大權呢！掃北諸軍回京之際，便是我李家抄家滅族之時！」

壽光帝這一盤天大的棋局中，皇權、天下、文臣、武將、內朝、外虜，幾乎是方方面面都算到了。若真是一朝功成，從此大梁國的歷史只怕都要換上一個寫法。

屋裡靜了一陣，又是李寧秀打破沉默：「祖父又說，這事是我們李家的大機會，又是何故？」

「是人就有弱點，咱們這位萬歲爺手段雖強，心卻比天還高了幾分，他一心想做個名震萬世的千秋名帝，這便是他的死穴！」李華年哈哈大笑，「妳當這麼多官冒死叩闕，都是為了什麼富貴嗎？錯了錯了，老夫這幾日暗地裡安排，已是讓他們知道，這場大爭之舉不僅僅是為了爭儲，更是已無退路。皇上拿睿親王府當幌子，老夫就給他來上一記順水推舟，陪著他演一齣戲罷了，趁勢把那些想爭擁立之功的人都捆到了睿親王府這條船上。妳當皇上不會把這些記在帳上？等到他們想下船的時候，又哪裡能下得來？」

「就是因為這份雄心，時至今日，皇上還不肯放棄這好不容易營造出來的局面，還在想著掃清北胡之後，再緩過手來對付咱們李家。也因為如此，他才不肯用雷霆手段對付群臣。老夫和他這個做皇上的才有討價還價的餘地，他才肯在今日答應這廢太子而立睿親王，廢皇后而立小妹的條件。」

「祖父神機妙算，孫女佩服！」李寧秀臉上閃過一絲激動的神色。

文妃卻是猶自沒有回過味來，一臉憂色地道：「可是，皇上便是今日答應了咱們的條件，也不過是一時的緩兵之計罷了，他日蕭家蕩平了北胡，回到京城，咱們李家還不是一樣要……」

李華年看看文妃，暗自嘆息，又看看站在一旁的李寧秀，忽然有一種造化弄人的感覺。

當年李家與壽光帝聯姻，若是有如同李寧秀這般的女子，只怕如今這坐鎮宮裡的可不僅僅就是一個文妃。如果李家出上一個皇后，自己還會不會如同此刻般的殫精竭慮？

「娘娘放心，以祖父的手筆，此刻既是傾力而出，對那蕭家又怎麼會沒有安排？我猜蕭家父子只怕是回不來了！」李寧秀幾乎是每一次插話，都說到了點子上。

文妃又驚又喜，卻見李華年悠悠地道：「蕭家父子雖然去了他們蕭家勢力最強的北疆，但是老夫想要殺人，靠的從來就不是那些粗蠻武夫的勇力。聽說北邊的信鷹不錯，那日使節團出使之時，老夫也放了一隻，妳說那博爾大石若是知道老夫猜測這使節團實際上是大梁開戰的先鋒，說不定便是由他們北胡人最為忌憚的蕭家老五帶領，又會是個什麼反應？」

「也就是說……」文妃猛然道，李寧秀卻是笑得淡然。

「也就是說，咱們李家雖然沒有千軍萬馬，但是北胡人有。那博爾大石我亦曾研究許久，此人精明強幹實為罕見，如今這有心算無心之下，我就不信蕭氏父子還能回得來。妳們覺得為什麼還在這幾日發動百官彈劾？老夫也在等啊，等這使節團出了邊境，等咱們這位萬歲爺就算是再怎麼想，也沒法把那千里萬里之外的大軍停下來……他來不及了！」

話說到這個分上，便是文妃這等不懂兵事的人也都聽了個明明白白，她又驚又喜地道：「原來如此，大哥早在很久以前便已經著手安排了！此事怎麼不早知會一聲，也讓妹妹心裡早能踏實些，在宮裡亦能多加見機行事！」

李華年乾咳了一聲，眼神中居然有一絲尷尬閃過。

睿親王那個繡花枕頭志大才疏，昔日他正是看中了這點才讓李寧秀嫁進睿親王府，當初還很是感慨了一番壽光帝如此人物，怎麼偏偏有這麼個兒子。如今看來倒不是壽光帝的龍種出了問題，莫不是這兒子隨了娘？

這個妹妹一心攬權，心思手段卻是差得遠了，若真是早知會她，是不是能搞出什麼見機行事不好說，只怕添亂露馬腳被人瞧出了什麼破綻倒是大有可能。只是眼下最是需要李家上下一起使勁的時候，李華年這話卻是不便就這麼說出口了。

好在李寧秀適時站了出來，笑著打圓場：「當初怕是只能走一步看一步，這事左右都已經過去了，眼下百官已無退路，皇上暫時妥協，蕭家……嘻嘻，便只當他們是一群死人好了！祖父，往下咱們應該怎麼辦？」

李華年傲然一笑，「皇上要行緩兵之計，便讓他緩去，咱們無論如何先過了這幾日，把那太子和皇后的名分先爭過來！」

西宮又開始了新一輪緊鑼密鼓的商議，便在李家合計著如何接受太子和皇后名分的細節時，安清悠卻是剛剛回到了蕭府。蕭家和安家此刻在京中的幾個核心人物，正焦急地等待著。

「悠兒回來了！」安老太爺鬆了一口氣。

「快說說，宮裡究竟怎麼樣，皇后娘娘那邊如何？」蕭老夫人最是著急，一見面就拉著安清悠問個不停。

「情況很差，比我們想像的還差！」安清悠搖了搖頭，「李大學士在宮裡待了一天一夜，現在應該還未出宮。據皇后娘娘估計，皇上九成九是要廢太子，皇后娘娘她……只怕也要入冷宮。」

「啊？」在場的人齊齊驚呼出聲。

「這……這可難辦了！」蕭老夫人緊緊皺起了眉頭。蕭皇后是什麼樣的人物她比誰都清楚，所謂的估計，十有八九就是即將到來的現實。連皇上都妥協了，這形勢之差，可想而知。

「悠兒，妳還是把此次進宮的經過詳細說一遍，大家一起參詳參詳！」安德佑一言點醒夢中人，幾人安靜下來，等著聽安清悠細說。

安清悠也不遲疑，把入宮時遭遇那西宮侯公公刁難、與皇后商議的內情等等娓娓道來：「……那李寧秀請來了宮令堅持要查，連皇后娘娘也攔不住，只能讓那御醫給我號脈，後來……」

說到這裡，安清悠有些遲疑，自己有喜這件事情，是不是適合在這個時候告訴眾人？

「後來怎麼了？說啊！」蕭老夫人心急火燎地催促著。

「後來……」安清悠猶豫著，便在此時，忽聽安老太爺陡然大叫道：「不好！洛辰那孩子只怕危矣！」

「安老大人，您說什麼？五郎他怎麼了？」蕭老夫人一驚而起，臉色已經變了。

安老太爺話一出口就有些後悔，只是這事情實在太大，大到了他也是心驚肉跳的地步。

事情到了這步田地，他也不好隱瞞什麼，只得分說一二：「李華年立於朝堂數十年而不倒，滿朝文武裡，如果真有一個人能夠在謀略上和皇上相比，想來也只有他了。偏在這個時候搞上一齣百官叩闕，這是算準了皇上此刻必然要穩住朝廷，可他既能算到這個，只怕也是瞧破了皇上這明鬧儲位暗伐北胡的全局，以此人的手段，焉會對北疆之地不做安排？他只須提前修書一封至北疆，那……那洛辰這孩子……」

安老太爺說到這裡，聲音都有些顫抖。

蕭老夫人眼前一黑，那北胡使節團如今……已走了將近五十天，誰也沒法追得回來。

那博爾大石足智多謀，若真是有心算無心地設重兵埋伏，那……那……

血淋淋的場面一下子湧進了蕭老夫人的腦海裡，她的五郎……一時間，蕭老夫人只覺得天旋地轉，彷彿聽得身邊有人驚叫，便人事不覺了。

與此同時，遠在萬里之外的北疆，夕陽殷紅似血。

綿延起伏的長城矗立在關口上，如巨龍般伸向遠方。

旌旗獵獵，此刻不知多少旗幟正排列在城牆下，無數兵將排成了一個個整齊的方陣，人人弓上弦，刀出鞘，滿臉肅殺。若是站在烽火臺上看，這些方陣正一個連著一個，潮水般蔓延到了天際，氣勢之盛，比起巍峨的長城都不遜色。

「兵滿十萬，天地不顯。」這句話但凡是打老了仗的將官們沒人不知道。而作為大梁國中頭號精銳的北疆軍，在壽光帝和蕭家多年經營之下，早已遠遠超過了這個規模。

此次北征大軍足有超過四十萬的兵力，數十萬大軍，卻靜得沒有半點聲音，他們在等，等應該在城樓上出現的那個人現身。

便在此時，眾將領陡然跪伏於地，齊聲道：「將軍！」

一個魁梧的身影緩緩走來，雖然他的頭髮花白，但步伐沉穩有力。縱然歲月在他臉上留下的皺紋越來越多，但他的雙手依舊拉得開軍中最強的鐵胎弓。

這個人便是蕭洛辰的父親，大梁國中第一名將，前左將軍蕭正綱。

「如果我沒記錯的話，從使節團過境到如今，應該整整第十九天了吧？」蕭正綱看著遠處城樓下的雄壯軍容，忽然問道。

「確實是第十九天。」回答的人是蕭正綱的次子蕭洛啟。蕭正綱治軍極嚴，對幾個兒子更是督促極緊，便是蕭洛啟在軍中也不敢直呼父親二字。

「將軍可是擔心五公子？」旁邊有個尖利的聲音笑道。此人正是四方樓裡的北疆總管事，此次的監軍太監皮嘉偉。若論這敢說話，他倒比蕭正綱麾下的諸將寬鬆幾分。

「皮公公說笑了，你與蕭某同在北疆共事多年，自知蕭某行事。軍中無父子，出征在即，蕭某焉能去考慮那一點點私情？十九天……照那北胡人緊著催促行程，使節團差不多已經是該到那草原金帳了！此刻出塞正是最佳時刻，來人，請聖旨！」

城樓上齊刷刷跪倒了一片將官，蕭正綱從次子手中接過聖旨，朗聲讀道：「奉天承運，皇帝詔曰：自我太祖立朝以來，我大梁國運日興，然，北疆胡虜素為巨患，數百年來擾我邊境，亂我中原，勒索歲幣，妄興兵事。逞胡馬不義之刀弓，陷百姓禍害於水火。茲有左將軍蕭正綱，忠於王事，熟於兵伍。行計自貶，原為迷惑胡虜之策也。著，其即日起官復原職，拜為征北軍元帥，討北胡諸部之不義，揚我大梁天朝之威也，欽此！」

自此刻起，什麼機密布局、作態蓄勢已不復見，大梁亮明了意圖，即將與北胡開戰了。

「吾皇萬歲萬歲萬萬歲！」大軍爆出驚天動地的歡呼聲。

待歡呼聲稍平，蕭正綱又大聲吼道：「有通胡串敵者殺！有抗令不遵者殺！有臨陣脫逃者殺！有畏縮不前者殺！有信口妄談兵事，亂我軍心者殺！此次北征誓要直取金帳，踏破狼神山，徹底蕩平北胡，一掃我中原數百年大患！吾輩出塞，有進無退！」

「有進無退，蕭元帥萬勝！」

蕭正綱喝令：「祭旗！」

一群服色各異的人被帶到軍旗下，掌刑官手起刀落，數百顆人頭落地。這些人乃是北胡放在大梁邊塞的探子，他們當中有北胡人，也有漢人。

蕭正綱對於這等見血之事早就司空見慣，此刻面沉如水，卻還沒忘了對身邊的監軍太監說上一句：「有勞皮公公了，北疆是各族雜居之地，這北胡細作著實不少。四方樓布置周密，一舉成擒，本帥已經向京城發了八百里加急的摺子，將來軍功之上，少不了皮公公的大名。」

皮公公的眼睛已經笑成了一條縫，四方樓自有直通御前奏事之權，他又是監軍太監，自然不虞有人瞞了這功勞去，只是由大軍統帥親自發摺上奏，那分量自然又有不同，當下笑嘻嘻地道：「蕭將軍客氣，這本就是咱家分內之事。四方樓在北疆布控了這麼些年，為的不就是今日把他們一網打盡嗎？蕭將軍此番出塞，那才是不世之奇功，將來您老回京封王拜相之時，莫要忘了昔日並肩作戰之人啊！」

蕭正綱應酬兩句，心下卻是嘆息，四方樓布置雖然周密，可這北胡細作之中有沒有漏網之魚，實屬難說。好在這點小事難不倒他，奏摺裡送這監軍太監一份功勞，不過是順水人情，讓這皇帝的眼線都能多分些軍功罷了。

「開關出征！」蕭正綱令旗一擺，關口上那扇巨大而沉重的城門緩緩打開，一隊隊士兵踏上了北胡的土地。

而在關外，早有不少黑點在遠處平原上往來遊走，這是北疆軍中著名的「奔雷馬」，隊中俱是軍中百裡挑一的騎射精絕之士，既做斥候，又替大軍掃清前進路上的零散牧民。

「蕭將軍好周密的布置，此次定將旗開得勝！」皮公公笑著讚了一句，心下卻有些奇怪，這祭旗出兵不是在清晨朝陽初起之時，便是選在正午日頭最盛的時候，蕭大元帥為什麼偏偏選了個黃昏時候？這大軍走不了多久天便要暗下來，難道不怕是不祥之兆嗎？

「四十萬大軍不是一下子就能走得乾淨，黃昏出兵，不多時便要天黑。明日清晨之時，便是站在這城樓之上亦是看不到我軍的蹤跡，城內便是有漏網的北胡細作，也只能報我大軍出關，無法說出具體情況。」蕭正綱似是看出皮公公的疑惑，淡淡地解釋，隨即又大聲下令道：「加速出關，今晚連夜行軍！」

皮公公的笑容登時有些僵硬，剛剛還因為「一網打盡」送了一份軍功，這裡又防備起北胡細作來，其中的敲打之意他如何聽不出來？這是告訴自己只要老老實實做自己的監軍，將來自能分享軍功，莫要對兵事太過指手畫腳。

士兵們魚貫而出，從走的變成了跑的，節奏快上了幾分，隊形卻是絲毫不亂。

「五郎，為父已率大軍出關，北胡腹地之處……就看你的了！若是你這混小子真的能把北胡人的金帳打下來，咱們蕭家便算又出了一顆將星！」

蕭正綱抬頭往北邊看了一眼，很快就拋開了心中對於兒子的一點點念想，大喝道：「眾將聽令，隨本帥出征！」

後世有《梁史．蕭正綱傳》記曰：「壽光三十九年七月初七，左將軍蕭正綱奉旨復起，率北疆諸軍征胡，計步馬三軍四十餘萬眾。黃昏出兵，星夜前行，大軍勢若雷霆，威不可當。凡大梁立國以來，北征未有軍容如此之盛也。」

陸之章 栽贓嫁禍攤牌

京城，蕭府。

蕭老夫人緩緩睜開了眼睛，窗外一道陽光刺了進來，好像……好像自己昏過去的時候是黃昏，怎麼會有這麼耀眼的光芒？

「老夫人，您醒了？」隨著一個驚喜的叫聲，一雙布滿血絲的眼睛看了過來，正是安清悠。

「我昏迷了一夜？」蕭老夫人慢慢地問道。

「比一夜稍長一點，現在已經是正午了。」司馬大夫答道。

見著蕭老夫人醒來，司馬大夫鬆了一口氣，又為老夫人診了一陣脈象，皺著眉頭說道：「前次我已經交代過，老夫人最忌急火攻心，切不可著急動怒，這次怎麼這麼不小心，又惹得老夫人著急？」

「都是我們不好……」安清悠低頭道，蕭老夫人卻是搶過話頭：「不怪她，是我自己脾氣大，為了一點小事上了火。」

百官叩闕之事京中早已傳得沸沸揚揚，司馬大夫也是有所耳聞，知道這時候蕭家的日子怕也是不好過，嘆了口氣，還是寫了張方子告辭而去。

「安老大人他們呢？」蕭老夫人試著動了一下，吃力地想坐起來。

安清悠趕忙把軟墊放到了老夫人身後，「祖父他們昨夜留在了咱們家，一個通宵都在商量事情，您可是要見？」

蕭老夫人點頭，安清悠立刻派人去請安老太爺等人，回頭卻是又說道：「老夫人昨日暈倒，媳婦擅自做主封了您的院子，這病除了我家父親和祖父，沒有旁人知道。」

「做得好！」蕭老夫人露出笑意，如今外面出了這般天大的事情，若是再讓家裡人知道她因病昏厥，府中怕會大亂。蕭老夫人費力地喘了一口氣，才道：「記住，越是到了這等關頭，越是不能心慈手軟，家中若有下人敢亂嚼舌頭，立時杖斃。至於我……莫說是昏迷，便是我真的死了，對外也要瞞得嚴絲合縫，不得發喪。」

安清悠心頭一顫，默默點了點頭。

很快的，安老太爺帶著安德佑到來，父子二人一臉疲倦，想是昨夜通宵議事之故。

安老太爺見蕭老夫人醒轉，鬆了一口氣，出聲安慰道：「親家醒了便好，昨日那番論斷，老夫也是推測，這……這事情也未必就是如此……」

「安老大人不用安慰我，蕭家人哪代不出幾個馬革裹屍之人，莫說這北邊還沒有送消息來，便是五郎和他父兄這些男人們真的回不來，咱們也撐得住！」蕭老夫人淒然一笑，眼神裡卻透著無比的堅決，轉頭又對下人吩咐道：「來人，把幾房的奶奶都請過來，讓大奶奶帶著楓兒也來！」

安老太爺和安德佑見蕭老夫人要處理家事，一同要起身迴避。

蕭老夫人擺手道：「不必走，各位既是親家又是長輩，正好家中男人們不在，便在這裡替老婆子我做個見證。五媳婦，扶我起身。」

蕭老夫人要起身，安清悠大驚，連忙過去阻擋道：「老夫人，您別……」

話完說完，卻見蕭老夫人滿臉嚴厲之色，只得咬著嘴唇，將她從床上扶了起來，走到屋中一把椅子上坐定。自己卻默默來到椅背後面扶住她的肩膀，讓她既能借上自己幾分氣力，又能保持還算說得過去的坐姿。

蕭老夫人對著安老太爺等人笑道：「如何？我這模樣還算是說得過去吧？」

安老太爺道：「蕭家的女人，佩服！」

蕭老夫人又是一笑，卻連謙虛的客套話都沒有，彷彿此時多說一句也是沉重的負擔，她在為接下來的事情積攢氣力。

不多時，蕭家其他幾房的媳婦到齊，齊刷刷跪倒行禮。

「兒媳給老夫人請安，安家長輩福安！」

林氏懷中的楓兒不知道出了什麼事，極是緊張，一雙烏黑的大眼睛轉個不停。

蕭老夫人沒有讓兒媳們起身，由著她們跪著，淡淡地道：「外面的事情，妳們都知道了？」

「媳婦們大致知道一些……」幾個媳婦說著類似的話，百官叩闕這麼大的事情，京裡早已傳遍了，此事又和蕭家有著天大的干係，焉能不知？

「大致知道些可不夠，今日便讓妳們知道個通透！五媳婦，把妳在宮裡……」

蕭老夫人話沒說完，蕭大管家急急忙忙奔了進來，「老夫人，皇上今日頒下旨意，說是……」

蕭達說到這裡，看了看這一屋子的人，停住了嘴。

蕭老夫人面色如常，喝道：「說！有什麼不能說的？皇上既已下旨，用不了多久，全天下都會知道，還藏著掖著做什麼？」

蕭達擦了一下額頭上汗，「是！皇上今日下旨，廢太子東宮之位，貶為理郡王，仍舊圈禁在宮中瀛台，改立睿親王為太子……皇后娘娘她……她也被廢了，萬歲爺另立文妃娘娘為皇后！」

這話一說，蕭家的幾位媳婦陡然變色，林氏更是面如土色，啊的一聲叫了出來。

其他幾人因是早得了消息，這時候反應倒是不大。

便在此時，遙遙傳來一陣鞭炮響，府外依稀有人呼喊道：「皇上聖明，立睿親王為太子啦！皇上聖明，立睿親王為太子啦……」

安老太爺等人對視了一眼，不約而同露出苦笑。

「哼！大呼小叫，唯恐旁人不知嗎？」蕭老夫人哼了一聲，「也罷，有人把該說的都說了，倒省了咱們一番唇舌！楓兒，到祖母這裡來！」

楓兒老老實實走過去，被蕭老夫人一把抱在懷裡。

蕭老夫人閉上雙眼，良久才睜開來，高聲道：「列祖列宗在上，今日蕭家第十四代主母蕭李氏，代家主蕭正綱行理家樹宗之權，立長房長孫蕭齊楓為吾家世孫，香火承宗，續替家門爵位，行為正朔！有姻親安氏者為見證，事急從權，如有逾越，祖宗不滿，天誅地罰，皆由蕭李氏一力承擔，唯求列祖列宗佑我蕭家香火永續，根葉不絕！」

這等承宗大事本該在蕭氏祠堂，焚告天地，拜祭祖宗才是正禮，可蕭老夫人此刻的身體狀況莫說是到祠堂，便是能夠坐在椅子上說完這些話也屬不易。

蕭家的四個兒媳婦被蕭老夫人這擇後承宗之舉中說的一個詞，給擊傻了。

世孫？

什麼叫世孫？

承宗襲爵，從來只有立世子，既是有兒子在，又哪裡有立什麼世孫的？

而且，蕭老夫人行事素來穩妥，似這般急忙代夫強立承宗後人，難道是……

「老夫人，可是……可是北疆軍中有變？」寧氏聲音發顫地問道。

蕭老夫人深深吸了一口氣，緩緩地道：「妳們的公公和丈夫所謂的遠赴北疆待罪效力，實際上是皇上要祕伐北胡，如今大軍恐是已到了關外草原上。只恨那李家為了一己之私，怕是已將所有事情向番邦給賣了！」

「您說公公和夫君他們出關祕伐北胡，卻是被李家、被李家給……」寧氏臉色煞白。

蕭老夫人閉上了眼，慢慢地道：「瓦罐多有井上破，將軍難免陣上亡。生死有命，富貴在天，我們既是蕭家的女人，心裡就時刻得有那種準備。北面雖然還沒有消息傳到，但是妳們……妳們便求各自的夫婿能安然歸來吧！」

蕭老夫人說完這番話，秦氏一頭栽倒在了地上，就這麼昏了過去。

撲上去為她掐人中的，居然是之前與她爭鬥不休的寧氏。寧氏此刻像是想找件事情來做，眼淚止不住地順著兩腮流了下來。

安清悠瞧得心裡難受，忍不住出聲說道：「各位嫂嫂也別太難過，北面的消息還沒有來，公公和諸位兄長也未必便是那最壞的結果，說不定過些時日，那戰事或有轉機。這段時間裡，嫂嫂們若是有何難處，清悠必鼎力相助，要錢有錢……」

「有妳個大頭鬼！我們的男人在關外拚命，妳男人卻躲在工坊裡搞什麼香物撈錢！出了這麼大的事情，也不見他回來放半個屁，他人呢？若不是他當初搞出了許多事來，咱們家又何至於成了今天這個模樣？這時候又來假惺惺地扮什麼好人……」

烏氏陡然一聲喊，發瘋般的衝向了安清悠。

她是那種有事必須發洩出來的，此刻不管不顧，只是要找一個宣洩口來廝打一番。

「四奶奶！」一個身影擋在了安清悠身前，出手之人卻蕭大管家。蕭達手腕一扣，烏氏登時動彈不得，他眼圈通紅地說道：「四奶奶，您別發脾氣，五爺他……他也在北疆！」

「老五也在北疆？」烏氏雖然愛犯渾，終究也猜到了幾分。

蕭老夫人嘆了口氣，「五郎當然在北疆，皇上調教他這麼多年，就是要把他用在這個地方。還記得當初那個送歲幣到北胡的使節團嗎？那便是五郎的兵。這渾小子，領了三千多人，就猛扎到北胡人的心窩子裡，直奔金帳去了。」

烏氏緩緩放下了手，三千多人的孤軍深入北胡腹地，用腳趾頭都能想出來，只怕蕭家出關的一干男子中，蕭洛辰的風險最大。

「我……我……我也是盼著他們都能回來，雖然我從來都不待見老五，可是我也希望那個混帳傢伙別死在關外！」烏氏哭了出來，到了後來竟是嚎啕大哭，像是要把所有的擔心都哭出來一樣。

「都給我閉嘴，妳們幾個都是出身將門，有誰還不知道邊塞傳統？不准哭，都給我笑！」蕭老夫人喝道。

寧氏幾人咬牙，勉強扯了扯嘴角。

「好，就是這個樣子，家裡的男人們在北胡的草原上玩命，咱們這些蕭家女子，也不能就這麼失了分寸。大家且散去，若是想得出好點子，隨時來報我。從今日起，我對付外事，五媳婦，妳來掌家。」

「……是。」安清悠下意識看了一眼自己的腹部。

烏氏此刻彷彿看開了許多，這輪流當值的掌家之期還沒過，已經將一大串鑰匙遞到了安清悠面前，「妳當家，我服氣！」說著又嘆了口氣，喃喃自語道：「我確實不如五弟妹，掌家？承宗？立世子？這等事情便是不要也罷。一個爵位之爭了這麼多年，卻是又為了誰而爭……」

烏氏有些茫然，寧氏幾人也是心有戚戚。

蕭老夫人揮了揮手讓她們退下，安清悠趕緊又把蕭老夫人扶回床上。

這一番處置，耗盡了蕭老夫人的體力，此刻一口氣鬆了，竟是連再度起床的力氣都沒有了，只是她猶自不肯休息，轉頭對著安老太爺苦笑道：「讓安老大人見笑了。」

安老老太爺搖頭說無妨，「親家乃真性情也，若易地而處，只怕老夫還做不到像親家這般當機立斷。」

蕭老夫人卻是又問道：「老人人昨夜通宵議事，不知道有什麼所得？」

安老太爺眼神裡閃過一絲奇異的光彩，「許久以前我便在想，皇上這棋局布得太大，所涉的環節太多，便是他老人家再算無遺策，世間能人甚多，皇上就不擔心有人能瞧破這番安排？尤其是那些最熟悉皇上的人，若是皇上有一天發現這個局被人瞧破了，他又該怎麼辦？」

蕭老夫人眼睛一亮，「老大人是說……」

「後手反制！」安老太爺道：「最有可能瞧出破綻來的便是李家，李華年把持朝政多年，卻遲遲不出手，難道皇上就沒有一點點擔心？正所謂狡兔三窟，何況皇上這等心思深沉之人？我就不信，皇上對於這等事情一點準備都沒有！皇上謀略無雙，又怎麼會不留半點後手？」

這話一說，眾人豁然開朗，蕭老夫人急急問道：「那依著老大人說，我等此刻該如何是好？」

「蕭家也好，安家也罷，這時候誰都不能夠輕舉妄動。此刻各方面的關聯太多，若是胡亂動手，只怕反是起了不該起的作用。咱們先把家裡穩住，接著想辦法見皇上。」

「見皇上？」蕭老夫人皺起了眉頭，「便連皇后娘娘也只知道這麼多，可見皇上並不想把所有事情全告訴我們，更何況如今皇后娘娘已經被打入冷宮，五媳婦進宮一趟險些出不來，又怎麼才能進得宮去見得了皇上？」

安老太爺搖了搖頭，「如今局勢動盪到了這個分上，皇上最信的是誰？最倚重的又是誰？」

蕭老夫人道：「那還用說，當然是四方樓了！」

安老太爺笑道：「不錯！四方樓是天子鷹犬，從來都只忠於皇上一人。此刻局勢惡劣，皇上能夠信任的，當然是四方樓。只是親家請想，如今這四方樓除了宮中那諸般緊要之處，京城之中何處最多？」

蕭老夫人猛然警醒，一屋子人的眼睛都看向了安清悠。

安清悠站起身來道：「老夫人、祖父，孩兒想親自去一趟清洛香號。」

「如今太子已廢，皇后娘娘被打入冷宮，在外人眼中看來，李家完勝。清洛香號名氣太大，利益太多，縱然是李家正全力對付宮裡，卻難保朝中那些趨炎附勢的人會趁機做出什麼落井下石的舉動來，此去千萬小心。我最擔心的未必是有人要出什麼暗著……而是明著來！」安老太爺神色凝重地囑咐道。

其他人又是變色，之前出入宮闈已是凶險無比，難道剛剛過了這一兩天，連清洛香號也已經不保險了？那裡可是有四方樓的人在啊！

「孫女明白。」安清悠點頭，眼下雖是一夜未睡，但時間緊急，還是直奔清洛香號而去。

一出蕭府，安清悠便覺得氣氛不對。蕭府門前不知何時多了些探頭探腦之人，隨車護衛的蕭達皺眉，湊到車窗旁邊低聲道：「五奶奶，這些傢伙來得好快！」

「不管他們，抓緊時間去清洛香號。」安清悠平靜地道，如今清洛香號那邊才是重點，沒時間搭理這些小魚小蝦。

馬車揚鞭前行，速度比平日快了許多，可是還沒出街口，一個醉漢似的傢伙就晃晃悠悠地湊了上來，往馬頭之前摔去。

那蕭家的車夫亦是從軍中退下來的好手，臨變不亂，猛地一收韁繩，人隨馬立起。旁邊的蕭達瞧得真切，伸手死死拉住了馬上的轡頭，用力向旁一拽，那馬硬生生向著旁邊扭著落下了蹄子，從那醉漢的身邊劃過，沒有踩到此人分毫。

那醉漢卻是一副受傷了的表情，放聲大喊道：「不得了啦，蕭家的車馬撞傷人啦……」

周圍幾個閒漢模樣的人聞聲，紛紛湊了過來。

蕭達看著那幾個奔向自家馬車的閒漢，只見他們雖然穿著市井服飾，那走路行步的樣子，卻一眼便知是什麼官宦人家的家丁僕役。其中更有一人在破爛的衣衫中露出半點嶄新的藍綢袖裡，不由得怒極反笑，如此拙劣的把戲，竟然有人用在了蕭家身上。看來果然是如安老太爺所說，如今李家運勢當頭，什麼牛鬼蛇神都找上門來了。

便在此時，斜邊裡又竄出了幾個人來，高聲叫道：「馬老五，前日欠的賭債呢？這幾天正遍尋不到你這廝，如今正好被爺們兒看見，難道還想溜？」

裝作醉漢之人愣然，嚷道：「你們認錯人了，我不是什麼馬老五……」

那後殺出來的幾人哪裡聽他分辯，過去二話不說，揮拳打了過去，出手乾淨俐落，幾拳便將那漢子打暈了過去。站在他旁邊那幾個人也跟著動手，拳打腳踢之下，轉瞬便將醉漢的同伴打倒在地，一時間，哭爹喊娘之聲響成一片。

「呸！睿親王府的賭債你們都敢欠，當真是活得不耐煩了！這次權當給你們一個教訓，再有下次，直接要了你們的狗命！」

領頭的漢子狠狠向地上吐了一口唾沫，帶著手下抽身便走，轉眼就消失在旁邊的小巷之中。

蕭達本已是凝神戒備，沒想到卻是如此結局，正自錯愕間，車廂裡傳來安清悠的聲音：「達叔，這些人手可是咱們蕭家暗地裡安排的？」

蕭達搖了搖頭，「回五奶奶的話，咱們蕭家雖然也有能做這等事的人手，可大多在軍中，這些人並不是咱們蕭家的人。」

安清悠點了點頭，「這便是了，他們是四方樓的人，人家這是給咱們提醒呢！回頭好好安排一下，府中若是有人外出，暗地裡也弄些人保護，出了事只管動手，打完了報上睿親王府的名字，誰愛猜，讓他們猜去！」

蕭達難得地露出笑容，這五奶奶看似文弱，到了關鍵時刻還真是不含糊。

如今這局面，家中的便算是主子們都不輕易出門，可日子還是要過，府裡總得有些採買辦事之人，更別提武將這一邊人人都瞧著蕭家，對外走動自是免不了的。

這些蝦兵蟹將只怕不止一家，弄些打了就走的人手卻是該有。就像五奶奶所說，打完了只管報上睿親王府的名字。

路上發生了這麼一個小插曲，眾人心中反倒安穩了一點。四方樓果然有安排，皇上那邊看來還沒失控，可是等到了清洛香號這裡，卻又大吃一驚，清洛香號門口處竟比之前還熱鬧，一輛輛車馬停在了門口，進進出出之人比之前還要多了許多。

「大姊？您怎麼來了？」負責留守清洛香號的安子良，笑嘻嘻地迎了出來。

安清悠甚是詫異，「這是怎麼回事？我原以為朝中出了這麼大的事情，很多人應該對咱們敬而遠之才對，怎麼這門口反倒是比以前還熱鬧？」

安子良的臉色微微一變，隨即笑道：「咱們家的東西好啊，香物好，生意自然蒸蒸日上！大姊，進去說，進去說！」

姊弟二人進了內室，安清悠這才聽安子良說起原委，不由得驚道：「什麼？你說這些人都是來討香物方子的？」

「可不是嗎？自從那百官叩闕的事情出來，咱們這裡就多了很多莫名其妙的傢伙，跑來跟我說什麼蕭家必亡，安家也沒什麼好果子吃！如今除非是咱們肯把那原漿的方子交出來，這才有一條生路云云！哼，還一個個胡吹大氣，什麼和李大學士有多深厚的交情，什麼和睿親王府有多親近的關係，其實都不過是些連睿親王府的門都進不去的蝦兵蟹將，想從我的手裡敲詐出香方來，我呸！」

安子良狠狠罵了幾句，卻是想起了什麼似的道：「對了，大姊，這些事情昨天我便寫成了條子，併著這幾天香號裡的帳目一起送到了蕭府，怎麼大姊竟是不知？」

「條子？」安清悠一怔，安子良每隔幾日便會把香號裡的事情和帳目寫成條子送給自己，不過這幾日事情太多，自己還真是有些疏忽了。

「達叔！」安清悠急忙道：「昨日可是有我弟弟派人來府上送帳日遞條子？」

「沒有啊……」蕭達茫然道：「這幾天外面動盪得很，老奴已經加倍提著精神做事，若是安公子有信來，老奴早就送到五奶奶面前，斷斷不會出了差錯。」

安清悠和安子良聽他這般說，陡然變色，異口同聲地驚叫道：「不好！」

便在清洛香號對面的那七大香號之中，曾經被李華年批了一句狼視鷹顧的沈從元，此刻滿臉堆歡，手裡正捧著一封信箋和一本帳簿。

「王妃請看，大人請看，這是清洛香號最近幾天的帳簿，如今連太子和皇后都換了人，那蕭家、安家怕是也沒幾天了。如今有些人不懂好歹，居然搶先打起了清洛香號的主意。您看，這是清洛香號二掌櫃安子良親手所寫的信函條子，這乳臭未乾的安家小兒已經坐不住了，正在向家裡報信呢！」

沈從元一口一個「王妃」、「大人」，他面前所坐的卻不是睿親王妃李寧秀或是李家人，而是兵部尚書夏守仁和他的女兒夏青櫻。

宮中選秀之時，李寧秀奪得頭名，做了睿親王的正妃，劉忠全的孫女劉明珠則是成了太子側妃，兵部尚書夏守仁的女兒夏青櫻卻是嫁入了睿親王府，但比李寧秀低了一籌，成了側妃。

沈從元藉著睿親王爭儲之事，拉起了自己的一波人馬，在朝中自成「沈系」一黨，但是那滿心的小算盤卻被李寧秀察覺，刻意將他與睿親王隔開來。

沈從元一發現李家對自己有所不滿，便打起了另闢蹊徑的主意。

夏守仁在李家和睿親王府這一系中，一直就是最為倚仗的中堅力量，被視為下一任首輔大學士的有力人選。當年便是他藉事叩闕彈劾，引出了蕭洛辰被貶為白身、安家和蕭家受罰的種種事來。其間雖有壽光帝刻意為之的因素，但這位夏尚書無論是聲望還是勢力，都得到了極大的發展。

此次百官叩闕又是他來做急先鋒，聲望已有急追李華年的架勢。

「很好很好，沈大人做事如此上心，果然是朝中不可多得的能臣。」

夏青櫻接過帳目翻了兩頁，便被裡面的數字吸引住了。這清洛香號果真是日進斗金，夏家比不得李家那般世代權貴，也比不得劉家穩坐江南富甲天下，眼前這個聚寶盆般的生財所在，對於他們來說真是有著莫大的吸引力。

夏守仁卻是把安子良手書之信拿起來細細看了一番，淡淡地道：「如今皇后倒了，太子更是變成了睿親王，沈大人對這清洛香號倒是上心，只是為什麼找上本官？直接去找李家豈不是更好？」

沈從元堆起笑容道：「夏大人這可是打趣下官了，睿親王如今成了太子，那還不是夏大人您身先士卒，領著百官叩闕所致？依著下官說，這擁立之功頭一號說到底還是夏大人您才是！李閣老如今雖然風光，可畢竟年事已高，滿朝文武誰不知夏大人您便是下任的首輔，將來新君登基，左右不是夏閣老您來主掌朝政，下官不巴結您，又能巴結誰去？」

其實沈從元在睿親王系內部另尋靠山甚是冒險，但之前既已失於李家，睿親王又被李寧秀吃得死死的，這另抱一條粗腿便是當務之急。

沈從元邊說邊拿眼偷瞄，只見對方的眼神中有一絲異彩一閃而過，登時心中大定。

夏青櫻更是得意洋洋地道：「沈大人果然是明白人，知道哪條路才是該走的。只要你好好做事，終歸是有前途的。」

自從李寧秀嫁入睿親王府後，最覺得不舒服的人除了沈從元，就數夏青櫻了。她不僅驕傲，野心也是極大，眼瞅著睿親王成了太子，心中早就為自己打算起來。她此刻是睿親王側妃，將來若真是睿親王登基，她最次也是個四妃的地位，偏偏攤上李寧秀這麼個厲害的正主，將來的日子可想而知。

對於夏青櫻來說，為今之計當然是娘家勢力越強越好。現成例子是擺著的，宮裡頭的文妃若不是有個做首輔的娘家，她能熬了這麼多年終於熬成皇后？憑她兒子的草包本事，能混成個太子？

夏守仁卻是皺了皺眉頭，似是對女兒這般搶著表態不滿，便轉頭對著沈從元淡淡地道：「沈大人，你知道本官為什麼能做這兵部尚書，為什麼便連李家也有推本官做下任首輔的意思？」

「這……李家世代尊貴，這幾代已經連著出了數位首輔，若是再來一代，這把持朝政之名無論如何都說不過去……更何況，李家自李大學士之後，下面幾代中並無出色之人，夏大人英明剛毅，正是我大梁文官中的擎天一柱，下任首輔當然非大人莫屬！」

沈從元表現得恰到好處。李家年輕一代的男子裡確無出色之人，好不容易出了個李寧秀，卻是女子。三兩句讓對方知道自己能夠抓住這個重點也就夠了，剩下那些話是故意留出來的破綻，什麼李家怕擔上把持朝政名聲云云，便連他自己都是不信的。只是，面對上位者之時裝糊塗留點錯處，是不給上峰帶來威脅感的不二法門。

夏尚書微微一笑，「沈大人果然是能臣，該說什麼話倒是明白得很，只可惜有一點說錯了，本官能有今天，最重要的一條便是本官知道什麼時候要聰明，什麼時候要笨。不是裝笨，是真笨。你看無論是叩闕上書，還是打御前官司，本官都是衝陣在前，為此挨了多少苦，受了多少蕭家和安家的奚落。李閣老看本官如此賣力又如此真笨，自然願意多加提攜，沈大人啊，你說是不是？」

沈從元聞言一驚，背後一層冷汗冒了出來，所幸他反應極快，知道對方固是在敲打自己，亦是露出了招攬之意。當下靈光一閃，跪地大聲道：「下官蒙夏閣老提點，當真是猶如醍醐灌頂，勝讀十年之書！以後定當以夏閣老為楷模，少說多幹，努力做事，做個踏踏實實的笨人！夏閣老如有差遣，下官是水裡水裡去，火裡火裡去。」

這「夏閣老」三個字又一次鑽入耳中，夏守仁聽著極是舒坦，站起來一邊伸手相扶，一邊哈哈大笑道：「沈大人言重了！你我同朝為官，搞這等大禮參拜的虛文做什麼？快起來，都是一條船上的人，哪裡有必要如此？」

沈從元一臉喜色地站起身來，知道這新靠山總算是靠上了，滿面堆笑地道：「夏閣老慢坐，待下官這便為您衝陣在前一次，將那清洛香號好好整治一番，到時候……」

「到時候這清洛香號裡的財貨店面、銀錢物事，本官一概不要，倒是那安家小兒信裡所提的原漿調香方子……」

「清洛香號眾人一個比一個刁鑽，就算抄出來調香方子，裡面會被他們動什麼手腳卻也難說。下官的意思，有什麼方子先送到夏大人府上，請您『查驗』之後再做定論。若是李閣老那邊也要這類東西，下官就先抄錄一份過去便是。」

「哎，這麼做可不好，還是方子的原件送過去，把抄件送給本官便可！」夏尚書終於還是把沈從元故意露出的破綻糾正了一次，品了口茶，似是自言自語地道：「太貪容易出毛病，吃相要好！來人，拿我的帖子，去請刑部臨案司的司官張大人過來一趟，讓他和沈大人親近親近！」

沈從元大喜，那刑部臨案司顧名思義，管的便是刑部臨時接手的案子。此處品階雖然不高，但是權力所涉卻是極廣，什麼五花八門的案子都可以往裡頭塞。召了那臨案司的司官過來和自己「親近」，當然是說此番可以放開了手腳，讓自己一舉端掉這清洛香號了。

這位新攀上的靠山果然是另有心機，卻又被自己識破。正所謂這李閣老剋皇上，夏尚書剋李閣老，自己剋夏尚書，這可不一物降一物嗎？下一個相生相剋的環節又該是誰？難道是清洛香號裡那該死的小倆口剋本官？

沈從元也不知大怎麼會冒出這麼個古怪的念頭來，隨即一笑。皇上都已經妥協，既不用像之前非得搞什麼光明正大，也不用擔心有人再和自己來硬的。清洛香號啊清洛香號，跟本官鬥了許久，到最後還不是有你山窮水盡的一天？

此消彼長，沈從元和夏尚書等人將清洛香號視作囊中之物的時候，安清悠正在清洛香號裡面飛快地下著命令。

「速去！蕭家一門求見皇上！安家一門求見皇上！把這個消息報上去，務必要快！」

「小的遵命，這便去安排稟報皇甫公公！」那四方樓派駐在清洛香號的管事應下，轉身就走。

安清悠心中稍定，若是四方樓早有安排，那倒是一件好事，轉過身來又對著蕭大管家道：「達叔，你拿我的手令親自去一趟城外的工坊，所有的生產一概暫停，把在那裡讀書的安家子弟和所有的工匠立刻轉移到安全之地。」

「五奶奶放心，離工坊不遠便是城衛軍京東大營的駐地，咱們蕭家在這裡有的是舊部。把人轉到這裡，李家無論如何都拿不得人。」蕭達出門上馬，飛奔而去。

「弟弟，你馬上帶人在香號內部檢查一遍，不僅是香方，積存下來的往來書信、帳目貨冊，盡數焚了！」

安子良領命而去，安清悠又對安花娘下令道：「花姊，妳到外面櫃上說一聲，那些打咱們方子主意的，全都轟了出去。若是真有客商，跟人家道個歉，從今兒起，咱們清洛香號打烊歇業。」

清洛香號本是一隻會下金蛋的母雞，局面如此動盪，便成了一塊人人覬覦的肥肉。如今蕭安兩家實無精力應付那些前仆後繼，想要趁火打劫之人，更不想節外生枝，收縮自保是最萬全的策略，只是昨日安子良所傳的消息不翼而飛，這一番耽誤之下卻已經晚了。

安花娘剛要領命而去，外面一個管事匆匆跑了進來，大聲叫道：「五奶奶，不好了，有人用門板抬著一個死人上門，口口聲聲要咱們清洛香號償命！」

安清悠眉頭一皺，「死人？」

這幾日京城大事不斷，金街上的人流卻是不但沒有減少，反倒有增加之勢。清洛香號的大門口尤其是人擠人，抬屍討說法，這種事情最容易惹來百姓圍觀。

「天殺的清洛香號啊，我女兒不過是用了點你們家所出的香露，早上還好好的，中午便渾身起了疹子，沒到晚上人便沒了！苦命的女兒啊……我跟你們清洛香號沒完，償命來！償命來！」

一個年輕女子的屍體被放在門板上，臉上手上布滿形狀可怖的斑點，旁邊一個頭髮花白的婦人一把鼻涕一把淚，呼天搶地，哭嚎不已。

「太不像話了，這對母女真可憐！」

「讓清洛香號的人出來，殺人償命！」

「對對，清洛香號，殺人償命！清洛香號，殺人償命……」

在這對苦主母女旁邊，有幾個彪形大漢在那裡兀自大聲叫喊著，滿臉的義憤填膺，有意無意開始煽動起門口的圍觀百姓來。

「五奶奶出來了！」

人群中不知道是誰喊了一聲，周圍的嘈雜之聲驟然一停。清洛香號的夥計分出一條路來，安清悠慢慢走出了大門口，看了看眼前的情形，卻是先對那婦人道：「這位大嫂，您先別急，我便是這清洛香號的東家，有什麼事兒您到裡面慢慢說可好？」

那死了女兒的婦人登時又是一陣大哭道：「妳就是清洛香號的東家？好好好，找的就是妳！我女兒就是因為抹了你們清洛香號的東西才丟了性命，跟妳這等人沒什麼好進去談的，我就在這兒守著女兒討個說法，我要你們清洛香號償命，人家都是見證！」

安清悠眉頭一皺，這婦人口口聲聲要討說法，卻又不肯和自己相談，只是在門口哭鬧不休，顯然是來鬧事的。這時候若與她糾纏，只怕是中了某些人的計，當下一言不發，俯身細細查看起門板上這死去的女子來。

只見這女子顯然剛死不久，身上猶有清洛香號招牌產品「香奈兒五號」的香氣，皮膚上斑斑點點，都是紅色的瘀點，只是這些瘀點看著雖嚇人，卻是既沒有起皰，也不見破裂出血。

安清悠瞧了一陣，喃喃道：「過敏？」

香物對於人體的傷害性，從來都是調香師必須要考慮的命題之一，可是人的體質畢竟千變萬化，縱使是再怎麼純天然無污染無毒性添加劑，也少不了那萬中失一的特例，就如同有些人對花粉也會過敏一樣。

之前確定產品的時候，安清悠已經極力考慮這方面的事情，所用的香方、材料和工藝都是在另一個時空中經歷過幾十年乃至上百年由市場實際驗證出來的成熟方案，保證就算出現過敏，也到不了危及生命的地步，如今這事情倒是蹊蹺了。

一陣輕風吹過，隱約的桐油味飄入了安清悠的鼻際。

「桐油……」安清悠微微詫異，自家這產品可和桐油沾不上半點關係。看這死去女子的身上雖無名貴的首飾，衣裳也算講究，打扮倒似書香門第中出來的小姐。這樣的女孩，會和木匠的桐油拉上關係嗎？

安清悠苦思不得其解，跟在她身後的安花娘顯然也察覺到了什麼，蹲下身來檢查了一番，在安清悠耳邊道：「和咱們的香物沒關係，這女孩子是用桑皮紙沾了桐油，貼在口鼻上活活悶死的。」

安清悠心裡一震，安花娘是四方樓排得上號的好手，那些見不得光的東西遠比自己清楚。她說這女子是被人活活悶死，實情只怕便不中亦不遠矣。

沒料想這太子剛換人，便有人使出這等手段，為了陷害蕭家，竟然硬生生逼死一條人命！是誰這麼著急要置清洛香號於死地？

便在此時，有個聲音悠悠傳來：「這清洛香號門口怎地這般多人，有什麼熱鬧好瞧？」

那幾個先前還在高呼著償命的大漢動作飛快，一回身便向周圍看熱鬧的百姓們擠去，硬是分開了人群，接著走出了一個安清悠再熟悉不過的人來。

沈從元今日刻意換了一身官服，安清悠一見之下，微微冷笑，金街閒逛，哪裡有如此穿戴整齊的？當下行了個禮，淡淡地道：「民婦見過沈大人，如今這天氣這般熱，沈大人卻是穿著正裝逛金街，當真是好興致！」

沈從元卻是下巴微微一揚，笑道：「這幾日事情多，本官為了朝廷大事也忙來忙去，穿著官袍熱雖熱點，卻省得各個衙門走動之間的諸多麻煩，倒是蕭五夫人才真是好興致，如今出了這麼大的事情還有閒心來這清洛香號，也罷，倒省了本官一番手腳。」

仇人相見，分外眼紅，沈從元在安清悠手裡幾次被收拾得差點丟了命，今日下了死手而來，這身打扮本就是刻意為之，壓根兒就沒想著要讓清洛香號能夠躲過今日。此刻這話裡話外的意思更是開口便已挑明，我便是處處露著破綻，妳又能奈何得了本官？

安清悠心中微微一凜，卻見那死了女兒的婦人見到沈從元，像是等待多時一般，膝行上前，抱住沈從元的小腿，大聲哭道：「大人啊，老婦人就這麼一個女兒，母女倆相依為命，誰料想我這苦命的女兒用了這清洛香號的什麼香露，一天不到的功夫就斷了性命！青天大老爺啊，您可要為老婦人做主啊……」

這婦人演技倒是不錯，可是安清悠已知這女子的真實死因，便越看越是覺得做作。人命都鬧了出來，看來這沈從元今日定然不肯放過清洛香號了，當下眉頭一皺，在安花娘的耳邊低聲囑咐了些什麼，看著她在人群中悄然退了下去，這才又轉回了目光。

沈從元平日裡最煩的便是這等動輒哭天搶地的粗俗民婦，可是此時此刻，卻是故作親民的模樣，也不管自己的褲腳上沾多少眼淚鼻涕，親手將那婦人扶起道：「大嫂莫慌，本官既是撞見了此事，哪裡有不為民做主的道理？但請諸位放心，本官定會將事情查個水落石出，還死者一個公道……」

只是，這話音未落，卻聽著一個女子陡然插話道：「好啊，這事情定要查個水落石出，我們清洛香號也要討個清白！這位大嫂，我且問妳，這死去的女孩姓甚名誰？妳又是怎麼稱呼？家住何方？以何為業？」

安清悠見這婦人哭得雖響，眼神中卻無幾分傷心悲痛，心知其中必然有鬼。

那婦人微微一怔，沒料想這清洛香號的女東家竟會問自己這些事情，好在沈從元早讓下面人背爛了。這婦人連忙低頭掩飾慌張神色，流暢無比地道：「老婦人王氏本是京城人士，家住西井胡同，鄰居們都叫我王婆婆，平日裡與女兒給人家縫縫補補為生。我這女兒從小生得聰明伶俐，又識得幾個字……」

那自稱王婆婆的兀自絮絮叨叨念下去，沈從元暗暗叫糟，若是一般人被凶手如此理直氣壯地喝問，早就發怒，不是撲上去和對方玩命，便是破口大罵，這流利地背誦家世，哪裡像個苦主，簡直就是在背東西！

可假的便是假的，作假之人便是把私下準備的東西背得再熟也是心虛，這婦人雖是沈從元精挑細選出來的人，又如何是安清悠的對手？

眼見著老婦人被對手劈頭一問露了破綻，圍觀百姓中有些腦子快的人已經露出了若有所思的神色，沈從元連忙對這旁邊那幾個扮作閒漢的手下使眼色，登時便有人高聲叫道：「不錯不錯，王婆婆說的不錯！」

「我等都是鄰居，俱為人證！」

這亂哄哄的叫聲一起，登時便將那婦人念叨背景的聲音打斷了。

有手下假扮鄰居幫著起鬨，沈從元當下把臉一板，一句話便將剛才之事蓋棺論定了過去：「清洛香號的香物有毒，看來已經是無誤之事……」

話音未落，忽聽得人群中有個漢子大聲說道：「我在西井胡同住了大半輩子，可也沒見過有這麼幾個鄰居啊！那王家的閨女早些年便父母雙亡，更沒聽過有個什麼王婆婆的娘親，這些人莫不是假的？」

這喊聲極為響亮，幾個扮作閒漢的沈從元手下齊齊變色。那扮作女子娘親的婦人剛回過味來，自己剛才犯了大錯，本就有些發慌，猛地被人這麼叫破，更是心中發虛，脫口而出道：「不會吧？」

這話不說還好，一說之下，便如點燃了火藥桶，圍觀的民眾譁然。若是這娘親鄰居之類的是假的，那這死了的女子又是怎麼回事？殺人償命，就算是私盜屍體、侮辱死者這等罪，也是不輕啊！

沈從元大怒，如今他與昔日初到京城之時已經大為不同，那所謂的西井胡同早已被他買下，整條胡同都是他的私產，哪裡有什麼住了大半輩子的街坊？真不知是誰壞了自己的好事，可是回頭再找，又哪裡尋得到這說話之人！

安清悠心裡有數，剛剛她讓安花娘去做的安排便是這個，小小「詐」了這麼一下，果然詐出了東西來。四方樓裡出來的人手，混在這麼密集的人群中，哪是那麼輕易能被翻出來的？

她當下朗聲說道：「又是王婆，又是官人，這場戲鬧得也真是有趣！沈大人，您是明白人，如今到了這個局面，難道還不應該去好好查一查是誰害了這個姑娘，是誰跑到這裡來訛詐栽贓我們清洛香號？您自己說的，做官要為百姓做主啊！」

廢物……廢物！

沈從元臉上青一陣白一陣，那女子是他好不容易找到的使用香露有異狀者不假，人卻是他親自下令弄死的，若要尋那凶手，豈不是尋到了自己頭上？狠狠地瞅了那扮作死者娘親的婦人一眼，就差跳腳大罵了。

好在沈從元做好了兩手準備，此刻見局面被破，索性把什麼面孔都撕了下來，放在官袍裡。此刻把臉一沉，冷笑道：「人命關天，這等事情哪裡是一時半會兒就能說明白的？事情到底如何，自有法度公論，來啊，送這些清洛香號的人去見官！」

話音甫落，那原本還在給那哭嚎婦人幫腔的幾個大漢搖身一變，這就要來強行拉拽安清悠等人，可是剛一邁步，卻聽得啪啪連聲脆響，這些沈從元的手下向後倒去，一個個慘叫不已，卻是齊刷刷被卸了手臂。

動手的是站在安清悠身後的幾個夥計，這些人不用說是四方樓的人所扮，對付沈從元手下的惡奴自然綽綽有餘。派駐四方樓的管事已急著去報蕭安兩家求見皇上之事，剩餘之人先前接到的死命令卻是未改，就算是衝著男人們此刻正在北胡領兵殺敵，壽光帝也得把蕭家的婦孺們看好了。

「誰敢動五奶奶，我們就打誰！」那幾個「夥計」彼此對視了一眼，朝著安清悠拱手，又退下去站到了清洛香號一側。

沈從元的眼睛都快看直了，他不是笨人，縱然李家未曾知會，這蕭洛辰不在京中亦是被他瞧出了破綻。只是這混世魔王不在，清洛香號何時又多出這麼多硬碴子？

靈光一閃，沈從元想起之前自己得到的那份帳簿和書信來。當日送信之人也是極為扎手，自己盯了清洛香號許久，派人半路埋伏劫殺，卻傷了七八個手下，居然還沒抓到活口，難道……

「沈大人，我可是蕭家的兒媳婦，咱們蕭家雖然比不得你沈大人上竄下跳，卻是最不缺身手好的武人。」安清悠淡淡地說道，卻是一句話便將所有人的思路都帶歪了方向。

「這沈從元還算有腦子，人也有些才幹，只是這氣量太狹小。聽說他之前被這小倆口整治了好幾次，這一次卻是死活在設局上勝那清洛香號一回了。嘖，這都什麼時候了，還想著為那一點虛榮心出一口怨氣，既是有了那人命的藉口，直接讓刑部出面拿人便是，哪還要搞這麼多手腳？玩武的，你玩得過蕭家？」

清洛香號對面的某間二樓窗旁，夏守仁冷笑，「不過，這蕭家的五夫人倒真是個厲害的角色，輕視不得……來人啊，去下面告訴刑部臨案司的張大人一聲，讓他別在一邊看笑話了，該出手時要出手，這人本官今天是抓定了！」

旁邊的夏青櫻看戲看得津津有味，這一刻卻是噘起了嘴道：「不過是個女人罷了，也值得父親對她如此重視？」

「妳啊，就是看不得別的女人比妳強！那李寧秀也是女人，看看她把睿親王如今收拾成什麼樣子？妳若是有安家孫女這般本事，說不定還真能和那李寧秀鬥上一鬥，為父也用不著為妳這麼操心了！」

夏守仁瞪了女兒一眼，又向身邊親隨追了一句：「快，要活的！這女人比那上百張香方還要值錢，最少值十個清洛香號！」

「反了反了，這還有王法嗎？清洛香號不過是一個小小的商號，居然也敢毆打官……」沈從元大聲咆哮，可說到最後一個字，卻硬生生止住了口，差點說漏了口。

「這倒是奇了，此處好像就您沈大人是朝廷命官，諸位看看，我清洛香號哪裡有半分毆打您？」安清悠冷冷地看了那幾個喬裝打扮的閒漢一眼，替沈從元接上了那半句道：「難道這幾個市井惡漢是官差？他們不會是沈大人的手下吧？」

「妳……妳……妳強詞奪理，本官不與妳這婦人一般見識！」沈從元理屈詞窮，衝著安清悠指了半天，這一口氣才漸漸緩了下去，怔了半晌，卻是忽然露出了陰惻惻的笑容道：「蕭五夫人，大家都是明白人，索性把話挑明了說吧。今天本官為什麼會來這裡？妳心裡清楚，本官心裡也清楚，這人命之事是不是妳清洛香號做的又如何？本官但說一個查字，妳便脫不了干係。這幾個市井閒漢是什麼身分又怎樣，到底還不是妳清洛香號的人打了？單憑這兩條，本官拿了妳去查案，也沒話說吧？大家又何必多費麻煩呢？」

「哦，沈大人這是跟民婦攤開來講了？也好，沈大人，您是朝廷命官不假，可是這官做的卻是禮部侍郎，既非順天府，也不是京城都御史，便是問罪拿人，也不在您沈大人的權責之限，又憑什麼一個拿字，便要拿了民婦去？」安清悠寸步不讓，直接把沈從元這番攤牌的話踹回了他的臉上。

便在此時，圈外有大聲道：「說的好，沈大人無權拿問，那麼本官呢？」

話聲未落，人已先至，來的卻是揣著金字虎頭腰牌的刑部直屬捕快。這些人對付這等場面明顯有經驗的多，轉瞬便分開了一條路來。一個同樣身穿官府之人走了過來，卻是先與沈從元見了禮，道了聲沈大人。

「本官刑部臨案司司正張資歷，按大梁九刑二十七大律，凡是命案以上，尚無朝廷有衙入審的案子，我臨案司均可介入，今日拿了爾等去，可有什麼話說？」

那臨案司本就是在刑部專司查漏補缺之事，品階雖然不高，能摻和的範圍倒是極廣。這張司官是夏守仁的手下，主子發了話要快抓要活抓，他倒是執行得堅定。

張司官話音方落，卻聽得一個聲音道：「張大人請了，素來這問案拿人，講究的是要有憑有據，您口口聲聲說這是命案，卻不知這憑證何在？」

說話的人是安子良，張司官道：「有這屍身在此處，如何算不得命案，又有旁人為證……」

「張大人這話說得可是過了，屍身不假，可就這幾塊料……」安子良笑嘻嘻地指了那幾個兀自捧著手腕叫痛的漢子道：「分明不是什麼這死去女子的街坊，方才滿街百姓都看得清清楚楚，這也能當作人證？」

「黃口小兒，也敢胡言亂語……」張司官在刑部裡混久了，這般情況卻是難不倒他，張口便要將此事一語帶過，倒是沈從元對這般事情早有準備，當下一使眼色，那先前扮作苦主的婦人哭叫道：「青天大老爺啊，老婦人除了人證，還有物證！」

說話間，急忙忙捧出一物，眾人拿眼一看，正是清洛香號的招牌貨品「香奈兒五號」香露。

沈從元面有得色，正要發言，卻見安子良冷不丁一把從那婦人手中搶過了那香露瓶子，往瓶底瞅了一眼，哈哈大笑，「諸位請看，這瓶底寫得清清楚楚，這瓶香露是十一天前由我清洛香號所出。彼時我大姊正在家中伺候婆婆，櫃上香物皆是由我這個清洛香號二掌櫃手裡出去的，便說與命案有關，該拿的人也是我，與我大姊何干？」

這話一說，不僅是沈張兩個官變了臉色，就是安清悠也愕然，「弟弟，不可！」

事情已經很明顯，對方今日是無論如何也要把安清悠抓回去，安子良這是意欲以身代罪，替大姊擋了這個劫數。

「他們心狠手辣，你若入了刑部大牢……」安清悠急道，腦子裡瞬間轉過了七八條對策，卻是沒一條能夠破解現在這個局面的。

「大姊還看不出來嗎？今日他們打的便是讓咱們清洛香號全軍覆沒的主意，弟弟頭上頂著一個安家的姓氏，便是不做這等事，他們也不會把人漏了的，還不如讓我來和他們周旋。」安子良沉重地說了幾句，隨即又笑道：「不過，大姊放心，弟弟有自保之策，諒這兩條狗也未必便能把我怎麼樣。我沒法像姊夫那樣領兵打仗，可也有點英雄癮，好不容易有了這麼一次機會，大姊就別跟我爭了，蕭安兩家哪家都離不了您！」

安清悠微微一怔，難道弟弟真有自保之策？

姊弟倆這邊兀自說著話，張司正卻是氣炸了，這是將本官視為無物不成？你想扛罪就扛罪，真當本官在刑部這麼多年是吃閒飯的？更別說那安清悠是夏尚書親自點名要抓之人，小子，有句話你是說對了，今兒你們姊弟倆一個都別想跑！

「笑話！此案案情複雜，人證物證俱在，本官焉能聽你這一面之詞？蕭安氏是這清洛香號的東主，有事便與她脫不了干係，來人，給我拿下！」

這張司正不愧是辦案多年的老刑吏，知道眼下多說無益，拿人才是正理，不管不顧地硬生生喝了一聲，便有幾個刑部捕快要上來拿人。

「誰敢動我家五奶奶？」對面卻是一通爆喝，清洛香號的「夥計」又跳了出來，擋在安清悠身前。這些人平日裡為皇上辦差，傲氣也是高過頭頂的，莫說是幾個刑部差役，就算是大內侍衛想要在他們面前拿人，那也得看有沒有皇上的命令再說。

鬧上了這麼一齣，沈從元的眼睛亮了起來，他巴不得清洛香號有人動手，那便坐實了毆打官差的現行。若是再添油加醋，扣上個私蓄武士意圖不軌的罪名也不是不可以。若是真能如此，下一次只怕就不是抄清洛香號，而是直奔蕭安兩家拿人了。

只是沈從元這算盤打得響，卻未必能夠實施。便在雙方一觸即發之時，一道青影從房頂上凌空撲下，竟是個蒙著面孔的青衫人。人未落地，手上早已舞出一片殘影，三兩下便將安清悠身旁的四方樓護衛迫得不停後退，同時腿上連環飛踢，又將撲上來的刑部差役逼了開去。

轉瞬之間，安清悠就剩下了孤身一人。這青衫人也不多話，一把抓過她的衣領，帶著她縱躍而起。手中雖多了一人，速度卻絲毫不慢，很快就沒了蹤影。

一干差役們面面相覷，轉頭去看自家上司，張司正和沈從元張大了嘴，竟是都傻了。

「人不見了，怎麼辦？難啊，真是難啊……」安子良在一邊搖頭晃腦，自顧自地嘟囔。

「先把這小胖子抓了再說！」張沈二人對視一眼，異口同聲說道。

說時遲那時快，青衫人帶著安清悠飛簷走壁而去，事起倉促，安清悠反倒鎮定了下來。這青衫人本事高強，形跡卻耐人尋味。沈從元設局弄出了這麼一起命案，刑部也摻和了進來。對方在實力上已經有壓倒性的優勢，若是那些四方樓所派的「夥計」強保自己，說不定反而弄出什麼對蕭安兩家更不利的大事件來。

「前輩高姓大名？欲將小婦人帶往何處？」斷定此人十有八九並無惡意，安清悠出聲問道。

青衫人腳下不緩，頭也不回，從那蒙面的青巾之中傳出的聲音卻是尖利，與宮中宦官有幾分相似：「我帶妳去見皇上！」

青衫人猝然出現帶走了安清悠，本領之強，便連那些四方樓所派來的「夥計」也未能攔住，更別說刑部的差役和沈從元的手下了。

場中一片大亂，沈從元和張司正雖然竭力指揮，但金街上本就車水馬龍，清洛香號門口更是聚了大批看熱鬧的百姓，待要彈壓下去卻又談何容易？

好不容易等這場面控制住，沈從元和張司正都有些發傻。

安清悠是夏守仁點名要抓的，如今這差事中分量最重的部分沒了蹤影，可怎麼辦？

「終究……今兒算是把清洛香號給拿了下來，總不能一無所獲！」沈從元忽然狠狠地說道。

張司正自然明白沈從元這話裡的意思，正主已尋不見，若是這份差事再有什麼其他疏漏，兩人怕是沒法向夏尚書交代了。當下咬著後槽牙，臉色鐵青地對著手下大罵道：「剛才本官下的令，你們都當耳旁風不成？先把這小胖子抓了再說！」

刑部的差役登時向著安子良撲來，可那些四方樓派駐的「夥計」迅速往安子良身前一擋，他們可是得了死令，哪能這麼容易便讓刑部把人帶走。

安子良忽然叫道：「都別動手，讓他們抓！」

這話一出，所有人都是一怔。

卻見安子良分開人群走了出來，笑著對那些四方樓派駐的「夥計」們道：「人家連刑部都搬出來了，這一動手豈不是坐實了清洛香號恃強拒捕的名聲？瞅見這位沈大人沒有，那可是有名的能吏，人家指不定會做出什麼文章來。公子我是心甘情願讓他們抓去的，與你們無涉，回頭照此向上頭覆命即可。」

四方樓派駐過來的「夥計」們面面相覷，沈從元臉色冰冷，從牙縫裡擠出一個字來：「抓！」一個差役拎出鐵鏈，上前便向安子良的頭上套去，卻聽安子良叫道：「且慢！你們敢動我？」這話一叫，那些「夥計」又齊齊往前邁了一步，那差役抖著鐵鏈的手登時停在了半空中。說實話他們心裡也是上來下去得難受，神仙打架，小鬼遭殃，這抓人的差事著實不好幹。這位安公子是出了名的沒譜，難道現在又改了主意？

安子良笑著從懷裡掏出一張紙來，悠悠哉哉地往身前一攤道：「公子我如今是有功名的人，你們抓歸抓，敢拿鐵鏈鎖我？」

刑不上士大夫，這是大梁國自開國以來就由太祖昭告天下的律法。

眾人拿眼瞧去，見那張薄薄紙片居然是一張秀才告身，若照此論，刑部即使出頭，也加不得片鐵於他身上。

「你……你之前只不過是個童生……」沈從元臉上的肌肉一抽一抽的。

「公子我如今也算得上是家財萬貫，捐得起功名，不服氣啊？公子有錢！」安子良拿出一疊厚厚的銀票抖了抖。大梁國雖然允許家富資財者用銀子捐功名，可是這等事情在民間終究不是什麼光彩的事情，只有考不上功名之人才會走這條路。

也就是安公子這捐功名的話能說得如此氣吞山河。

「哼！無恥之徒！黃口小兒不知天有多高，你這小輩聽好了，本官久任刑部多年，莫說你一個捐出來的秀才，便是舉人進士也不是沒辦過……你這小子幹什麼？」張司正話說到一半，眼睛陡然一凝，差點連這官威都保持不住了。

安子良大搖大擺走到那群差役面前，手中拿著銀票笑嘻嘻地道：「各位兄弟，我知道你們也都是奉上官的命令辦差，這年頭大家都不容易！來來來，拿點銀票去喝茶，就當是交個朋友！」

這些差役每月俸祿不過六兩，雖然在刑部辦差有些外入可撈，可是說到底，他們這些底層之人過手的油水終究有限。再看安子良手中的銀票最低也是二百兩起，一個個不由得雙眼放光，只是當著張司正的面，誰又敢去接清洛香號的銀子？

張司正閉了閉眼，只覺得渾身的血液都湧到了頭頂上，怒喝道：「放肆！你當著本官的面行這等賄賂之事，當真是無法無天，這貪贓枉法之罪……」

「得得得！您張大人一口一個貪贓枉法，那我收起來好了！弟兄們啊，這是你們張大人不讓你們發財，可算不到旁人頭上，回頭兄弟我進了刑部大牢，你們就各自準備好紙筆，我安公子寫出的條子肯定是從蕭家、安家領出來的銀子，這一點大家都信得過吧？嘿嘿，宣布一下，我要搞賄賂，大梁律裡可沒有處罰吧？」

銀票被拿出來晃了晃，安子良又將其塞回懷中。

那一群差役卻個個心裡明白，若是真將這「人犯」帶進刑部大牢，大家朝夕相處的日子有的是，只要多少行點方便，還怕沒銀子落袋？一時間，人人打定了主意，別人不論，自己定是要對這位安公子客氣三分的。

安子良又轉頭對張司正破口大罵：「姓張的，你也別跟小爺裝什麼清官，今日這事情大家清楚，這案子根本就是一場騙局，你非得硬扣在我們清洛香號頭上，那才是真正的貪贓枉法！貪的是趨炎附勢的贓，枉的是冤案錯案的法！」

張司正怒極反笑，一臉陰沉地道：「安子良，你少囂張，捐科的秀才？哼，回頭進了刑部大牢，再讓你知道知道本官的手段！」

「是啊，刑部大牢天下聞名，三堂夾木之下什麼口供都拿得出來，你張大人當然是要好好給我吃點苦頭……」安子良冷笑之意比張司正更甚，陡然喝道：「孫子，瞎了你的狗眼，好好看看你安公子手中這張秀才告身，你他娘的也敢對我用刑？」

「本朝律法，刑不上士大夫，你不是捐了個秀才嗎？本官當然不會對你用刑……」張司正在這光天化日之下，當著金街眾多百姓，自然說得冠冕堂皇，可是心中卻打定了主意，只消一進了刑部大牢，暗地裡定要好好動上一番手腳，將這囂張小子折磨得求生不得求死不能。只是他湊近了那張秀才告身一看，這嘴巴卻是張得大大的，再也合不攏了。

大梁國中有錢之人雖能捐官捐功名，卻沒隨買隨賣那麼簡單。除了要交上足夠的銀子，更要有現任五品以上官員從中作保。這等流程那張司正自然心中明白，可問題是，這保人的來頭也太大了。

江南六省經略總督劉忠全！旁邊是金陵府學政司鮮紅的大印。

沈從元過來一看，也傻眼了。

他沈家久居江南，對於金陵府是什麼地方可是熟得不能再熟，那是六省經略總督的行轅所在，這……這安家什麼時候和劉家搭上了線？

張司正的冷笑瞬間扭曲。

外官不比京官，正所謂縣令猶為百里侯，向來更有實權。

如今雖說連皇上都已經妥協了，但那劉總督和李閣老齊名，他經營江南大半輩子，不但富可敵國，勢力亦是極為龐大，如今這一片形勢大好之下，若是因為這一個小小的案子鬧出文官系統內部自身分裂，那可是誰都吃不起這個責任。

更何況，這劉總督號稱天下第一忠犬，天知道這安公了是怎麼得到金陵學政的秀才告身，這後面是不是有皇上……

張司正半天才緩過神來，卻是重重地乾咳一聲，轉頭對手下道：「這天兒真熱，本官有些累了，那什麼……好疼，哎呀，這該死的熱天氣，曬得我頭有點痛，本官先找個陰涼地方歇歇再說！」

事情太大，遠遠超出張司正和沈從元二人敢於做主的範圍。

張司正顧左右而言他地找了個藉口，拉著沈從元直奔對面二樓，對著在樓上目睹了一切的兵部尚書夏守仁苦笑道：「大人，那安家小子捐的秀才居然是江南劉大人親自保的，這事……怎麼辦？」

夏守仁也有些發懵，瞅著窗外的情形愣了半晌，這才緩緩地道：「怎麼會惹出劉家來？沈大人，你盯清洛香號盯了這麼久，不會是特意挖了個對上劉家的坑讓本官跳吧？」

沈從元噗通一聲跪在地上，臉都已經綠了，「大人，下官實在不知情！下官對大人忠心耿耿……還請大人明查啊！」

「哼！給本官和劉家挖坑，諒你也不敢！」夏守仁一腳將沈從元踹了個跟頭。

沈從元如蒙大赦，顧不得去擦臉上那沾滿塵土的鞋印，兀自跪在那裡道：「大人明查秋毫，明查秋毫！下官對大人從來都是忠心不貳……」

「如今這局面上不去下不來，這麼僵著也不是個事，把那位安公子先送回刑部去，這案子慢慢查，在沒有搞清楚劉家在這裡面到底是怎麼回事之前，不要輕易下定論。那清洛香號……也別讓人去抄了，先把店封上，看看各方的反應。」

夏守仁沒有理會沈從元的阿諛，對張司正吩咐了一句，卻是看了看自家女兒，又看了看窗外，臉上閃過一絲複雜神色，輕聲嘆道：「蕭洛辰、安清悠……還有這小胖子居然也有這般手段！老天爺真是偏心，安蕭兩家的年輕一代中的人才怎麼一個跟著一個？」

夏守仁感慨之際，張司正已經下樓來到安子良面前，此刻他換上了小心翼翼的態度，說話也變得心平氣和：「安公子，咱們……先走？這說到底也是人命的案子，還是去刑部一下比較好。」

「這不好吧？刑部大牢是什麼地方，我不過是個捐來的秀才，怕去了以後張大人給我吃苦頭啊！」安子良這時候反倒矜持起來，「要不，張大人扭送我去順天府衙門吧，剛才那位沈大人也做過京城知府，好像他升了禮部侍郎以後，新知府換了皇上的人？」

安子良有意無意點了一句，張司正嚇了一跳，連忙陪著笑臉道：「這是哪裡來的話？咱們大梁刑不上士大夫，捐來秀才那也是秀才，那也是有功名的讀書人！朝廷告身寫得清清楚楚，誰敢給您吃苦頭，本官第一個不答應！那個……刑部也不光是大牢啊，咱們住簽房，住簽房好不好？安公子就當是給個面子，這案子就去我們刑部辦吧！」

「住簽房？不進大牢？」

「這不過是去協助查案，誰也沒說您是人犯不是？就算要待上一陣，那也是該住簽房啊！」

「可是安公子我這好吃好喝慣了，每頓飯裡沒酒沒肉可不高興……」

「啊？這些差役都領了安公子您賞的茶水錢，跑腿那不是應該的嗎？讓他們去買！」

「嗯，那還湊合，不過我一個人待著很悶，要是弄兩個青樓粉頭來彈琴唱曲就更好了……」

「啊？還要粉頭？」

這趟差事當真辦得不易，進了刑部，卻被弄得像做生意討價還價一般。

安子良大搖大擺被「請」去刑部的時候，張司正已經被折騰出一腦門的熱汗。而此時此刻，那劫走了安清悠的青衫人卻是停了下來，落腳之處，水榭樓閣，景色極佳。

安清悠腳一落地，便福身道：「多謝皇甫公公出手相助！」

「妳怎麼猜出來是我？」那青衫人有些詫異，摘下了面上的輕紗，果然是四方樓真正的掌事者，壽光帝最信任的皇甫公公。

「小婦人與夫君成親之前，蒙皇甫公公『送』一批四方樓出來的人手，便如花娘等如今已是小婦人身邊得力之人，一直想找機會向公公道謝，卻不想便是今日。」安清悠又是拜了一拜，回答與皇甫公公的問題毫不相干，「適才您說要帶小婦人去見皇上……」

「隔了這麼久妳還記得我的聲音？有意思，到底是蕭洛辰那小子死活也要娶回家的女人！這過耳不忘的本事是那混小子教給妳的？」皇甫公公瞧了安清悠一眼，淡淡地道。

安清悠微微一笑，沒有應聲。

這功夫是彭嬤嬤指點的，說起來彭嬤嬤神祕之處，竟是比這位皇甫公公有過之而無不及。在自己嫁入蕭家之後不久，彭嬤嬤便像人間蒸發了一樣，如今不知道身在何方？

皇甫公公見安清悠不答，也沒有再問，依舊面無表情地道：「依妳的聰明，想必也早已猜出來了，除了皇上，別人也調不動咱家。只是，陛下如今事情正多，雖是接妳來到此處，召見怕是還要等上一陣了。」

「多謝公公提點，小婦人在這裡等著便是。」安清悠點頭，心裡卻是半喜半憂。喜的是這四方樓辦事的效率如此之高，自己剛發出了安家和蕭家想要見壽光帝的請求，皇甫公公沒多久便親自出馬，顯見蕭安兩家在皇上這裡的分量還是極重的。憂的是既然這麼快便提了自己來，卻又不急著召見，皇上的葫蘆裡究竟賣的什麼藥？

一陣微風吹拂，飄來陣陣花香。

安清悠抬眼望去，眼前的景色並非第一次見到，這裡正是皇上最愛的西苑。

而此時在西苑的養龍齋裡，壽光帝似是在閉目養神，他沉默地斜靠在龍椅上，模樣似乎比之前老了許多。

百官叩闕逼宮廢立儲君，這等事情不僅是大梁國開朝以來前所未有，便是歷朝歷代也極為罕見，史書上是不可能不留下一筆的。對於一心想超越歷代名君的壽光帝來說，不啻是一個極大的打擊。

不過，皇帝畢竟是皇帝，縱是打擊再大，仍是一派沉穩，甚至在有人悄然進屋的時候，還都能敏銳地分辨是皇甫公公。

「朕的那個義女帶過來了？」壽光帝並沒有睜開眼，淡淡地問道。

「回皇上的話，人已經帶進西苑，目前安置在聽詩閣。」皇甫公公說話一貫簡單明瞭。

「看看這個吧，剛收到的。安家的那個長房長孫也真是大膽，居然把他和劉總督的關係揭開了一個角！」壽光帝隨手放下來幾頁薄紙，語氣透著不滿：「這麼重要的內情，居然說漏就漏了出來，你說，這會不會是安家、蕭家那幾個老人定的主意，這是逼著劉大人那邊表態不成？」

安子良在金街上被刑部帶走，不過是安清悠被帶來西苑路上所發生的事情，此刻卻已經有詳情擺在了壽光帝的案頭。

皇甫公公接過那報告看了幾眼，搖了搖頭道：「老奴以為不像是蕭安兩家蓄謀所為，倒似是年輕人血氣方剛所做的一時衝動之舉。」

「朕也是這麼想，劉忠全這人雖說圓滑了一點，但是對朕的忠心是毋庸置疑的。此事來得雖說突兀，倒也有點意思。派人盯緊了各處，看看各方今夜的反應吧。至於朕那個義女，今晚有一整夜的時間由著她自己慢慢想去，明天早上再見也不遲。這幾天事情多，朕倦得很，有事明天再議。」

皇甫公公伺候皇上就寢，出得門來卻是不由自主看了安置安清悠的聽詩閣一眼。

皇上這是要探探蕭安兩家的底子了，連疲兵之計都用上了。

「國患思良將，危局現忠奸，是好是歹，不過陛下一念之間。」皇甫公公嘆了一口氣，轉過身，消失在了黑暗之中。

而此時此刻，安清悠卻是剛剛用完了不知道該算是下午茶還是晚飯。懷孕的女人本就容易餓，今兒一整天馬不停蹄，連午飯都沒來得及吃，眼下這飯卻是吃得香甜。

「蕭五夫人若是還有其他需要，只管招呼婢子便是。」一個宮婢站在一旁，面無表情。

「倒是沒有了，就是這裡方不方便弄些熱水沐浴？」

「聽詩閣中諸般物事一應齊備，只是這當兒五夫人要沐浴，若是皇上突然召見……會不會措手不及？」宮婢顯然是受過指示，有意無意提起了皇上，「萬歲爺又這麼急著召五夫人來，顯然是有要事相商，若是到時候反讓皇上等您，豈非是……」

「妳一個宮婢，怎麼知道我是被陛下急召而來？」安清悠劈頭問了一句。

那宮婢登時不說話了。

安清悠看了那宮婢幾眼，微微一笑道：「聽我夫君說，四方樓中凡是能夠在西苑做事的，都是大有前途之人，那就好好做妳這份有前途的弄熱水差事去吧，一炷香的時刻內我想洗上澡！」

僅僅過了片刻，一個裝滿熱水的浴桶果然擺在聽詩閣的側房裡，安清悠也不客氣，那熱氣騰騰的感覺很快就驅趕掉了身上的疲勞，出浴之後回到房裡，二話不說倒頭就睡。

不管皇上準備什麼時候召見自己，有個好狀態才是王道！

柒之章 暴露底牌過招

「夏尚書抓了安家的人？還封了清洛香號？」

大學士府裡，李家很快就得到了消息。

「有意思，這裡面居然還有劉家的事情……那位劉總督果然也是早就身在局中啊！這保密功夫做得甚是到家，我還在奇怪他怎麼一點動靜都沒有……」

李華年撫著長鬚，臉上那高深莫測的笑容一點一點地擴大，「怕是夏守仁如今也有別的念想了，卻沒想到牽扯進來個老夫都頭疼的劉家？也好，是該看看這太子換人時大家的動作了。秀兒，妳去請睿親王給咱們這位兵部尚書夏大人說上兩句，那個安家的孫子該拾掇也要拾掇，不能太舒服了。這位天下第一忠犬說到底還是皇上的人，能逼得他做出來的動作越大，咱們越容易看清楚皇上的底牌。」

「不僅如此吧？」李寧秀點頭，卻是微微一笑道：「如此一來，那位夏尚書不管願不願意，怕是都得做回了咱們李家的急先鋒。若是孫女再想法子讓睿親王發發脾氣，說些重話，夏守仁怕是也得掂量掂量，是不是該給祖父您認個錯？」

「好孫女，果然一點就透！夏守仁最近春風得意得緊，也是該敲打敲打了，他將來便是接了老夫的位置，也得聽咱們李家的……」

與此同時，蕭府中的蕭安兩家人卻是個個面色凝重。

「胡鬧！怎麼就這麼衝動呢？」安老太爺一掌重重拍在了椅子上，「這麼容易便爆出劉家的事，子良那孩子簡直就是亂彈琴！要把這個內情露出來，也該是蓄勢而發，弄出個能改變全局的事情來，如今這般做法痛快一時，卻是給了對方從容應付的機會，那李華年豈是易與之輩，這不是幫人家查漏補缺嗎？」

「子良那孩子還是嫩了點……」蕭老夫人也有憂色，卻是從另一個角度想了不少，皺眉道：

「拖劉總督下來是遲早的，可是總得有個進程才是。這一下準備沒做，招呼不打，這麼貿然說動便動了，對方固是有些措手不及，咱們也不過是臨時應變罷了，不知道皇上……」

說到這裡，蕭老夫人和安老太爺對視一眼，均是苦笑。什麼鋪墊都沒有，就這麼亮明一把刀，皇上那邊會怎麼看待蕭安兩家？

這位萬歲爺剛剛經歷了一場百官叩闕之事，如今只怕是最恨臣子逼著他做些什麼了。

「父親、親家母。這些事情左右已經發生了，當務之急卻是趕緊把子良那孩子從刑部弄出來，還有悠兒……唉，真不知道她是被什麼人帶走了！」安德佑滿臉焦急。一夕之間，兒子進了刑部，女兒更是不知去向，他這個做父親哪能不急？

「別輕舉妄動，眼下是越動越亂。放心，劉總督這天下第一忠犬不是浪得虛名，於情於理，於師徒之情，哪怕為了向皇上表明態度，他會保著子良這小子的，充其量是讓這小子吃點苦頭罷了。」安老太爺似是餘怒未消地瞪了安德佑一眼，表情卻越發凝重，「我現在擔心的是悠兒那丫頭……」

「父親，您說悠兒怎麼了？」安德佑急急地問道。

「能夠在這個節骨眼上把悠兒直接帶走，我想不出來除了皇上，還有誰有這麼大的能耐，甚至有可能那帶走人的神祕高手便是皇甫公公本人。悠兒那丫頭不在宮裡，便在西苑，只是如此一來……」

安老太爺說到這裡，嘆了口氣，「如此一來，皇上若是對咱們兩家有任何懷疑和不滿，必然都落在了她一個人身上。我真擔心皇上就算派人把她帶了進去，也……唉，清悠這孩子素來沉穩，可是這次卻是兩家人的擔子要她一個人去面對，這……」

幾記清脆的鳥叫聲打破了黎明的寂靜，太陽從地平線上露了頭，照得西苑滿地紅光。

壽光帝保持他那數十年如一的習慣，日出即起，睡了長長一覺，顯然讓他精神不錯，一邊由小太監服侍著穿衣洗漱，一邊向隨侍在旁的皇甫公公隨意問道：「李家如何？睿親王那邊如何？」

「回皇上的話，睿親王妃昨日酉時從娘家出來，便回了睿親王府，不多久睿親王便讓人傳喚兵部尚書夏守仁，據說發了一通脾氣，夏守仁回去後刑部那邊便接了令，把安子良從簽房放進了天牢，聽說還略動了一點刑罰，不過不重。」

「動刑卻又不重？有意思，劉忠全出面保他這個寶貝徒弟了？」壽光帝淡淡地問道。

「劉總督寫了張條子去刑部，但是事先抄了一份交到四方樓，此刻已呈至案前。」

「嗯，劉忠全做事精細，不過太小心了點，朕是信他的。事到如今，雖說早了點，但是對大局猶自無礙。讓人去傳個話，索性趁著這機會讓他在京中露臉，分一部分那邊的心思精力也好，尤其是李家。李家……咱們這位李大學士老謀深算，朕怕他還有後手啊！告訴劉忠全，他若能纏住那李華年，便是大功一件！」

「老奴這便讓人去辦。」皇甫公公躬身領命。

壽光帝又問道：「安家和蕭家怎麼樣？昨天一夜，他們沒什麼動靜？」

「安老大人帶著長子安德佑留宿蕭家，這兩家不僅沒什麼動靜，還關門閉戶。昨日事發至今，連採買的下人都不曾出府一個。」

「哦？什麼都不做……罰孫子吃苦頭嗎？安翰池這個老鐵面拉著蕭家一起向朕表態呢！哼，這麼大的事情連個招呼都不打，此時再急著表態……朕那個義女怎麼樣了？」壽光帝疑心病重，未必如外表那麼從容，說到此事，眉頭到底還是幾不可查地皺了皺。

提起安清悠，皇甫公公的回答卻是頗耐人尋味：「蕭五夫人昨晚第一件事便是用飯，接著熱水沐浴，一覺睡到了現在。」

壽光帝似是也有些意外，「吃得飽，睡得著？」

「是。」皇甫公公恭敬地問道：「要不要把人再晾晾？」

壽光帝微一思忖，輕輕哼了一聲，「不必了，她若是昨天如此，再晾也是沒用。如今事情這麼多，可沒有時間把心思都花在占這麼點便宜上，讓她來見吧。蕭安兩家只道是自己知道了全局，如今又有蕭氏父子領兵在外，所以毫不忙亂，連一個小輩都如此穩當，也該敲打敲打了。」

皇甫公公低聲應是，心中卻想，這便是跟著壽光帝這種君主最大的苦處了。乾綱獨斷是為帝者必須擁有的手段，可一切盡在掌握卻會讓人走向另一個極端，那便是剛愎自用。

如今皇上真正的形勢如何，沒人比他更加清楚，到了這個時候還要考察和自己一條船上的臣子，還念念不忘要敲打一番，怎能不讓下面的人顧忌？

不多時，安清悠便被召來西苑的養龍齋，一進門便叩拜道：「民婦蕭安氏叩見陛下，吾皇萬歲萬歲萬萬歲！」

「起來吧，都是自家人，妳是朕的義女，見義父的時候不用那麼多禮！來人，拿把凳子給朕的徒弟媳婦坐！」壽光帝臉上帶著一絲笑意，一句話換了兩種稱呼，甚是親切。

「謝主隆恩，謝義父賜坐。」安清悠同樣在一句話裡換了兩種稱呼，心裡絲毫不敢放鬆。

自己這個義女說白了不過是壽光帝在指婚時臨時起意收下的，當時另有多少籠絡蕭安兩家的意思尚在兩說，更何況君心難測，莫說是義女，太子和睿親王都是親兒子，還不是一個說廢就廢，另一個被拿出來當張牌打？

「昨日皇甫公公救民婦於清洛香號門前，這事還多虧皇上安排了。」安清悠試探著說道。

「一家人不說兩家話，妳這孩子素有智計，便是朕不派皇甫公公出手，妳也未必無應對之策。」壽光帝擺了擺手，下一刻面色陡變，怒道：「不過，說起昨日之事，朕很不高興，事情怎麼變成了這個樣子，妳自己看吧！」說著拿起了一份卷宗，卻並不是像平時那般交給身邊的皇甫公公向下遞送傳閱，而是直接摔到安清悠面前。

安清悠心中一顫，難道她說錯了話？

她拿起那份卷宗來看，只見上面一頁一頁將安子良如何被刑部帶走之事寫得清清楚楚，到了最後一頁，卻是一張條子的抄本，雖然沒有署名，但以安清悠的眼力依舊可以看出是劉總督的親筆：「小徒頑劣，當罰，還請刑部諸位同僚手下留情，別死、別殘、別破相。」

安清悠注視了那張條子許久，忽然跪下對著壽光帝行了大禮，除此之外，默然不語。

壽光帝皺眉，「妳這是做什麼，有話便說！」

「民婦代蕭家、安家叩謝天恩！」安清悠低著頭，輕聲說道。

「謝恩？朕可沒說妳弟弟做的對，要謝恩，怕是還早了點吧？」壽光帝冷哼，「連朕都沒有準備，你們就這麼把劉總督亮出來，實在膽大妄為，妳自己說，朕該給你們兩家什麼處分？」

「無論什麼處分，蕭安兩家都只有謝恩的份。劉大人這份條子雖是遞去了刑部，但想來若無皇上默許，這條子如何進得了刑部？若無皇上寬宏大量，我那不成器的弟弟落在刑部手中，只怕是被李家當成敲打下屬的工具，如何能保下一條命來？更別說這別死、別殘、別破相了！單憑這一條，無論陛下給出何等處分，都已經是皇恩浩蕩了。」

安清悠又繼續說道：「我那弟弟頑劣不懂事，此等胡鬧之舉錯了便是錯了，連皇上也被鬧了個措手不及，這不是當罰嗎？我安家教子不嚴，皇上便該重重責罰，民婦在這裡斗膽說上一句，這是您替兩家的老人教訓我們這些沒經驗的晚輩。能得皇上指點，民婦……實在想不出來，除了謝恩，又該做些什麼？」

這話一說，便是皇甫公公也大為讚賞。

壽光帝之所以生氣，未必是因為劉總督被亮了出來，十有八九是這等舉動竟然沒有事先向他稟報。雖說當時的局面萬分危急，可皇上的脾氣便是如此，你越是分辯，他越是懷疑，少不得這敲打便要越重。既是如此，那分辯又有何用？

索性把什麼錯都認了，不但給皇上一個臺階下，還把事情說成是皇上對臣下的愛護之心。

果然聽壽光帝冷著臉說道：「哼！妳這孩子倒是會說話，罷了罷了，什麼措手不及的倒也不至於……」

安清悠連忙說道：「不！皇上您的維護之意，民婦代表蕭安兩家心領了，這次給皇上添了大麻煩，該重罰就得重罰。雖然您素來寬宏大量，民婦卻不敢得過且過……」

「好了．朕說沒那麼大事就沒那麼大事，妳這孩子還在這裡自責個什麼？罰是一定要罰的，朕自有主張，回頭妳父親、祖父和妳男人每個都要扣一年俸祿！哼，也別想求情，這事就這麼定了，無須多言！」

這處罰簡直是莫名其妙，安子良犯了錯，處罰固然是該扣在安家頭上沒得說，連著蕭洛辰都跟著被扣了一年俸祿，這算什麼？這算是教小舅子不嚴？

翻遍了大梁律法和諸般規矩也沒這一條，難道皇上左右都要敲打蕭家，這是算下了臺階了？

皇甫公公一聲不吭地拿出紙筆來記錄聖諭，安清悠則是壓根兒沒動過什麼的求情的念頭，如今她最不怕的就是罰什麼俸祿。別看清洛香號被封了，光憑身家，蕭五夫人絕對稱得上是京城裡數一數二的小富婆。

「民婦代蕭安兩家謝主隆恩！」

金色的陽光照進養龍齋，經過了剛剛的一番折騰，天色已然大亮。

壽光帝看著皇甫公公記錄的聖諭，微微點了點頭，轉過頭對著安清悠道：「行了，妳弟弟雖說免不了吃點苦頭，可是不死不殘不破相，也就這麼罷了。倒是妳這番表現可圈可點，說吧，妳那位祖父和婆婆這麼著急派妳來，可是有什麼想法？」

壽光帝終究是壽光帝，一句「表現可圈可點」，便將安清悠的小心思戳破，只是沒人能猜出這究竟是皇上轉瞬便回過味來呢？還是刻意放了安清悠過關？

安清悠心中一凜，知道剛剛那不過是飯前的開胃小菜，如今要談的才是正題，當下打起精神道：「祖父和婆婆急著聯繫，主要是想知道皇上有什麼指示，兩家人也好遵照而行。」

「怎麼？看著朕換了太子和皇后，坐不住了？」壽光帝哼了一聲，「蕭老夫人雖然享譽數十年，但終究是女流之輩，有些事情看得淺也就罷了，妳那祖父安老大人可是個事情看得通透的主，以他的眼光，難道還看不出朕會有後手？真要遣蕭安兩家做事，朕難道不會自己派人去傳信？如今暫時妥協，還不是為了等北胡的戰事有個結果？皇后和太子固然是重新立過了，未必不能再廢再立，大軍得勝回轉之時，不過一道聖旨的事情罷了。」

安清悠滿心失望，這等事情早在之前便被家中分析過，如今聽來了無新意。

李華年能夠在使節團出征之日便以信鷹裡通外寇，自家祖父亦是能從種種蛛絲馬跡中推測出蕭洛辰如今的處境只怕是九死一生。以壽光帝之能，不可能想不到，可是……

或許在皇上心中，為了達到他的霸業，沒有什麼不能捨棄的。蕭洛辰和他師徒十幾年，蕭家從他還沒登基時就賣命，安家為他演戲落得舉族削官為民，種種這般，壓根兒就沒在他心中留下一絲半點的情分？

更別說自己這個掛名的義女了！

剎那間，安清悠的腦海裡又浮現安老太爺在很久以前曾經對自己說過的話：「咱們這位萬歲爺擺出來的棋局……當真只有他自己才明白。莫說是睿親王，便是劉總督、蕭家上下……乃至妳我，誰又不是他手中的棋子？他老人家一心想做千古留名的明君，這盤棋下來下去，怕是下到最後才知道誰是棄子，誰是贏家……」

安清悠的心慢慢沉了下去，那種無奈而絕望的感覺猶如冷水般籠罩全身，自己不過是個小小的女子，皇帝就是跟你玩上一齣死扛到底，妳又能如何？

等等，皇上這是死扛到底？

一個閃電般的念頭在安清悠腦海中猛然劃過，緊接著一連串的問號接踵而來。

皇上為什麼要死扛到底？是為了帝王的面子？可他貴為九五之尊，若是真的一切盡在掌握，又何必要向自己一個掛名的義女解釋那麼多？又何必擺出這等佯怒之態？這是多疑？是權謀？是障眼法？是一場新的戲？

在這一刻，安清悠第一次看穿了壽光帝種種作態，也第一次看穿了這位大梁天子想要隱藏起來的真正東西。

他已經沒有把握，一點把握也沒有！這是他最虛弱的時候，他同樣很害怕，很恐慌，所以才一定要做出一切盡在掌中的樣子！這時候如果別人對他失去信心，那他就真的什麼都沒有了！

安清悠抬起頭，目光複雜地看了壽光帝一眼。

他還很孤獨，如果不是身邊必須得有幾個能為他辦事的人，他是不是連皇甫公公都不信？

安清悠就這麼直視著壽光帝，忽然覺得眼前之人那重重面具竟是一層層的往下掉，他不過是個老人，一個很可憐的老人。

在安清悠看著壽光帝的時候，壽光帝也在看著她。這眼神、這目光，他從未見過，那是一雙什麼樣的眼睛啊？

清澈見底，又犀利萬分，彷彿不經意間把自己看得通透。

不僅如此，那雙眼睛裡似乎還隱藏著別的東西！那是什麼？朕沒見過，朕從沒見過……

在這一瞬間，壽光帝心中忽然升起了一個幾乎要讓他抓狂的疑問，偏偏又解答不了。

只有安清悠知道，那是憐憫，是同情！

壽光帝從來沒有被這樣的目光看過，或許在他內心深處從來都只相信實力決定一切，只相信自己所能掌握的才是最可靠的，他一輩子從未同情和憐憫過別人，也永遠不知道被別人同情和憐憫的滋味。

屋中陷入了一種詭異的寧靜，皇甫公公算是唯一沒有被這種寧靜捲入其中的，只要沒有什麼會危及到皇上安危的情況，其他事情與他無關，他也不想參與。

最終打破了這寧靜的是安清悠。

「皇上既是有所準備，我這便回去告訴兩家人，安心等著便是。民婦告退，吾皇萬歲萬歲萬萬歲。」安清悠行完禮，準備告退。

「慢著！」說話的自然是壽光帝，可是這一句慢著出口，他自己也說不出為什麼不讓安清悠就這麼走了。

安清悠心裡一鬆，當然不想就帶著這麼近似於沒有的結果回去，自看清了皇上的真面目後，有些事情似乎一下子變得簡單起來。

「皇上還有什麼吩咐？」

「費了這麼大勁進宮見朕，就帶著這麼一個回去等信的結果回去，怕是安老大人和妳那位婆婆也不會滿意吧？」壽光帝故作泰然自若，可是安清悠看在眼裡，忽然有些想笑。

「皇上說得明白，如今不是需要蕭安兩家輕舉妄動的時候，若是有事，自然會派人傳訊。」安清悠真的笑了出來，「皇上既然如此有把握，做臣子的自然更是士氣十足，無論何時，只要您一聲令下，蕭安兩家全體萬死不辭，大家都對皇上有信心。」

壽光帝忽然覺得自己沒詞了，他折騰來折騰去，不過是擔心臣下對自己失去信心，才有這等忽壓忽抬的做派，如今人家什麼都不打探，還高呼對皇上有信心，這……這好像是把自己想要的詞提前說了？

「就沒什麼想找義父打聽的？妳是朕的義女，自是要照顧些的。」壽光帝沉默半晌，蹦出來這麼一句，只是口氣卻已是緩和了許多。

「不想。」安清悠回答得極為乾脆：「皇上覺得可以告訴我的，自然會說。若是不能告訴我的，多嘴打探反而給皇上添煩惱。」

這一下又是以退為進，安清悠如今已經摸清了壽光帝的路數，你越是對他布下的那些棋局琢磨，越是容易身陷其中，不如直接後退，越退，越有可能探出些有用的線索來。

可是連安清悠自己也沒想到的是，這一退，居然退出個對於自己無比重要的消息來。

「哦？不想打聽？有意思，朕倒是有點奇怪，妳便是連蕭洛辰的消息也不想打聽嗎？」

安清悠渾身一震，怔在原地，半晌都說不出話來。

蕭洛辰祕密北征，至今快兩個月了，這一去宛如石沉大海，再無半點音訊。

「皇上……可是有我那夫君的消息？」安清悠的聲音微微發顫。

「蕭洛辰北征之前曾言道，我大梁國的年輕一代裡，若是還有一個人能比他更聰明的，只怕就是妳了。當時朕還不信，可是今天居然能讓朕心裡都差點亂了，似妳這般的，多少年來倒是第一個。看來朕是撿到寶了，收了一個好女兒啊！」壽光帝沒有直言關於蕭洛辰的事情，而是嘆了一口氣。

他口中說著心裡差點亂了，實際卻是比這要嚴重得多，一回想起那道彷彿把自己看透的目光，讓他感覺自己如此蒼白無力。此刻他也需要調整狀態，也需要時間回氣。

壽光帝瞇著眼睛看了安清悠半晌，忽然有一種如釋重負的感覺，好在這女人也有弱點。

是人就有弱點！

壽光帝的弱點是太迷信權勢，認為世上的一切皆應由權謀控之，以至於他從來沒有真正相信過別人，而安清悠卻是恰恰相反，她太重視感情，太在意身邊的人了，尤其是自己所愛的人。

壽光帝的臉色一點一點地恢復常態，隨手從几案上拿起一本薄薄的冊子道：「蕭洛辰已經到了北胡，便是用獵鷹傳訊，怕也得有個二十天，最新的消息朕也沒有，不過這所有的相關記錄卷宗都在此，想不想看？」

安清悠緊緊咬著嘴唇，半晌才道：「皇上允許我看？」

壽光帝似是重新找回擺弄人心的權威，悠悠地道：「妳是朕的義女，蕭洛辰是朕的徒弟又是妳的夫婿，都是自己人，有什麼看不得的？只是，不急，咱們父女倆還有事沒聊完呢，妳是如何看如今這局面的？」

「皇上自有萬全準備，蕭安兩家靜候聖諭，民婦一個女子……」

「不要再說這種套話，蕭洛辰認為妳比他還聰明，還有手段，朕今天也算領教了。如今朕是問妳自己的想法，到底是如何看待眼前這局面的？」壽光帝打斷了安清悠的回話，對皇甫公公使了個眼色。

皇甫公公從案上拿過另一本冊子，高聲讀道：「蕭安氏，出自左都御史安翰池家長房，長女，閨名清悠。父安德佑，曾為禮部執筆中郎；母趙氏，早歿。壽光二十年正月十七生，自幼不受寵，及笄之年入宮中選秀，曾於閨中以大小姐之名暫代掌家……左都御史安翰池每每提之，嘗感嘆其生不為男兒之身，否則若入朝為官，當為安氏一族發揚光大。後嫁於左將軍蕭正綱之五子蕭洛辰，獻香物之策於江南六省總督劉忠全……」

這是四方樓對於安清悠的調查結果，當真是鉅細靡遺。

安清悠低頭不語，依著壽光帝的性子，對自己要是沒做過調查，那才有鬼了，不過又是那通施加壓力的把戲而已，可是……她真的很想知道蕭洛辰走後的消息啊，哪怕是不全的消息……哪怕一點也行！

「皇上這盤棋太大，民婦不知道從何說起。」安清悠咬了咬嘴唇，慢慢地道。

「便從劉總督說起好了。妳弟弟剛剛把人家亮出來，做姊姊的總要幫著出點主意不是？便說說劉總督該如何應對吧。」一絲笑意爬上了壽光帝的面孔。

「劉大人既已向刑部遞了條子，皇上索性把他擺出來，至少可以讓這局勢緩上一緩，若能分去李家的一部分精力亦是極佳，何況以劉大人之能，說不定可以將李大學士拖住……民婦不過胡言亂語，到與不到的，還請皇上勿怪。」

壽光帝的笑容微微一滯，這幾句話與他今日一早傳下去的聖諭一模一樣，側眼一瞧旁邊的皇甫公公，見他也是眼中驚奇之意一閃即逝。

壽光帝到底還是點了點頭，「嗯，那李家那頭卻又如何？」

「李家聲勢正盛，如今便是一個拖字，拖到劉大人那邊擺開車馬對上李家，陛下便可以動手變局，若只是一味等北胡的消息，只怕光是路途遙遠，訊息不通一項，便已耗費時日。李大學士老謀深算，保不齊還有後手，日久恐再生變……」

拖字本就是壽光帝採取的策略，防著李家的後手也是應有之意，只是這不等北胡消息便動手變局的建議，卻讓壽光帝臉上浮起了一絲不屑，搖頭道：「沒經驗啊，京城大局猶自握在朕的手中，莫說拖得些時日，便是拖上個一年半載又有什麼打緊？妳這勸朕動手的說法，怕還是給蕭安兩家減些壓力才是真吧？」

「事已至此，蕭安兩家確實壓力極大，可民婦適才之言，卻是真的在為皇上考慮……」安清悠輕聲道：「皇上既然相問，權當這話是後備之策好了，若是事有不妥之時，還望皇上莫要猶豫。」

「猶豫？妳當朕是遇事無斷之人嗎？笑話！」壽光帝冷笑，臉色已經陰沉得像是黑鍋底，「變局變局，哪裡那麼簡單？別的不說，北胡戰事已起，若是這個節骨眼上朝中生亂，又該如何是好？妳若是朕，真到了那般田地，又如何收拾？」

安清悠搖了搖頭，「便是如現在這般，雖是不亂，但與亂何異？大梁的朝廷沒法順暢運轉，又如何為前線送上半點支援？更別說如今只怕更有人想裡通北胡，出賣那些身在北胡的將士們。所急者不過是如何以最小的代價撥亂反正而已，民婦斗膽送皇上十六個字……首惡必辦，脅從不問，坦白從寬，抗拒從嚴。」

「放肆！」壽光帝終於發怒了，「妳這是說朕已經控制不住局勢了不成？朕說穩得住，就是穩得住，滾出去！」

安清悠默默地跪安後退，正要往外走，一件物事橫空飛了過來，啪嗒落在地上，正是記載著蕭洛辰祕征北胡的卷冊，只聽壽光帝餘怒未消地道：「剛才朕答應妳的東西，拿去！女人便多做點女人的事情，如今蕭洛辰那渾小子身在北胡，妳還是多替他求求神拜拜佛，祈禱他父子平安歸來吧！」

安清悠心中湧起一絲悲涼，壽光帝性情剛愎，本就不是那麼容易聽得進勸的。

他逼著自己說想法，自己能說的該說的都已經說了，最後卻還是惹得這位萬歲爺龍顏大怒。此等結果雖在意料之中，可她終究說不出那些逢迎的話來，便算說了，皇上也必然能瞧出來是口不對心。

安清悠退了出去，壽光帝一臉陰沉地坐了半晌，忽然吩咐道：「傳朕口諭，調朕這義女入四方樓聽用，從今日起讓她到朕身邊聽差，不許其踏出宮門半步！蕭安兩家那邊，你派人通知！」

皇甫公公領命而去，養龍齋裡只剩下壽光帝一個人，他沉默許久，提起批奏摺專用的朱筆，在白紙上寫下一行字：首惡必辦，脅從不問，坦白從寬，抗拒從嚴。

「難道真的連大軍回轉都等不到，朕是不是會走出這一步來？」壽光帝雙眉緊鎖，喃喃自言自語，卻又很快否定了這個念頭。

「朕是大梁天子，有什麼鎮不住的？倒是北胡之戰……北胡之戰……沒問題，定能大獲全勝！朕早在多年前便布卜了後手，一定能贏！」

壽光帝臉色陰晴不定，心中雖然念叨著一定能贏，卻不知道為什麼，從手腕處取下了那串檀香寺高僧了空大師離京前獻來的佛珠。

「這佛珠是由名僧加持……大梁列祖列宗保佑，漫天神佛保佑……北胡之戰一定能贏，一定能贏！」壽光帝轉著念珠，似他這等只相信權謀之人，竟也會求神拜佛？

只可惜那心中雖然保佑二字念得緊，手指卻有些發顫，這樣的禱告自蕭洛辰率領的喬裝使節團出塞之後，就沒有停過。

◉ ◉ ◉

「五月十七，蕭洛辰率辰字營喬裝使節團出京，天子率文武百官親往送之，京中百姓多有言此歲幣之厚喪權辱國者。蕭洛辰不以為意，混跡於使節團侍從之中，使節團緩行，無異狀。」

「五月廿三，天子密使遣往使節團中促其速行，蕭洛辰恐驟變疾馳惹人生疑，拒之。使節團仍緩行，無異狀。」

「六月初一，四方樓查京中百官多有私下串訪者，天子再遣密使至使節團之中促行，蕭洛辰仍以疾馳惹猜疑為由，再拒之。使節團一如前速，無異狀。」

「六月十八，查京中百官串訪已成坐大之勢，天子急遣密使至使節團促行，四方樓撥密訓良駒以八百里加急，死馬數匹，歷十日至邊關得遇使節團。然蕭洛辰言將在外，君令有所不受，再拒使節團速行，恰逢北胡遣騎於關內迎歲幣使節團並行催促事。蕭洛辰乃允使節團速行，當日出關，眾人盡入北胡之境，無異狀。」

「六月廿六，使節團以信鷹傳訊京中及邊關，蕭洛辰言北胡境內之行已過半途，北胡諸部催行甚急。十餘日內當至草原金帳之地，請調北疆軍擇日而發……」

「七月初六，百官叩闕事發，以信鷹傳訊北疆，務求速戰，暫無複報……」

安清悠坐在屋中看著這些有關蕭洛辰的消息，眼圈不由自主地紅了。

那個非要自己當東家，自己卻跑去做掌櫃的傢伙……

眼淚悄悄落了下來，打濕了卷宗一角，身後忽然有個聲音幽幽地道：「蕭安氏……」

安清悠渾身一顫，猛然回頭，又見到那張沒有表情的臉。

如果不是認出來人是皇甫公公，她早抄起個什麼東西砸了過去。

「妳居然沒認出我的聲音？」皇甫公公有些詫異，眼角餘光瞥到卷宗上的淚漬，立刻又變回了四平八穩的腔調：「皇上有聖諭！」

「民婦蕭安氏恭迎聖諭。」安清悠連忙跪地，原本的思念之情瞬間消失無蹤。

「著蕭安氏即日起入四方樓聽用，御前聽候差遣。」硬邦邦的一句話，安清悠一下子就變成了四方樓的人。

安清悠苦笑，這是壽光帝回過味來覺得自己看穿了他，所以才不肯讓自己出宮？好好的自己逞什麼強啊？再怎麼看得透，皇上還是皇上，一句話就能讓人換了身分。

「從今天起妳便是四方樓的人了，只是妳的樣子太多人識得，如今要伴駕，需要打扮一下。」皇甫公公連解釋都沒有，一聲令下，門口多了四個跟他一樣幽靈般出現，面無表情的老嬤嬤。

一陣擺弄，安清悠很快變了模樣。

從一身貴氣的世家少奶奶，變成了粗眉大眼的伴駕宮女，尤其那張臉為了改變膚色和五官，被擦了厚厚的黃粉，這模樣便是安德佑站在面前恐怕都認不出來。

「這模樣是不是太醜了點……這麼醜也能選進宮裡？」安清悠皺眉瞧著鏡子裡的黃臉婆。

皇甫公公打量了安清悠一陣，確認沒有什麼破綻，才平板地道：「皇上樂意。」

安清悠哭笑不得，這個時候滿朝廷的官員都想著睿親王啊李家啊什麼的，皇上樂意用醜宮女不僅沒什麼人在意，也不會有人搭理。

安清悠又傻傻地問：「御前隨駕，我該幹點什麼好？」

「拿扇子！」

一把一人多長的大扇子被塞到了手裡，這玩意兒如果用宮裡的規矩來說，叫做陛翎，基本上就是皇上往龍椅一坐，後頭兩宮女一左一右舉著擺姿態做背景的。

安清悠看了看手裡的大扇子，嘴角抽了抽。

「我也難啊……御前伴駕就這麼一個差事是女人做的。」皇甫公公難得叫屈，「我記得蕭五夫人當年選秀的時候，初選也是拿過頭名的，站姿比宮中的管教嬤嬤還好不是？平時撐陛翎的時候，把扇柄杵在地上，這樣不累。」

「……」

「正所謂物盡其用，蕭五夫人先練習一下吧，有什麼事情問這幾個嬤嬤。」皇甫公公一邊念叨著一邊往外走，到門口時卻是緩了一緩，狀似無意地道：「皇上是覺得妳看人準，看事明白，才讓妳伴駕，這等事情以前是侍讀學士才有機會的，妳留在宮裡比在外面強。」

安清悠微微一怔，皇甫公公這話倒似是在提點自己。家裡那邊有安老太爺和蕭老夫人一文一武兩個老人精坐鎮，自己的作用還真未必有留在宮裡頭大。

只是陛翎這玩意兒還真重，扇桿不杵在地上還真不行。

安清悠擺了個姿勢，對著四位嬤嬤道：「我這麼做對嗎？」

四位嬤嬤幾乎同時面色一暗，有人脫口而出道：「輕點，東西脆，一扇就斷！」

安清悠苦學舉扇子的時候，京城千里之外的北胡，蕭洛辰正站在一輛陷在淤泥裡的大車後面，苦逼地做著推車工作。

「賣力點，漢狗！」一旁邊一個漢子推車的動作稍慢，便被一個北胡騎士一鞭抽了下來，額頭上登時出現一道血痕。

那漢子咬緊了牙關，一聲不吭，蕭洛辰卻是幾不可查地皺了皺眉頭。多少年了，大梁出使北胡的歲幣使節團從來都是一大群人來，一小隊人回去，剩下的差不多都被北胡人直接扣下了做奴隸，就像大梁朝送來的其他貨物一樣。

蕭洛辰手上加了一把暗勁，前面那輛陷在泥中的大貨車上一箱東西向外倒了下來，嘩啦啦一片黃白亮光，北胡人看得呼吸加重。

使節團此次送來的「歲幣」沒有搞鬼，這輛馬車上一箱箱都是真金白銀。剛剛那抽了漢人一鞭的北胡騎士一邊跳下馬作勢大罵，一邊指揮人收攏，同時趁亂抓了一把金子塞在靴子裡。

蕭洛辰使了個眼色，漢人們乖乖地把金子收攏好，自己卻連叫帶嚎地喊道：「怎麼少了？怎麼少了？明明是一箱八百兩黃金啊，這使節大人回去還不打死我……」

一陣呼喊招來了北胡騎士中一個統領模樣的傢伙，看看少了幾根金封的箱子直皺眉頭，漢人狡猾歸狡猾，可是每次送歲幣的時候從來都不搞缺斤短兩這種事情的，他們的朝廷好面子，怕丟人。

蕭洛辰也不吭聲，直勾勾地朝著那先前打人的北胡騎兵靴子上看。

一群扮作使節團隨從的辰字營漢子們，跟著蕭洛辰往那北胡騎兵的靴子上看，這位老兄很快就成了眾矢之的。

「咱們北胡的好男兒，要金銀就在馬背上取，偷大汗的東西算什麼勇士？砍了他的腦袋，扔出去餵狼！」

偷揀金子的人很快按照草原的規矩受到了殘酷的懲處。一個拿著漢人當牲口一樣侮辱的北胡小兵，自然不是蕭洛辰的對手，以他的手段甚至都不需要自己動手。

然而便是這一件事，讓整個扮作使節團隨從的辰字營將士們心中泛起了一陣波瀾，窩窩囊囊地作戲這麼多天，主將忽然有了舉動，這是日子要到了嗎？

他們的欣喜沒有落空，消息很快就以各種暗號悄然傳了過來：「今夜動手，窩心一刀。」

「窩心一刀」這四個字是辰字營密訓數年所要完成的使命，如今時候來了，這些喬裝的戰士們有些激動。而此時此刻，蕭洛辰身邊的幾個軍官臉色都有些凝重。

「真的要今天晚上就動手？」

「當初沒出關的時候，皇上三番兩次派人來催，我總覺得是京裡有什麼問題，何況從咱們的飛鷹傳信開始算算日子，怕是邊疆的大軍也已經出關了，幾十萬人的隊伍瞞不了人的，留給我們的時間怕是有限。」蕭洛辰皺眉，很快有了決斷：「險地速戰，便在今夜！」

就在使節團駐紮地不遠處，一座能夠容納數百人的金色大帳正聳立在草原上。

北胡人分為漠南、漠北諸部，分別以狼神和聖石為崇拜圖騰。從雙方權力追溯上來說，金帳是北胡至高無上的權力象徵，大可汗的居所。

人稱草原之鷹的博爾大石，就有些模仿漢人挾天子以令諸侯的架勢。

他首先選擇了做一個權臣，並沒有像傳統的北胡豪強部族那樣實力一強就急著稱大可汗，而是利用金帳在草原人心中的傳統地位，立了上一任大可汗的兒子當作傀儡。

有些他的直屬部下對於這種不同於草原傳統的做法最初並不認可，但很快他們就發現這樣做的好處——背黑鍋的傀儡。送死別人去，博爾大石部的聲望和實力卻是節節上升。

如今在與這條金帳相隔了一條狹長沙漠的漠北地帶，這種事情被再一次驗證，一群群失敗的戰俘被押解下戰場，博爾大石依舊傲然矗立在馬上，就像在審視自己的戰利品。

「我不會殺你們，也不會把你們視為奴隸，力戰而敗的勇士仍然是勇士，誰願意追隨我博爾大石的，以後我會像自己的兄弟一樣對待他！」

俘虜群中爆發出一陣歡呼聲，博爾大石確實是從漢人的書裡學到了不少東西，比如漢人們最喜歡說的恩威並施，說穿了不過是讓臣下對自己又敬又怕又感激，最後換得一門心思地跟著皇帝賣命的結果。

相比草原上原本動不動就滅人整個部落的傳統規矩來，這種做法顯然更有效果。

如今這位草原之鷹把這等手段放在漠北諸部身上，左拉右打，中間是收攏。現今他的聲望甚至漸漸超越了金帳本身。那個統一北胡部落的願望，正一點一點地實現。

不過，博爾大石還是很明白金帳在北胡人心中的地位，眼看著一批批戰俘加入自己部族的隊伍，他開心地對著旁邊的鷹奴隊長笑道：「達爾多，想家了沒有？金帳那邊有什麼消息來？」

「想家！可是我更想和和博爾大石這樣的英雄一起作戰，這是每一個北胡男人的光榮！」達爾多一臉崇敬地單膝跪下，遞上了一條牛皮縫的圓筒。

「哈哈，達爾多，你是勇士，我可捨不得讓你上陣廝殺，這麼好的鷹奴隊長，走遍草原也找不出第二個來！」博爾大石一臉的滿意，解開那牛皮圓筒卻是先看了那信件上面的日期一眼，臉上浮現出一絲喜色道：「漢人的使節團已經在六天前走到了我們草原腹地，現在……嗯，應該是到金帳了。很好，這次簡直就是他們替我們準備了下一場作戰的錢帛糧秣，等漠北事了，我們就去走一走那中原的花花世界。」

此言一出，北胡將領們無不大笑。

博爾大石又笑著道：「這些漢人就像草原上的牛群一樣，每次狼群快咬到他們脖子的時候，才會低下頭用牛角防衛，否則永遠都是在那裡吃草。你們還不知道吧？他們那些大臣正在相互串聯鼓動，想要廢掉原來的太子，扶那個沒用的睿親王做漢人皇帝。現在他們的京城裡，所有人都忙著怎麼才能從這場變動中撈取好處，哪裡像我們的北胡勇士，越來越團結！」

博爾大石把握透露訊息的時機，北胡將領們一個個士氣高漲，齊聲高呼著誓死追隨博爾大石。只是一片激昂聲中，所有人都不知道的是，他們此時此刻本不應該待在這片沙漠以北的。

在草原的時候，可以靠快馬遊騎報信，可中間隔著一條狹長沙漠時，卻只能依靠信鷹。

壽光帝苦心孤詣策劃的這場大棋局中，前期數年的種種布置，核心便是將如何讓博爾大石的精銳之軍穿過這片沙漠來和漠北諸部開戰。只要到了漠北，所有的一切就只能依靠信鷹。

達爾多自然也在這些振臂高呼的將領之中，他的臉色和旁人一樣激昂，但只有他自己知道，他是冒了多大的風險毀掉那幾條最重要的鷹訊，又是冒了多大的風險偽造了李華年傳往草原的親筆書信。

時至今日，包括北胡人的漠北大軍，自博爾大石以下，依舊認為來到金帳的不過是一個尋求妥協的大梁使節團，他們所得知的大梁京城消息九分真一分假，但便是這一分假消息，便足以令所有人判斷錯了方向。

蕭洛辰無論是兵法還是武藝，在大梁國年輕一代中都無出其右者，更是壽光帝的記名親傳天子門生，可饒是如此，他在四方樓裡的代號也不過是辰二。排名在蕭洛辰之上的，還有一個蕭一，一個只有壽光帝和皇甫公公知道的蕭一。

為了讓這個人能夠更好地融入北胡，大梁甚至不惜策劃了一場中等規模的戰役，目的不過是要營造出一種某個比蕭洛辰更早就年少成名的蕭家子弟戰死沙場的假象。

他才是壽光帝真正的王牌，為了這一天，他的父母兄弟悲痛不已，他的妻子孩子已經過了六年孤兒寡母的日子。在蕭家的祠堂裡如今正供奉著他的牌位，上面寫著：蕭氏第十四代長子洛堂之位。

無論如何，能夠拖到今天他們還在漠北，我已經做到了！就算馬上被人揪出來，他們也來不及趕回去了！

一片振臂高呼聲中，被稱為「草原上最好的馴鷹人」，博爾大石重要的心腹，鷹奴隊長達爾多……不，應該叫他的另一個名字，蕭洛堂。他輕輕舔了一下口中最深處，就算下一刻讓他嚼碎那顆藏著毒藥的假牙，他也已經沒有遺憾。

五弟，你現在就在金帳旁邊吧？從小你就是個天才，大哥已經做到了大哥該做的，往下就看你的了！蕭洛堂心中默默祈禱著，看向博爾大石的樣子卻如無數的北胡兵將一般，透著崇拜和狂熱。

漠南草原，金帳。

博爾大石討伐漠北諸部，幾乎帶走了這裡所有的精銳部隊，此刻的金帳之處，除了家眷老弱，不過留下了數千兵馬看守老巢。

即便如此，這裡依舊喜氣洋洋，在大草原這種無險可守的地方野戰，漢人的步兵方陣從來就沒贏過北胡騎兵，最好的情況也不過是曾經靠運氣打過一兩場平手的戰役而已，更別說此刻金帳周圍並沒有漢人的軍隊，有的只不過是三千使節團雜役。

一些北胡的牧民們，已經開始討論這些可以視作未來奴隸的「牲口」該如何分配了。

「那個漢人不錯，好像很有力氣，回頭分牲口的時候，誰都不許跟我搶！」

「嘖！不過是個能使力氣的，蠻牛的力氣大不大？又有什麼用？歸你就歸你，我還懶得爭呢！知道我為什麼提前好幾天就跑去看這個漢人使節團了嗎？那幾個工匠我早就盯了很久，聽說是會打鐵器的！」

「啊？你這狡猾的傢伙簡直就是老狐狸！不行不行，那會打鐵器的漢人我也要，如果你分到了，最少要勻一個給我，大不了我補給你五頭奶羊！」

「這次錢帛糧秣倒是不少，可是怎麼沒有細皮嫩肉的中原女人？」

天色漸漸黑了，一堆堆篝火在金帳周邊燃起。牧民們詢問著叫喊著討價還價，時不時用接手刀扎起那火上烤著的牛肉羊肉，大口大口灌著烈酒，每次「歲幣」到達金帳的時候，都是他們最開心的時刻。

當然這只是普通北胡人的歡樂，作為真正有身分的北胡貴族，自然是都在金帳之中的。在這裡有胡笳轀笛的樂聲，有從大梁運來的上好佳釀，還有翩翩起舞的大批女奴，喧鬧大笑聲響徹金帳。

等到吃飽喝足，女奴撤下，北胡貴族雖是都有些醉醺醺，卻是誰都沒有著急回帳。

觀看大梁派來的使臣獻納歲幣的文書，似乎已經成了北胡貴族們的保留節目，一邊聽著那些卑微之詞，一邊大聲笑罵羞辱著面如土色的大梁使臣，這種事情的樂趣可比隨時都能去打獵強多了。當然今年有些不同，來自大梁的高僧了空大師是為數不多能讓北胡人尊重的漢人之一。

「阿奇里，我也想去聽了空大師說法啊，你說別人都在喝酒吃肉，為什麼只有咱們兩個被派來站崗？」金帳營地周邊的崗哨裡，一個北胡的哨兵正發著牢騷。

只是牢騷歸牢騷，這個北胡哨兵仍然一動也不動地趴在一叢半人多高的茅草之中。

他是暗哨，雖在說話，身子卻是紋絲不動，一雙眼睛炯炯有神地盯著前方自己負責的範疇，就好像一隻隱藏在黑暗中的狼一樣。

「行了吧，吉爾木札，你以為你是誰？能夠進入金帳的，不是首領就是貴人，最小的也得是個百夫長，還想聽大師講經說法？做夢吧！」阿奇里既豔羨又嘲笑道：「就算今天沒讓咱們兩個趴哨，想進金帳也是不可能的事情。老老實實把咱們的事情做好，將來如果能跟著博爾大石立了戰功，總有進金帳的一天。」

「你說的對，就是不守夜趴哨，也輪不到咱們進金帳……」吉爾木札對進不去金帳有些黯然，不過很快就又興奮起來，低聲道：「你說的對，我也覺得這輩子做的最對的一件事就是跟從了博爾大石這樣的英雄。等他把漠北諸部征服，把咱們北胡人統一，他就該回來了，到時候便能領著咱們打進長城。聽說中原金銀遍地，細皮嫩肉的女人到處都有，偏偏漢人又懦弱無能得就像綿羊一樣。這次我說什麼也要跟著博爾大石出征，多殺幾個漢人掙些軍功……」

吉爾木札正說得起勁，忽然聽到阿奇里「唔」的一聲悶哼，像是被什麼堵住了嘴，緊接著便是喀嚓的響動，那是頸骨被折斷的聲音。吉爾木札大驚失色，想要出聲示警，卻被一雙大手捂住了嘴巴，後腦挨了重重的一擊，恍惚中有人把自己的脖子一扭，就永遠沒有了意識。

一隻手在黑暗中悄然抬起，藉著月光用手勢悄無聲息地向同伴傳遞著暗號：「左九路位，暗哨二，除。」

這隻手的主人很快得到另一種手勢回應：「換人替崗！」

兩具屍體很快被拖進了草叢深處，過不多時，兩個人換上暗哨服裝，爬回了剛才北胡哨兵潛伏著的位置。他們一聲不吭地沉默著，把自己的呼吸調整到最輕。沒人知道他們是漢人，兩雙不停觀察著四周的眼睛，比剛剛的北胡暗哨多了幾分銳利和戒備。

不遠處，金帳營地裡的篝火明亮異亮，笑鬧聲依舊。

「來來來，是男人就喝！」

篝火旁，一個北胡人面紅耳赤，醉眼朦朧下，仍然沒有忘了拉上別人拚酒。坐在他對面的另一個北胡軍官亦是大嚷著，拉著這拚酒之人一人一碗直灌下去，忽然覺得左胸口處一陣異狀，一股鑽心的刺痛從兩根肋骨之間透入，直達心臟。

據說大梁四方樓裡的能工巧匠曾經做出過一種細如蜂尾卻又鋒銳無比的短刺，用一種特殊的手法捅進人的心臟裡，留下的傷口微乎其微。只要動作夠快，甚至連血都不會流出來。

「你這個傢伙，真是沒用，喝這麼一點就倒了！哈哈哈，平常老說自己能喝，這下不行了吧？」先前那佯裝醉態的漢子哈哈大笑，伸手在對方肩頭一拍，那被短刺捅入心臟的北胡軍官晃晃悠悠倒在了他懷裡，就像是不勝酒力醉倒在老朋友身上一樣。

裝醉敬酒的漢子眼中的厲色一閃即逝，收回短刺，把那北胡軍官貼地放下，又尋到了不遠處的另一個目標。他來到一名十夫長身邊，高聲叫道：「來來來，是男人就喝……」

那十夫長今天剛加入這場盛宴，腦筋還算清醒，眼見著來拚酒的人眼生，呆了一呆道：「你是哪個部落的？我見過你嗎？」

「我是朵里羅蠻部落的，翰爾桑河邊的勇士桑科聽過沒有？就是我！」

此人操的正是翰爾桑河一帶的純正口音，十夫長倒不懷疑對方不是北胡人，只是那個朵里羅蠻部落今天卻是頭一次聽說，還有什麼勇士桑科？那是誰？正待細想，卻聽得那拚酒的漢子一邊轉身一邊醉醺醺地大罵道：「懦夫，拚個酒還這麼多廢話，還是不是個男人？十夫長？呸！我可不想和你這樣沒用的傢伙喝酒！」

按照草原習俗，頭一次見面的男人之間拚酒固是常見，端起酒碗來卻又不肯和對方對飲卻是極大的鄙視和侮辱。那十夫長大怒，大叫道：「你說誰是懦夫？喝就喝，哪一個先趴下，哪一個才是沒用的傢伙！」

對面的漢子這才轉過頭來，伸手遞過酒碗，叫道：「好啊，看誰才是沒用的傢伙，喝啊！」

那十夫長一言不發，咕咚咕咚把一碗烈酒灌下肚，只是這大怒之際卻沒注意到，對面這個第一次見面的「翰爾桑河邊的勇士桑科」在遞酒時，大拇指不經意在碗邊滑了一下，指甲上一層北胡人從沒見過的藥粉已溶進了酒裡。

很快的，篝火旁又多了一個「醉倒」的北胡人。某個由辰字營軍士假扮的北胡醉漢，搖搖晃晃地站起來，不久又聽到了一句醉醺醺的叫聲：「是男人就喝……」

篝火灼烈，蕭洛辰卻沒有急著加入這場熱鬧，他同樣換了一身衣服，卻是坐在一輛貨車的車架上，靜靜地看著這一切，聽著手下時不時壓低聲音來報的進展。

由外至內，到處都有辰字營的人在活動，一點點的滲透，一次次的得手。數年以來，辰字營隱姓埋名躲在那人跡罕至的山谷裡，不僅要能開口說北胡話，連吃喝拉撒都照著北胡人的習俗習慣而行，為的便是今天。

有心算無心，此等狀態下的營盤防備，放在蕭洛辰眼裡，壓根兒形同虛設，更別說辰字營的軍

士將官本就是千里挑一的好手，

蕭洛辰有絕對的信心，就算是在大白天雙方都列開陣勢明刀明槍地打，自己這辰字營也有絕對的能力，把這個北胡人最高權力所在的金帳營地給端了。

只不過蕭洛辰不喜歡那麼浪費罷了，精銳不僅要會用，更要愛惜，更何況他曾經答應過安清悠，答應過藏軍谷中的那些軍眷們，要把這些弟兄盡可能帶回去。有這等便宜法子為什麼不用？論這等渾水摸魚的事情，天下就沒人比得上辰字營，能少死傷一個就少死傷一個！

窩心一刀！這本就是蕭洛辰定出來的計畫，要打北胡，先從這個最心窩的地方打起！

「差不多了，告訴弟兄們，等會兒如果看見那個上面有人……」詭異的微笑又在蕭洛辰臉上浮起，他對著手下向那黃金大帳上遙遙一指，「就立刻全盤發動，大張聲勢地給我燒營殺人，不用再裝了！」

周圍幾個辰字營的軍官臉上閃過喜色，「將軍要出手了？」

「就算是博爾大石推出來的傀儡……也是北胡人的大可汗啊！我不盯緊點兒，一會兒亂軍之中跑了死了怎麼辦？老子還想讓辰字營押著北胡大可汗回京去威風一把呢！武將又沒法子學人家文官考狀元過宮門，想給你們弄場打馬御街就只有抓最大的活口，給你們這幫混帳王八蛋添點軍功了！隱姓埋名了這麼多年，老子不能虧了，老子的兵更不能虧了！」

蕭洛辰嘆了一口氣，話雖說得粗俗，手卻在貨車的車轅上重重一擊，只聽砰的一聲悶響，車轅整個落了下來，竟是中空的。

兩截銀白色的管狀物被從那中空的車轅中抽出，嚓的一聲輕響接在了一起，頂端處一頂紅纓殷紅如血，槍鋒銳利無匹，正是蕭洛辰少年成名之時所用的利器，那把曾經連挑北胡十七員勇士的破虜銀槍。

「槍啊槍，記得我曾經對你許過願，不到踏入北胡金帳之時，你永不出招。今兒咱來了，咱哥兒倆到北胡人的金帳來了！」蕭洛辰輕輕握了握槍身，就像握著一個極為可靠的老朋友的手一樣。只是一抬頭，卻是對著身邊那幾個軍官道：「剛才我說的你們都聽明白了？那還待在這裡幹什麼？有正事沒正事？沒正事該殺人殺人去！」

一群喬裝打扮的辰字營軍官一哄而散，金帳裡卻迴響著誦經聲：「一迷為心，決定惑為色身之內……譬如澄清百千大海，棄之……汝等即是迷中倍人……」

了空大師在金帳中誦念著經文，旁邊北胡大可汗哥爾達的臉色倒是比這位高僧還莊嚴。雖說他心裡對這些東西完全不明所以，但是作為一個被實權者博爾大石擺在檯面上的傀儡，他總是想做點什麼，好讓別人不要忘了有他這麼個大可汗的存在。

比如最近佛法在草原上廣為傳播，讓大梁人在歲幣裡掏出錢帛糧秣的同時還送來一位高僧，就是他提出來的。

「雖然完全聽不懂這個漢人高僧在說些什麼，不過好像很厲害的樣子……」哥爾達眨著眼睛，看到一些部落的首領臉上露出了若有所思的神色，心裡一陣狂喜。

不懂佛經沒關係，有個由頭和這些人混熟更重要。那個博爾大石最愛讀的漢人書裡不是有一句叫做忍辱負重？把這些首領和貴族私下串聯好，說不定哪天自己就不是什麼傀儡了。

北胡講究以武制人，草原上以比誰的拳頭大為規矩，可也並不代表沒有人會耍權謀。一群北胡的可汗貴族們聽著經文，忽然聽到外面傳來喧鬧聲，而且越鬧越凶。

哥爾達眉頭大皺，吩咐左右道：「讓咱們在外面飲酒作樂的兒郎安靜些，了空大師是我們請來的貴客，沒見著這麼多貴人都在這裡聽他講經文嗎？讓外面都小聲點！」

哥爾達兀自作態，下面一些北胡貴族面露冷笑。

這些人屬於同樣對佛經沒興趣的一群，聽不懂不說，心中早就暗罵咱們北胡人從來都是只供奉狼神和聖山，這些佛啊法啊什麼的，傳到北胡裡本就是對聖神不敬了，你這個大可汗不過是隨便選的，還想裝模作樣？等博爾大石回來，我們一起去告狀，第一個換了你！

這時，忽然有個耳朵靈敏的北胡貴族臉色一變，大叫道：「不對，這不是什麼喝酒作樂，有人劫營……」

這一聲大喝，打斷了了空大師的誦經聲，只見一個北胡千夫長跌跌撞撞闖進了金帳，臉上猶帶血跡地叫道：「不得了了！漢人……到處都是漢人，他們作亂了，那些漢人蠻子作亂了！大可汗，咱們的兒郎……咱們的兒郎抵擋不住！」

這千夫長本是負責金帳人營地的警戒之人，此刻這般模樣跑了進來，在場之人無不心頭大震。

帳外的呼喊聲又大了幾分，一句漢話清清楚楚傳了進來，卻是只有一個字：「殺！」

捌之章 文武官員對壘

長槍、長矛這類冷兵器本是馬上作戰威力最大的，步戰中很容易扎入人體中拔不出來。當然那也得分誰使的，怎麼使的。有些地方，比如咽喉，只要你出槍夠快，收槍夠快，一點一點收已經足夠收割一條性命。

蕭洛辰的槍法顯然屬於快槍，確切地說，整個金帳裡的北胡貴族們雖然不乏馬上步下征戰了一輩子的主，可是這麼快的槍他們踏遍草原都沒見過。

「噗、噗、噗、噗……」

駭人的輕響聲在金帳中陡然響起，許久的隱忍在這一刻爆發，蕭洛辰手中的破虜銀槍已經舞成了一片銀光，槍尖上的一點寒星彷彿是帶來厄運的奪命災星，一聲輕響，便又一朵雪花暴起，然後就看到一個人捂著脖子倒了下去。

一寸長，一寸強。

這是必須有勝無敗的一戰，為了這一天，蕭洛辰甚至在藏兵谷的辰字營裡搭起了一模一樣的金帳。這一天如果有一百種可能出現的情形，他一定研究過一百零一種解決的法子。

轉眼間，帳中已經躺下了幾十人，而蕭洛辰的身上甚至連點血漬都還沒沾上，他的臉上還帶著那種邪氣而讓人膽寒的詭異微笑，就好像是終於得償所願地在做一件期待已久的事情一樣。

「這就是……大梁第一勇士的真正實力嗎？這……這傢伙不是人，是怪物……不，他是薩滿大巫師都會恐懼的殺人妖魔！」

「逃啊！逃出金帳去！」不知是誰先喊了一句，眾人一下子都洩了氣，爭先恐後開始往門口跑，生怕自己離蕭洛辰比別人近了點。

這時候，蕭洛辰反而不追了，剛才是怕一堆能夠羈勒部署整頓兵馬的傢伙出去給外面增加壓力，現在是幾百個心驚膽顫，只想著逃命的槍下遊魂罷了。將是兵的膽，讓他們出去給兀自抵抗的北胡人添添亂沒什麼不好。

空蕩蕩的金帳裡，只剩下帳頂上的一個大洞和仍然昏迷著的傀儡大可汗哥爾達。

「你真可憐，比我那個皇帝師父還孤獨，這時候都沒人搭理你。不過，還好，我就猜這群北胡人誰也不願意自己先動手殺了大可汗。」

蕭洛辰伸手拎起哥爾達的一條腿，就這麼倒拖著他往金帳外面走去。門口處卻是已經有他的親衛隊長張永志奔了過來，後面跟著三五個親衛。

「將軍，這就打完了？我還以為要再多殺上一批。」張永志笑咪咪地說道。

「誰沒有妻兒老小，嚇唬嚇唬得了！」蕭洛辰裝模作樣地嘆了一口氣，隨手扔過一個人來，「北胡的傀儡大可汗哥爾達，綁好別丟了，也別死了。」

「這人是咱們將軍？」張永志和旁邊的親衛們大眼瞪小眼地溜著小話，手上卻是麻利無比，倒楣的傀儡大可汗轉眼間就被捆得像一個大粽子一樣。

「老子忙著呢，有正事沒正事？沒正事一邊殺人去！」蕭洛辰下一句話果然又暴露出了不著調的本來面目，口中滴溜溜地一打口哨，一匹白馬高聲嘶叫著衝到了他身前。

蹬鞍上馬，蕭洛辰略略望了一下四周，一撥馬頭便朝著廝殺最烈的地方奔去，一路大叫著：「我乃大梁蕭洛辰，北胡可有勇士？敢與蕭某一戰否？」

黑暗裡最少有三個以上的北胡弓手聽到這種叫聲後在心裡罵了一句真蠢，這個傢伙哪裡是什麼傳說中的大梁勇士，簡直是個比不睜眼的瞼子還笨的傢伙！

北胡人尊敬勇士不假，可是在混戰中耍這些沒用的噱頭那就是找死。大夥兒都是廝殺裡過來的人，黑夜中還騎白馬已經是招搖，還這麼狂呼找人單挑，壓根兒就是個明顯的靶子。

幾乎是不用想，三記弓弦聲先後響起，三支雕翎羽箭直直射來，甚是精準。

蕭洛辰在馬上微微轉身，腦後像是長眼睛一樣，避開了第一枝箭。一伸手，抓住了箭尾，隨手一撥，便將第二枝箭撥飛上了半空。接著一個迅捷無比地後仰，第三枝箭從他的鼻子尖堪堪飛過，卻被他一張口咬住了箭桿。

「一嗓子就招來了三個，效果不錯！」蕭洛辰似乎很滿意自己的笨法子帶來的效果，手上一探，摘下了鞍側騎弓，順便還從箭囊中取出了一枝箭。手上三箭連發，黑暗中三個慘叫聲響起，三名北胡弓手前後倒了下去。

蕭洛辰三箭射完看也不看，繼續騎著他那匹顯眼的大白馬向另一處打得熱鬧的地方衝過去，用更囂張也更顯得愚蠢的樣子大喊：「我乃大梁蕭洛辰，北胡可有勇士？敢與蕭某一戰否……」

後世《梁史・蕭洛辰傳》記曰：「壽光三十九年七月初十，使節團至金帳，翌日入夜發難。蕭洛辰以一敵眾，殺北胡諸部首領權貴者五十三人。後獨騎縱橫營中，騎射控弦傷敵無數，高呼求敵而莫有當者。辰字營歿者廿九，輕重傷者五十二人，北胡留守五千騎並諸部護衛隨侍等一戰而潰。蕭洛辰於亂軍金帳中擒北胡大可汗哥爾達，軍士嘗言似探囊取物矣。」

天空終於露出了魚肚白，一陣陣青煙從金帳營地各處殘骸中緩緩冒出，偶爾一陣風吹來，沒有燒淨的餘燼往往帶出一陣火苗。

辰字營的戰士們一臉笑容地打掃戰場，初出茅廬第一戰居然就端了北胡人的金帳老巢，俘獲了對方的大可汗，這一仗打得當真俐落，人人的眼睛裡都帶上了興奮的光芒。

「有心算無心，這些留守的兵馬本來就算不上是博爾大石麾下的精銳，對付的又是一幫落進了局聽佛經喝酒的傢伙。練了這麼久居然還花了大半宿，還他娘的死傷了幾十個弟兄，這都什麼事兒啊……」

辰字營全軍上下，似乎只有蕭洛辰愁眉苦臉。

「咱們的兵力本來就很單薄，所恃者不過是精銳加依靠使節團的偽裝躲暗處罷了。現在不同了，那些潰逃的北胡兵將，很快就會把消息帶到整個大草原……甚至身在漠北手握大軍的博爾大石。他娘的什麼都挑明了，如今端了他們視作老巢的金帳，不知道大將軍那邊進展到哪一步了……轉頭就會有一堆北胡人到這裡來找咱們搶回金帳，這日子可怎麼過啊！」

蕭洛辰越說越沒底氣，就像欠了別人很多錢一樣，弄得旁邊的幾個軍官都無語。

念叨了一番，蕭洛辰忽然想起了什麼，抬頭問道：「馮大安，昨天讓你辦的事情怎麼樣了？沒給老子捅婁子吧？」

「將軍，瞧您說的，哪能呢！」馮大安笑道：「昨兒剛到營地裡，我就親自去摸清楚了那鷹奴帳篷的底細，咱們到這裡的時候，一共六十六隻信鷹，現在還是六十六隻信鷹，一個下午加晚上沒放一隻，現在都在咱們手裡。」

對於信鷹這種可以在很短的時間內就可以傳送消息到很遠地方的生物，蕭洛辰向來是極為重視。來了之後的第一件事，就是讓馮大安去瞭解對方與信鷹有關地點的情況。昨兒晚上正式動手之前，先調了得力手下馮大安控制了金帳營地的信鷹巢和鷹奴。

「六十六隻信鷹？真他娘的有好東西啊……不對不對，這信鷹好像本來就是北胡特產什麼的，咱們自己的信鷹還有多少？」

「回將軍的話，還有七隻。」

「只有七隻啊？沒事別瞎放，省著點過吧！」蕭洛辰嘆了口氣，信鷹少也是沒法子的事情，大梁境內本就沒有這類活物，一個使節團如果帶太多信鷹，容易讓人起疑心，就這還是一半放在明處一半放在暗處，由辰字營的將士們好不容易帶到這裡來的。

蕭洛辰又想到了什麼似的，對著馮大安說道：「老馮，大將軍那邊就不發信鷹了，派一小隊人向東南走，去找咱們後續的大軍，把使臣大人和了空大師也送到那邊去，請我老爹派人趕緊把他們送回京城，最起碼要回了大梁才算是安全。還有，回頭我寫封信，從金帳這邊弄到的信鷹都給我放出去，該飛哪飛哪，老子有信發給草原上的大小部落。」

馮大安張大了嘴，「六十六隻都放出去？」

蕭洛辰點頭，「都放出去。」

信鷹這東西不像別的，飛行往來通常都有比較固定的路線，一家的信鷹便是一家的信鷹，便是繳獲了對手的也沒有多大用處。

馮大安既感肉疼卻又無可奈何，忽然湊近蕭洛辰，嬉皮笑臉地道：「將軍，下次能不能不讓我和這些鳥折騰在一起？如今這金帳的營盤打下來了，咱是不是也能搞回原來的營生……」

馮大安本是辰字營中的馬軍都統，只是這喬裝使節團之時，眾人不是扮作了僕役工匠，便是扮作了和尚，馬軍們沒了馬，統統變成了步兵。如今打下了金帳營地，倒是弄到了大批戰馬，這傢伙又開始蠢蠢欲動起來。

蕭洛辰一邊琢磨著地圖，心不在焉地道：「這話倒是不錯，不僅你這馬軍都統要恢復本來營生，咱們辰字營的所有人都要配上戰馬！弟兄們，咱們撒丫子跑吧！」

馮大安吃驚地道：「跑？原來不是說打下來金帳營地堅守待援，和大將軍會合的嗎？」

「原來是原來，現在是現在，我那位老爹用兵最講究的就是一個穩字，等他那幾十萬大軍慢慢壓到這裡，咱們早跟北胡諸部硬拚得剩不下幾個人。明擺著黃金帳篷和大可汗都被咱們抓到手裡，人家還不玩命地衝上來跟咱們死磕啊？」

蕭洛辰這話還真是說的不錯，在前朝就開始的邊關征戰史中，還真沒有過大可汗和金帳都一戰就落入漢人手裡的先例，實是讓草原諸部都覺得北胡人的尊嚴受到了極大的冒犯，尤其是一幫當夜被擊潰的諸部貴族更是難堪。

而蕭洛辰的兵少，在這個擅馬戰的北胡腹地，就是再怎麼空虛，再怎麼主力盡出，拼湊出幾支比三千人更多的兵馬還是不難的。

可是，當各個部落氣勢洶洶捲土重來的時候，留給他們的只有空無一人的殘破營地和斷壁殘垣，一干部落首領貴族們氣得鬍子直翹，他們甚至發現這裡少了北胡人視為最高權力的象徵。

蕭洛辰居然把人家的黃金大帳給拆了，這玩意兒好裝卸，疊起來就能打包帶走。

「找！就是把整個草原都翻過來，也要找到這個該死的蕭洛辰，搶回祖先留下的金帳！」

不止一個人發出了這樣的咆哮聲，但這時想把整個草原翻過來是不可能的，征北軍的主力已經壓了過來，大將軍蕭正綱用兵之穩是出了名的，他正把幾十萬兵馬一字排開，橫著清掃那些草原上各自為戰的大小部落。

一時之間，求援的信鷹大批大批飛向藍天，叫苦不迭的北胡貴族拚了命向漠北求援，把希望寄託在他們的英雄博爾大石能夠回援草原上。

可此刻連此次北征的統帥蕭正綱都不知道，自己的五兒蕭洛辰帶著他的辰字營去了哪裡。這支部隊就好像人間蒸發了一般，杳然音訊。

此時此刻，大梁的京城之中倒是沒有半點風向不明的樣子。

如今太子和皇后都換了人，這形勢難道還不夠清楚嗎？

百官叩闕，皇帝妥協，這件事情的熱度稍稍減退。京城老百姓本來就是官員親戚眾多，在茶餘飯後似乎習慣談論著朝廷大事，重心卻轉向了自家有某某親戚在朝中為官，在那場百官叩闕的大事中如何發揮了作用，好像沒有他們家那些七拐八繞的親戚，如今的太子和皇后就不會是今天這些人選一般。

在這種一邊倒的狀態下，像皇上換了個長相極其一般的伴駕宮女這種小事，還真是沒什麼人放在心上。

安清悠適應著自己的新身分，就這麼持著像大號芭蕉扇一樣的陛翎站在壽光帝身後。

皇甫公公說的沒錯，在這個時代裡作為女人，如果不是這個差事，好像還真沒法現場目睹一把百官上朝時候的實景。

「吾皇萬歲萬歲萬萬歲！」一通大禮行完，皇甫公公站出來尖著嗓子高聲叫道：「有事上奏，無事退朝！」

「臣有本，今年川中之地風調雨順，五穀豐登。託陛下洪福，百姓俱多歡顏……」

安清悠帶著點看熱鬧的目光站在壽光帝身後瞧了一陣，覺得有些索然無味。

百官們剛剛和皇帝鬧了一場，誰都不想再折騰什麼事，那些真正有實力的朝中大臣，如今反倒是非常低調，所上的奏本不是風調雨順，便是國泰民安，總之是大梁國中一片歌舞昇平。

這是給皇上和文官們都留緩衝餘地吧？也算是為睿親王做鋪墊。

剛當了太子，全國各地的狀況總得有些吉事。

安清悠心裡默默念叨了幾句，莫名其妙進了四方樓，自己的任務自然不是如喬裝那般的每天只管打扇子。

壽光帝對於安清悠很多不同角度看人看事的新觀點頗有興趣，這幾日召見奏對不少，有些事情倒是要在趁著上朝看得清楚時先想清楚了，省得一會兒愛搞陰謀論的老爺子問起來麻煩。

安清悠琢磨著自己的事情，忽然喉頭一酸，一股沒來由的噁心感衝上了胸口。

在蕭皇后那裡被檢查出懷孕，回家又趕上了蕭老夫人暈厥，眾人正惶然，安清悠也就沒把這事說出來添亂，可是這懷了孩子就是懷了孩子，不是你不說就不存在的。

安清悠開始害喜了。

手上拿著陛翎的手微微一顫，若不是安清悠控制力極強，險些出了亂子。偏在此時，聽得殿門口的司禮太監高叫道：「江南六省經略總督劉忠全，入京請見萬歲！」

「臣劉忠全叩見陛下，吾皇萬歲萬歲萬萬歲！」劉總督跪倒在地，隨即聽到了來白龍椅方向的一句劉卿平身。他的身材肥胖，跪下去再站起來實是不易。這當兒是上朝請見，沒法帶親隨進來相幫，居然撐了三次才還沒爬起來，累得滿頭大汗。

倒是滿朝文武一個個眼觀鼻，鼻觀心，沒一個有半點笑意。

說起來劉總督在京之事其實已經不是祕密，自從清洛香號門口那檔事出來以後，大家誰不知道？可是心裡有數是一回事，亮出來又是另一回事。

天下第一忠犬忽然擺明車馬，走到了明處，若沒有陛下的意思在裡面，那是不可能的，皇上這是要幹麼？

一片肅穆的等待下，眾臣各自想著自己的心思，金鑾殿裡無數顆腦袋轉得飛快，只有劉總督一個人在那裡吭哧吭哧滿頭大汗地想站起來……

壽光帝也有點看不下去了，手上輕拈龍鬚，嘴裡到底用低得不能再低的聲音吐出一句：「去幫劉大人一把……」

兩個殿前拿拂塵的小太監一左一右上前，伸手在劉總督的手肘處各自一托，這才讓劉總督擺脫困境站了起來，口中連稱君前失儀該死云云。

「罷了罷了，劉卿體格……異於常人，算不得什麼大事。」壽光帝無奈地揮了揮手，劉總督怎麼來的，在京中待了多久，他這個做皇上的心裡最清楚，可是有些事雖然皇上和群臣心裡都明白，該一起說瞎話的時候還是得一起說瞎話：「劉卿為朕坐鎮江南，勞苦功高，自上次進京後一別，已有數載，朕思念得緊啊，此次進京又有什麼要事想稟報？」

「承蒙皇上眷顧，臣粉身碎骨亦不能報。臣身在江南，每日每夜想的便是如何為皇上效忠……」劉忠全和壽光帝是老搭檔了，此刻露出了感激涕零的神色。

君臣兩個很沒營養地嘮嗑兩句，劉忠全才一掏袖袋，拿出一本厚厚的奏摺大聲道：「臣此次進京本為向陛下稟報江南民政，誰想到身在途中，便已經聽到京中發生了大事。臣左思右想，還是覺得事有輕重，如此大事不得不上本參奏，臣要彈劾首輔大學士李華年結黨之罪，私串百官叩闕威逼天子之罪……」

這話一說，滿朝譁然。如今這睿親王人都上位了，事情都有涼下去的意思，劉總督怎麼反倒放了個馬後炮，要與這麼多官員為敵了？

「陛下，臣一心為公，叩闕全無半點私心。這劉總督誣陷忠良，才是真正的奸佞之輩……」兵部尚書夏守仁這兩天顯然老實了許多，又一次充當了李大學士的急先鋒。

「劉總督說我等結黨，有何證據？若沒有證據，那便是誣衊，是構陷！」

「臣要彈劾江南六省經略總督劉忠全擁地自重，貪贓枉法、私自收賄、誣害大臣等罪……」

夏守仁帶了頭，接下來跟上的人自然大把，劉總督一下子倒像捅了馬蜂窩一般，不過，這位劉大掌櫃倒也不在乎，他和安老太爺這等為官清正的鐵面御史不同，從替壽光帝執守江南的第一天就有人說他是貪官，幾十年來家產富可敵國，挨過的彈劾數量只怕也是天下第一。

要論這等你彈劾我我彈劾你的打嘴炮經驗，滿朝文武之中，當真是無出其右者。

「夏守仁，就你還敢說自己全無半點私心？我問你，要是沒有李閣老的授意，哪一次你敢憑著自己的膽子去叩闕？」

「哎喲，陳侍郎，你問我有沒有證據？別人不說，別以為你一直抱著李家的粗腿我不知道，有本事讓陛下派四方樓立個案子單查你一人，你敢不敢？」

「還有那個誰誰誰……你就不能來點新詞啊，什麼擁地自重、貪贓枉法這種罪名，老夫被人彈劾幾十年了，朝廷早有定論，起鬨也弄點新罪名行不行？」

百官叩闕廢立太子，這件事情在金鑾殿中的文官中，十個裡倒有九個參與，碰上了這等彈劾摺子，誰肯後退半步？

劉忠全心裡也明白，如此大勢之下，其實大家是誰都奈何不了誰，自己就是皇上推出來拖時間攪局的，索性放開了耍，一通舌戰群臣，只管劃明白了自己和李家的界限，剩下事情你開口我還嘴，大家吵上個「其樂融融」，先把這金鑾殿上的朝會攪合成菜市場再說。

可以說劉忠全對於皇上的指示領會是深刻的，執行是有效的，壽光帝眼看著這番模樣，故作陰沉，心裡卻是暗暗滿意。

折騰吧，多折騰一天，朕就多拖上一天，折騰到大軍班師回朝，朕想收拾誰便收拾誰……

只是這朝會上眾人唇槍舌劍，大夥兒各自鬧騰著各自的事，沒有人留意到壽光帝背後的某把陛翎正一點一點往前傾，一點一點往下降。

安清悠實在是太難受了！

那種害喜的感覺不斷在折騰著她，噁心欲嘔，酸水一陣陣地往上翻騰。不知道是不是因為第一胎，反應尤其大，到後來居然連手腳都有些酸軟無力了。

我堅持！我忍！我忍！我再忍！我忍人所不能忍！

我沒忍住……

執陛翎本就不是什麼輕鬆的活兒，又一陣無力的感覺湧上來，安清悠到底手上一顫，那已經離壽光帝相差不過半尺的陛翎，終於歪倒了下去，啪的一聲輕響，打在皇上那頂九龍朝冠上。

朝會上的爭吵聲猛然一止，眾臣們抬起頭來，只見一把陛翎拍在皇上頭上，不由得人人臉色泛白，嚇得說不出話來，這……

皇上居然在朝會上挨了這麼一下，這要是有人想要刺駕，現在就他娘的相當於已經得手了。

「有刺客！」

不知道是誰喊了一聲，群臣們登時是一片大亂，剛剛還爭吵不休的兩撥人，瞬間就達成了共識，從他們口中說出來的話都是一模一樣。

「護駕！」

「護駕！護駕！」

「趕緊來護駕啊！」

一堆文臣手忙腳亂地一通叫喊折騰，真正具備護駕本領的武將們卻是一如既往地保持沉默。

大梁朝中不乏上過戰場見過血的名將宿將，可是此刻大家卻都面面相覷，站在陛下身後那個醜宮女要想刺駕，還真就得手了，可是你怎麼也得拿刀拿劍拿匕首，至不濟也得捅個髮簪掄塊磚什麼吧？誰見過拿陛翎刺駕的？

陛翎，顧名思義，壓根兒就是用漂亮的孔雀羽毛和上好的細絲絹線縫製而成，這玩意兒純粹就是個裝飾品，軟趴趴的，半點殺傷力都沒有。

又是羽毛又是線，想拿這東西刺駕，你殺個毛線啊！

此等不世出的獨門兵器，便是經驗再豐富的高手也沒見過。

武將們大眼瞪小眼地對視了半天，只見那原本執陛翎的宮女軟軟地靠在背後的殿牆上，倒像是自己渾身沒了力氣，失手掉了陛翎一樣。

若說這樣也能刺駕，那也太誇張了吧？

武將們眼睛裡瞧得明白，可是到處都有人在喊著護駕，大家也不好意思不擺擺樣子。

金殿之中是不能帶兵刃入內的，大家只能一股腦兒赤手空拳地衝上去。其間有一個聰明的，一邊高喊著護駕，一邊雙臂亂掄，頗有市井無賴耍王八拳的風采，又故作不經意，一個拳頭砸在了旁邊一個文官的胸口上。

那文官本就是手無縛雞之力的書生，挨上這麼一下還了得？當場就慘叫著跌了出去。

眾武將瞬間醒悟，對啊，事有輕重緩急，有什麼事情比護駕更大過天去？我等為保皇上安危，忠心耿耿，生死不懼，如此混亂的情況下，便是有什麼誤傷也是所在多有。

一時間，護駕聲大作，武將們橫衝直撞，王八拳、霸王肘、鐵膝蓋，順便再看看哪個文官躺下了偷偷多踩上一腳。

大家都是老行伍了，軍營裡有幾個沒打過群架的，抽冷子揍便宜還不會嗎？

動口動筆動權謀，武將們不是對手，動手動腳卻是絕對的強項，更何況這班夠資格站在朝會上的文官們中，許多人年紀都不小了，實力對比上，那是絕對壓倒性的優勢啊！

轉瞬間，金鑾殿裡就躺了一地哼哼唧唧的文官。

武將們衝到手腳酸軟的安清悠身邊，居然還個個帶著點感激之色。這段時間裡，武人們真是被打壓慘了，難得有這麼個機會把想揍的都揍了一頓，真是要多舒心有多舒心了。

所以，這班武將們不但沒有人為難安清悠，還有人把手腳無力靠在牆上的她扶了一把。

「陛下，刺客已經擒獲。如何發落，請陛下示下。」武將們歡呼一聲，將安清悠押解著……其實這姿態應該是簇擁幫扶著，帶到了壽光帝面前。

壽光帝腦袋上的陛翎這時候當然早就被旁邊的小太監拿了開去，他看著躺倒一地的文官們，心裡居然也有點痛快解氣的感覺。幾十年的天子做下來，哪裡有這段日子那般堵心窩火？

蠢材！後面那個壓根兒就不是什麼刺客……朕要真有危險，皇甫公公早出手了，看不出嗎？那麼著急抓人幹什麼，好不容易有這麼個機會，你們就不會慢點衝上來，多把那群混蛋揍兩下？

壽光帝難得腹誹，便在此時，忽見李大學士蜷縮著在地上抖動，拚盡全身力氣高叫道：「陛下，臣要彈劾！臣要彈劾朝中諸武將徇私報復，借護駕之名毆打大臣……」

李華年這聲音充滿了憤怒，但腔調顯得很奇怪，就像是被踩住了脖子的母雞一般。

其實剛才武將們還是手下留情了，看他這麼一大把年紀，怕一拳打出個好歹來，就沒下重拳，只是不知道哪個缺德的下黑手，來了一記猴子偷桃。

眼下李華年說話聲音頗有內侍的味道，雖說年逾古稀，某個器官作用已經不大，但是對於男人來說，受到傷害卻是比年輕時候更脆弱更容易疼。

「這個……」壽光帝微微沉吟，嘆了口氣道：「朕也沒什麼事，不過是一個宮女御前失儀，沒拿穩陛翎罷了。武將們護主心切是忠臣，李閣老首先喊出有刺客護駕也是忠臣，大家都是我大梁的朝中棟樑，要是因此生了什麼嫌隙就不好了，還是要團結一心啊！若是文武諸卿有什麼怨氣，那就埋怨朕好了……」

皇上說話就是有水準，一開口就把事情定了調，更是具有上位者的風範。

雖說大梁文武打開國以來就沒有團結過，但不妨礙他老人家語重心長地訓導，至於埋怨皇上不說是敢不敢，誰就是心裡埋怨皇上又能怎麼樣，你能咬他一口？真當是誰都有那麼好命在皇上身後拿陛翎嗎？

當然，壽光帝也沒忘了順便給李閣老上那麼一點眼藥，那句「李閣老首先喊出護駕」的金口玉言一開，登時有無數道憤怒的目光看向了他，不就是有個宮女御前失儀嗎？讓你當皇后的妹妹隨手弄死不就得了？你沒事喊什麼刺客啊？連著我們也一塊兒遭殃！

其中幾位老臣的目光尤其怨毒，顯然因為年紀大而遭了猴子偷桃的不止李華年一人。

「好啦，眾愛卿若是剛才混亂之中有受傷的，趕緊回去修養，朕自會派御醫下去治傷！愛卿們，趕快好起來吧，朝廷缺不得你們，朕缺不得你們啊！」

壽光帝用慷慨激昂的演講結束了今天的朝會，掃視了一下安清悠，又看了一下皇甫公公。

皇甫公公登時尖著嗓子叫道：「來人，把這個御前失儀的宮女拖下去亂棍打死，退朝！」

四方樓的太監直接把安清悠帶了下去，壽光帝也悠悠哉哉地邁步走了進去。

滿地哀嚎聲中，一個肥胖的身影忽然一翻身坐了起來，滿臉的怒氣衝衝，這人正是劉忠全。

剛才武將們衝上來「護駕」的時候，他是第一個見勢不妙，趴在地上裝死的。

其實不裝也沒關係，他做事圓滑，之前就沒有參與打壓武將，大家又都知道他是皇上的人，親眼目睹了他今日和李家劃清界線的彈劾，誰沒想著給這位一團和氣的胖子來上兩記黑的。倒是他自己趴下的時候，不知道被哪個文官踩了一腳，現在一張胖臉上清晰可見一個大鞋印。

劉忠全吃力地撐著一個還能坐起來的朝中同僚站了起來，被他撐的那位直接就被按躺下了。

他左顧右盼一陣，奔著正在殿內九龍柱下劫後餘生般喘息的兵部尚書夏守仁而去。這位兵部尚書藉著文人掌兵部的權力打壓武將最狠，又不是那種讓人看了就下不去手的年邁老頭，剛才挨的拳頭最多。

「夏守仁，剛才是你罵老夫罵得最凶吧？抓我徒弟的也是你吧？」劉忠全一低頭，帶著大鞋印的肥臉滿是獰笑。

「你……你想趁人之危不成？」夏守仁還站不起來，仰面朝天地看著那個大鞋印，說話聲音都顫了：「劉忠全，毆打大臣國法不容，剛剛是護駕也就罷了，此刻滿朝同僚均是見證……」

「誰說我要打夏大人了？」劉忠全忽然臉色嚴肅，正色道：「剛剛雖是上表彈劾，但如此爭吵太失體統，若不是剛剛我們鬧得那麼亂，也不至於大家都被那些武夫……唉，本官這裡給夏大人賠罪了。」

「啊？無妨無妨，說起來夏某與劉大人都是文臣……」夏守仁心裡一寬，劉忠全臉上那個大鞋印顯然起到了強大的欺騙作用。莫不是也挨了揍，起了同仇敵愾之心，夏守仁正想著，忽然聽到劉忠全誇張的大叫：「哎呀，我的腿，我的腿也傷了！原想給夏大人賠個不是，誰想到一行禮居然站不穩……夏大人，小心！」

摔個跤還能廢上這麼一堆話，顯然就是故意假裝的，可是那又如何？

夏守仁眼前一黑，肉山般的劉忠全已經籠罩他的上空，龐大的身軀就這麼直直地倒了下來。什麼叫推金山倒玉柱？什麼叫泰山壓頂？夏守仁此刻有了無比深刻的認識，只可惜劉忠全是泰山，他是被壓的那個。

「呼……」夏守仁只覺得胸口的氣息都要被擠了出去，不由自主噴出一口氣，卻是連叫都叫不出來了。

「夏大人？夏大人？」劉忠全晃了晃，確認夏守仁暈了過去，才慢慢抱著旁邊的九龍柱爬起來，頑強的氣魄很像一隻打不死的肥螳螂。

「敢罵我？敢抓我徒弟？老夫記你一輩子仇！」劉忠全胖臉上露出陰惻惻的笑容，配上那大鞋印顯得越發猙獰。左右看看，卻是奔著工部的某個侍郎就去。

「剛才你這小子也罵我了吧？彈劾老子的罪名數你編的多！」

那人看看劉總督的身材，沒等挨砸，直接暈了。

一時間，金鑾殿內人人自危，果然是「朝廷首輔李閣老，江南忠犬劉總督」！能夠和李家齊名的人物，豈是易與之輩？

別的不說，單說人家這重量，那就萬萬不能看輕了啊！

◉ ◉ ◉

安清悠當然不會被亂棍打死，那是說給滿朝文武聽的。

就衝著蕭洛辰父子如今領兵在外，壽光帝也不會動手殺自己得意門生的老婆。死的是那個御前失儀的「宮女」，皇甫公公拿過一本宮女花名錄，在上面勾了一筆，這個本來就不存在的宮女就「死」了。反正四方樓裡有的是人才，回頭再易個容，換個身分重新上崗便是。

何況壽光帝他老家人眼下高興著啊！

「哈哈哈，痛快痛快！朕一直在想著怎麼給李家教訓，偏偏這等情況不好下手，還是我這女兒聰明，居然敢在朝會上打了朕一陛翎！哈哈哈，尤其是那個老匹夫，朕早想揍他一頓了，看見他蜷得跟個大蝦米那樣子沒有？他要是那啥廢了，朕就把他調去給他的妹妹皇后當大總管！」壽光帝一時興起，圖了個嘴上便宜。

李閣老畢竟是李閣老，如今的外面形勢依舊是壽光帝這邊更憋悶，就算李大學士的那啥真廢了，他也沒法把人調去當大總管。

皇甫公公無語，沒吭聲。

安清悠自己倒是還有點迷糊，沒見過朝會裡皇上被拍陛翎，大臣一起挨揍，還能高興成這樣的。如果不是自己這位義父貴為天子，那笑容倒是很容易讓人有些這廝是不是盼著朝廷倒臺的聯想。不過，想了一陣倒是理清了事情的脈絡，不由得苦笑著道：「皇上過譽了，這事情真不是民婦刻意為之……」

「朕又沒說妳，謙虛什麼？跟妳那個祖父安老大人一個模樣，總是自傲過了頭！」壽光帝笑道：「妳個鬼靈精，也虧妳敢想敢做，嗯……和蕭洛辰那個膽大包天的渾小子到底是一對！妳不知道吧？那小子也玩過陛翎，當年趁著朕睡著的時候，把孔雀翎毛塞到朕的領子裡了，弄得朕一坐起來跟開屏似的……」

這次輪到安清悠無語，這種狀況絕對不是什麼好事，再往下說，估計皇上他老人家能把更倒楣的隱私說出來，回頭哪天想起來，說上一句妳知道得太多了，可大大不妙。

更何況，自己懷孕這事已經開始出現了反應，以後害喜越來越厲害怎麼辦？

一想到隔三差五自己就很有可能用陛翎拍皇帝的頭，安清悠就覺得自己早晚有連累蕭安兩家滿門抄斬的時候。趁著如今老爺子心情好得不能再好，不把事情說清楚，更待何時？

「皇上，真不是您老人家想的那個樣子……」安清悠急急分辯道。

「哦？不是那個樣子，是哪個樣子啊？都叫妳別擔心了，朕從來都是賞罰分明，妳在這件事上有功，朕既說了，那就是這麼定的！」

壽光帝臉上的笑意猶濃，安清悠連忙見縫插針把事情說了，皇上越聽越是驚奇，到最後，一臉怪異地道：「這……這個真是怪哉，天下竟有如此多的巧合湊到一起？」

安清悠一句話就讓壽光帝又開心了起來，「皇上是天子，奉天承運嘛，老天的運氣不站在您這邊，站在誰那邊？可見那些叩闕逼您的都不是什麼好人！」

「那妳也是個福將！朕說要賞是算數的，回頭好好想想該賞妳點什麼！」雖然不是有意安排，但一想到李閣老有可能成為不在大內任職的大內總管，壽光帝還是覺得心裡痛快，直接轉頭囑咐道：「皇甫公公，給朕這個乖女兒安排最好的人手保胎，另外給她換個面孔身分，原來的身分不能使了，她的身分又太敏感，別讓人認出來……可不許像上次那麼醜了，朕平時看著都難受！」

說著，壽光帝自己是先笑了起來，安清悠卻是心中一苦，自己有孕在身，原本以為這舊身分抹去了可以趕緊出宮回家，誰想到居然還要伴駕？

「皇上……我這身體不便，您看這伴駕的差事是不是能夠先免了，民婦想先回蕭家，您若是什麼時候有差遣，民婦自當……」

「嘿嘿，伴駕是多少人想盼的都盼不到，妳倒是跟朕討價還價起來了？」壽光帝嘿嘿一笑，隨即瞪眼道：「再說了，妳剛剛才拿陛翎打了朕的腦袋，白打了啊？」

一說到拿陛翎打了皇帝腦袋的事情，安清悠登時就沒了詞。心中無奈歸無奈，還是得謝主隆恩。憋了一肚子悶氣回到自己的住處琢磨對策，沒到一時三刻，那四個打扮嬤嬤又像幽靈一樣的出現在了眼前。

「我說，幾位嬤嬤，您老幾位能不能別這麼總是跟地下冒出來的一樣？我如今有了身子，經不起嚇的。」安清悠沒好氣地念叨了一句，卻見那四位嬤嬤慌忙下跪，低聲道：「五奶奶恕罪，四方樓一貫的規矩，在宮中走路須得落地無聲，衣不帶風，時間久了難免成了習慣……」

「沒事沒事，我也就是說說，妳們該幹麼幹麼，要重新給我換個妝容是不是？那就動手吧！」安清悠知道怪不得這幾個奉命辦事之人。

那四位嬤嬤上來又是一通打扮，一個個卻戰戰兢兢，望向自己的眼神也充滿了畏懼，這新妝容做得反倒越發慢了。

「我剛才真不是刻意埋怨妳們，輕鬆點，別太緊張。」安清悠並不想給這些人太大的壓力，嘆了口氣道：「或者咱們換個方式，都別這麼死繃著，聊點什麼吧，妳們先說？」

有手藝的未必會說話，那四個嬤嬤彼此對視一眼，為首的那位畏畏縮縮地說道：「聽說五奶奶您今兒朝會把皇上給揍了……」

安清悠差點被這麼句話給揍了，對四方樓甚是鄙夷，還保密機構呢，這都傳的什麼八卦啊？若說化妝之類的事情，安清悠在這個時空裡其實也是行家，之前不過是對這易容術之類的東西不甚了解，此刻細細看來，也不過是用一些柔性材料混合一些可以凝固的膏粉，改變人臉上的骨骼結構罷了。

不多時，新的妝容弄好，這一次沒有扮黃臉婆，倒是弄出了紅潤的面孔來。安清悠原本的瓜子臉，變成了滿月的樣子，很有大胖丫頭的姿態。按照宮中的說法，這是福相。她的腰身也被加粗了不少，更適合穿一些寬鬆方便行動的衣服。

安清悠心中微微感嘆，卻見人影一晃，皇甫公公站在了自己面前。

「打明兒起，這是妳的新差事！」

皇甫公公板著臉，遞過來一盞極為細小的朱紅色燈籠。

這分量倒是輕，裝飾也精美，只是那燈籠未免太小了……

「還是扮宮女？」安清悠看著手裡比蘋果大不了多少的燈籠苦笑。這麼大點的燈籠能照出多大點亮光來？再往裡頭一瞧，得，連插蠟燭的地方都沒有，就是個裝飾擺設。

「我不記得皇上身邊有這麼個提燈籠伴駕的差事啊……」安清悠不明所以，自己也是參加過選秀的，還真是死活想不出來有這麼條規矩。

「聖恩浩蕩，對你們蕭安兩家可是恩比天高，這是特地為妳設的，知道妳身子不便，這玩意兒輕省……」皇甫公公忽然又來那麼一句：「萬歲爺說的話就是規矩，皇上樂意！」

安清悠瞠目結舌，沒想到自己也能享受到這種暗箱操作的待遇。心裡卻也疑惑，這壽光帝不肯放自己出宮，到底是為什麼啊？

皇甫公公走了出去，這次他倒是沒有再給什麼提點，因為壽光帝的囑咐言猶在耳：「朕這個義女啊，天賦極佳，世所罕見，居然能把朕都給看穿了心思。你看她這幾天奏對了沒有，角度與朝中諸臣完全不同。安老大人也好，蕭老夫人也罷，雖說都有心教，可只是根據別人轉述的經驗又有何用？唯有親歷其中才能一點一點成長起來……此等人才朕當用之，便是不用，也不能讓別人用了去！」

也不能讓別人用了去……皇甫公公心裡輕顫，皇上這是在防著誰？

◉ ◉ ◉

安清悠開始了自己提小燈籠的生涯，壽光帝那邊還是時不時召見，那些與古人大相徑庭的看事角度，好像是頗有他山之石，可以攻玉的效果。

皇上感嘆自己這個義女收得真值的時候，宮外的事情卻開始有了越演越烈的態勢。

劉忠全在擺明不再走各處圓滑的路線後，終於展現了他一直以來都未曾輕易示人的實力。

如果說李家一派發動那百官叩闕是李華年蓄力而發的結果，劉忠全的手段就像是太極雲手，連綿不斷，層層疊疊。那日朝堂之上彈劾李家及諸臣等事，看似頗有撒潑打混的滑稽之態，實則這後手卻是連綿而至，精細無比。

從翌日開始，外地官員入京的摺子一個接著一個。雖然之前李家發動百官叩闕之時，也曾有過外地官員遞摺子進京，但無論是數量還是檔次，都比劉忠全這一波差遠了。

首先發難的當然是劉忠全原本轄管的江南六省。他經略江南數十年，這地方早已發展得枝繁葉茂，盤根錯節，江南來的摺子清一色是二品人員以上才能動用的六百里加急。湖廣兩江閩浙鹽漕三大總督一個不差，十七個道臺更是聯名上奏，六大巡撫裡到了五個。

唯一沒動靜的是河蘇沈巡撫，他是沈從元的老爹，這次鐵了心要和睿親王府跟到底了。

江南表明了態度，北疆亦是有所變動，川陝總督孫無相本就是蕭家在文官隊伍中為數不多的盟友之一，蕭家在北疆經營了這麼多年，糧草兵員的問題與這位孫總督相得益彰，若是李家真的功成，頭一個要下臺的地方督撫就是這位。於公於私於自保，他亦是站到了李家的對面。

繼而是兩廣，這個海運發達，作為大梁國海外貿易的地區，早已被劉總督藉著商業的運作做了多少年的滲透，稍稍把蠶絲、瓷器、茶葉等對於兩廣的輸入卡住，民間的呼聲就逼得兩廣大小官員喘不過氣來，更別說還有最近很有希望成為「天下新利」的香物。

那玩意兒最近在出海的貿易中越來越搶手，兩廣官員們的摺子上得雖晚，態度卻最是激烈，已經有人明確要求啟封清洛香號了。

「督撫自重，國之大害啊！自古每有天下大亂，往往由此而始……」

超過半數的地方實權派們彈劾李家的時候，京官們開始憤憤不平地寫摺子痛陳利害。直隸雲貴川蜀東北，這些地方的外省督撫遙相呼應——李家並不是沒有外援，他們在地方上的勢力也不過是比劉忠全稍遜一籌而已，若再算上京中一邊倒的內閣諸位大學士和六部，聲勢絲毫不軟，甚至還猶有過之。

劉忠全倒也不著急，打嘴炮這種事情他的經驗豐富，在彈劾往來的奏摺中，並沒有把攻擊點放在太子、皇后易位之事，而是集中火力窮追猛打李家串聯百官對皇帝進行逼宮的問題。

結果，當然也出現了第三種人，如此聲勢浩大的朝政鬥爭根本就是他們玩不起也不敢玩的，事不關己，高高掛起，去抱李家粗腿的人一時間少了許多。

劉忠全不急，壽光帝自然就更不急。他要的只不過是劉忠全把李家給拖住，等到北胡戰事有個結果，是妥協，還是該清洗，自然會見分曉。

如今不但局面被拖住了，文官集團裡還很明顯出現了分裂，眼見著情形如此，這位大梁天子居然還心情甚好地和安清悠打著趣。

「這種情形現在雖然熱鬧，但是正所謂暴風驟雨不終朝，最好還是得給各方都找點能夠做上幾個月半年之類的事情……」

安清悠看得很清楚，如今壽光帝一直由著兩方打，可是總不可能光把如潮水般湧來的摺子留中不發，要照這麼下去，早晚不是個事。

「嗯……有理。」對於安清悠這種無論在什麼時候都能保持跳出事情本身不為局面所惑的狀態，壽光帝越發欣賞，於是問道：「那有什麼事情能讓各方都忙幾個月半年之類的……」

「民婦也不知道，民婦覺得皇上肯定能處理得比民婦好。」安清悠拎著小燈籠苦笑。具體怎麼處理這麼大一個亂糟糟的局面，她絕對趕不上壽光帝這等老狐狸經驗豐富。

「這丫頭，倒是把事情又給朕踢回來了……」壽光帝笑罵了兩句，倒也沒生氣，仔細想了一想，下了一道聖旨。關於劉忠全和李家各自拉著一批人彼此彈劾之事，著朝野內外大政議。

兩邊的官員面面相覷，所謂大政議，便是將事情的議論範圍擴大。

除了原本就有品級的朝廷官員們可以上奏之外，天下的讀書人亦可就此事發表議論，可是如今大家已經豬腦袋打成狗腦袋了，能夠攻訐對方的理由早就被雙方的官員吵過了無數遍，這事還有什麼可議的？

這時候才真正顯出了功力，壽光帝對文官集團出現了分裂並不滿足，他在給其他想發出聲音的人機會。李家固然有天下文脈之名，在讀書人中極有號召力，但要壟斷天下輿論，卻也是不可能的。

事情果然朝著開始分化的方面發展，最開始不過是有些中間派覺得得罪哪邊都不合適，於是奏摺滿篇廢話者有之，東一榔頭西一棒，對於李劉雙方各打五十大板者亦有之。

劉忠全靈機一動，一邊和朝中一堆大佬打著嘴炮，一邊開始收拾那些李家周邊的地方勢力。他本就是對於地方民生極為熟悉之人，對於這等民間冤情倒也是該打就打，不遺餘力。尚書侍郎三公九卿的辦不了，集中兵力收拾一批本就是民憤極大的知縣學政部司郎官，那還真是容易。

壽光帝很配合地大筆一揮，該撤的撤，該抓的抓，該砍頭的砍頭，一時間民間對於皇上的好評如潮，尤其是那些由此出了名的名士才子們，更是文章遍天下地稱頌吾皇英明神武。

天下輿論登時有了偏向劉家和皇帝一邊苗頭，李家和睿親王府一看不好，來了個以其人之道還治其人之身。我們這邊被抓了一批昏官貪官為民出氣，你劉總督那一脈就敢說自己隊伍裡全都是屁股乾淨的？你來我也來，我們李家和睿親王府別的不缺，文人名士之類的人才有的是。

結果劉忠全那邊的隊伍裡很快也被扯出一堆罪證確鑿拿來平息民憤的人，李家這頭亦是扶持了一堆為民伸冤的天下名士。

壽光帝也不偏心，同樣是該抓該殺的毫不手軟——不就是下棋兌子嗎？車馬炮現在誰都沒辦法動，一個卒子換個兵這種文章不妨大作特作，反正朕要的只是把時間拖住，至於那些本就該殺該抓的只管抓去！

結果僅僅折騰了五六天，幾十個六七品的官員紛紛落馬。李劉雙方的精力糾纏在了神仙打不動，先收拾幾個小鬼上。事情從急驚風變成了消耗戰，還真是如安清悠說的那般，所有人都有事幹了。

這般局勢下，居然還帶起了一點點副作用，中下層官吏們一個個大有勤於政務，秉公辦事的架勢。這等節骨眼上莫名其妙當了炮灰才是不值中的不值。雖然在古代制度所限的環境下，這種狀況並不能維持長久，但不可否認的是，在這段日子裡，民間倒是得了不少實在。

「好好好，就這麼相互纏著，纏得越久，朕越是開心。」壽光帝這幾天的笑意越來越濃，偶爾也會對著安清悠說道：「妳這個讓所有人都有事幹的主意倒是有趣，就連朕也沒想到，這兩派大臣打嘴仗，百姓們也跟著沾了不少光。只可惜妳是個女子，否則朕真讓妳做個伴駕侍講，學學古人的布衣卿相也未嘗不可。」

中樞便是中樞，行一舉而動天下，安清悠自己也沒想到會有這麼多的連鎖反應，但對於這種名動天下之類的虛名她從來都不怎麼在意。

壽光帝為這一個拖字高興不已，她的心思卻在千里之外了。

「皇上，最近可是有北胡那邊的信鷹傳書……」安清悠低聲問道，如今她最關心的，還是那被李家出賣的蕭洛辰。

「這……新的消息倒是沒有。」壽光帝難得露出了尷尬之色，不過他很快便安慰安清悠道：「沒消息便是好消息，以北胡那邊的狀況，若是蕭洛辰或者北疆軍真有什麼不測，博爾大石一定是揮軍南下犯我中原，邊關的告急文書一定是早到了。」

安清悠點點頭，戰事一起，吉凶難測，事到如今也只能這樣想了。

雖然早知蕭洛辰等人被李家出賣給了北胡，雖然不知道壽光帝的後手到底是什麼，但這麼長時間沒有後續消息，確實讓人心中悄然升起了一絲希望。

「夫君，你可一定要平安歸來！」

◉ ◉ ◉

「這個混帳傢伙，怎麼招呼都不打一聲就沒了影？若是在軍前，非請出帥旗斬了他不可！」

大梁國的朝廷裡從重臣折騰到小官，大家打了個豬頭狗腦般的糾結，而在北胡草原上，此次征北的主帥大將軍蕭正綱也正拍著桌子大發脾氣。

一群將官們大眼瞪小眼地站在兩旁，大氣也不敢喘。

因為蕭元帥想要就地正法的人，正是他的親生兒子蕭洛辰。

大梁軍重兵出關，又是剛一動手發動便打掉了北胡名義上的最高權力機構金帳大營，其餘各部的精銳本就被抽調到了漠北，此刻更是連名義上的統一指揮都缺乏。

諸部各自為戰之下，被大梁的重兵集團來了個各個擊破，被追得四處逃竄

監軍太監皮公公笑得合不攏嘴，這麼多年來雙方交戰，十次有九次是北胡人叩關中原守城，何時曾有這般大梁軍隊在草原上縱橫來去的時候，如此威武，焉能不喜？

只是蕭正綱卻不這麼想。

如今表面上高歌猛進，實際收益並不是很大。除了辰字營扮使節團打了金帳一個措手不及之外，幾十萬大軍並沒有撈到什麼正經八百的仗打。這就是遊牧民族與農耕民族的不同，北胡部落一無城池要守，二無田地為根，男女老少人人都是戰士。見你征北軍勢大，我自拔腿就走。

所以，蕭正綱出關多日，雖然打了一些勝仗，卻沒有非常有效地殺傷對手的主要力量，更何況，還有一個博爾大石遠在漠北虎視眈眈，隨時有可能殺回來。

原定計畫也是如此，金帳大營被破，草原混亂，漠南各部自然會急著要求漠北前線回援。

大梁軍隊雖是客地作戰，反倒占了以逸待勞的便宜。等到博爾大石率領主力一路疲倦地趕回來時，等著他的是兵力占絕對優勢的大梁重兵。

攻其心腹而取其勢，半途截擊滅其援兵，一戰而定乾坤。

按照這個構想，蕭洛辰本應該是在擊潰金帳大營後便堅守此地，等待與大軍會合的，可是蕭洛

辰現在跑了個沒影，別說是北胡人找不到他，就連三軍主帥蕭正綱也不知道他身在何方。

自從擊潰金帳大營後，辰字營連信鷹都沒發過一隻，如果不是碰見了眼前這支蕭洛辰派來尋覓大軍的小部隊，那可是當真斷了聯繫。

蕭正綱抬眼望去，只見眼前這支小部隊頂多也就二百來人，還都不是戰鬥部隊，他們護送著原本使節團裡的文職官員和了空大師等人，居然還壓著那傀儡大可汗哥爾達，帶著蕭洛辰繳獲的北胡金帳。

「胡鬧！如此大事，竟然就派這麼點兵馬前來護送著尋覓大軍，若是碰上北胡部落的軍隊，你們便是個覆沒之局！你們知不知道這俘虜和金帳有多重要？萬一落回北胡人手裡，爾等便是有一百個腦袋也不夠砍！」蕭正綱看著被帶到他眼前的這支小得不能再小的部隊，氣得臉都綠了。

「大帥息怒！大帥息怒！」蕭洛辰派出來的軍官陪著笑臉，話語間卻有幾分委屈：「蕭將軍說了，我們這一兩百人尋到軍中肯定沒問題，小股的北胡散兵幹不過我們，大股的北胡軍隊……我們比他們北胡人會逃！」

什麼人帶出來的兵什麼模樣，蕭洛辰的手下竟也沾染上了他的一些傲氣。他早已把辰字營強化成了一支精銳中的精銳，若論打得贏就打，打不贏就跑，草原上還真未必能找得出可以把這支小部隊咬死的部落來。

「放肆！你們胡鬧還有理了？！」蕭正綱怒目圓睜，又是狠狠批了一通，到底多問了一句：「辰字營現在何處？」

「小的也不知道……」那軍官苦著臉道：「蕭將軍打破金帳大營後，連夜審問了一批抓到的北胡貴族，又一個人想了很久。他說讓小的等人見到大帥後稟明一件事，單憑打下金帳大營和抓住這個傀儡大可汗，恐怕是沒法讓博爾大石率部回援，他率辰字營給大帥調博爾大石回草原去了。」

「沒法把博爾大石調回來？」蕭正綱的臉色陡然一變。

大漠孤煙直，與此同時，在草原遠遠相隔一條狹長沙漠之外，一群營帳中的北胡將領面沉如鐵，在他們面前是一堆高高疊起的羊皮紙卷。大梁重兵出塞，草原已經被搞了個天翻地覆，這等事情無論如何都瞞不住人了，何況如今的征北大軍也壓根兒就沒想再瞞。

金帳大營被破，草原上各部惶惶不可終日，求救的信鷹早就如同流水般飛到漠北博爾大石的營帳，如今北胡軍主力中人人都是又怒又急之色。

不是說什麼大梁國自己內部正打得不可開交嗎？

不是說什麼北胡人最畏懼的蕭家已經被貶得不成樣子了嗎？

怎麼又出來個蕭正綱領大軍打進草原，還有那個蕭洛辰，他不是被逼到開什麼香粉鋪子賣女人玩意兒了嗎？怎麼連北胡幾百年來最高的權力象徵金帳都被他給鏟了？

「那些什麼可惡的李家，可惡的睿親王……這群大梁人根本就是一群狡猾的狐狸，一群沒有信譽的毒蛇！等有一天我們打進了大梁的京城，一定要把他們拴在馬後面活活拖死！」

有人拔出腰刀狠狠砍在了地上，牙齒咬得極響。

這大叫得到了許多人的回應，原本在與北胡私通的李家和睿親王府，連祖宗八代都被人問候了一遍。咒罵聲中，化名達爾多的鷹奴隊長蕭洛堂叫得最響，眾人中，唯有他知道為什麼北胡人發生了誤判，不過罵李家罵睿親王府，這種事情可是發自真心，加倍痛快。

「博爾大石，帶我們回草原吧，把那些大梁人殺個乾乾淨淨！」蕭洛堂隨著眾人罵了一陣，陡然間大聲叫道。

「對！帶我們回草原！」

「和大梁人決一死戰……」

蕭洛堂的提議立刻掀起了一片回應之聲，這些北胡將領的根子在草原，再沒有什麼比那裡更令他們牽掛的了。

博爾大石的臉色亦是鐵青，被大梁擺了這麼一道，身為統帥的他，其實比誰都更憤怒，可是緊緊地攥住拳頭，到底還是搖了搖頭道：「草原我們一定會回去，可是，現在……不行！」

另一邊，在征北軍大帳中。

「博爾大石還真有可能不著急回來！」

「蕭洛辰有沒有說他去哪裡把博爾大石調回來？」蕭正綱猛然轉頭，向著蕭洛辰派來的領隊軍官問道。

「蕭將軍說茲事體大，若是我們這支小隊伍出了什麼意外，難免走漏風聲，他……他還說大將軍一定能夠想得到他要去什麼地方……」

「混帳！什麼派你們來必有把握？這小子心裡也沒底！」蕭正綱差點咆哮出來。

可是無論如何，如今這支小隊總算來到了大軍之中。

蕭正綱罵了一陣，到底攤開了地圖，細細看了一陣，陡然間臉色大變。

「這小子瘋了，他不會是帶著三千人馬就想去摸北胡人的狼神山吧？」

位於金帳大營向東三百四十里，那裡是北胡人的聖山——狼神山。

如果說金帳大營是草原上的權力中樞，那麼狼神山就是北胡人至高無上的聖地所在。

多少年來，各部始終未變地遵守著草原上的傳統，無論何時都會派遣一部分精銳部隊來這裡參加護衛。能夠參與鎮守聖山，對於北胡人來說是極大的光榮，那證明你的部落還存在草原上，還蒙受著狼神的眷顧和庇佑。也正是如此，這裡長年都有兩三萬人左右的各部護衛。

換算成中原的說法，狼神山大概就相當於草原上共同的祖廟，而蕭洛辰這個膽大包天的傢伙眼下要幹的事情，還真就是堂而皇之地準備把人家的祖宗祠堂給拆了。

也難怪蕭正綱對於兒子的奔襲之舉大驚失色，他久居北疆，狼神山對於北胡人的重要意義，他如何不知。

那狼神山下兩萬多各部護衛可不比大梁國的金吾衛只是儀仗隊擺設，那可是實打實的各部精銳外加狂熱的狼神崇拜者，那兩萬多各部護衛會和他玩命的！

不僅如此，蕭洛辰端了北胡的金帳，原本就如同捅了馬蜂窩，草原上不少部落已經想要尋他晦氣，要是再鏟了人家的祖宗祠堂，就算是僥倖得手，還不得被滿草原的北胡人視為公敵？到時候能不能回得來都是沒譜的事情！

蕭正綱皺著眉頭道：「來人，派一萬人馬護送使節團和了空大師他們回北疆，把金帳和這個北胡的大可汗也帶上。另調精騎五萬向狼神山一帶急行軍，若是碰上北胡部落不得戀戰，一切以尋到辰字營為第一要務。若是這渾小子還沒對狼神山動手，就傳我帥令，無論如何先把他帶回來再說。」

「那……要是蕭將軍已經動手了呢？」領命的將領小心翼翼地問。

蕭正綱勃然大怒，「廢話，當然是歸他調遣了！他若真有本事以三千辰字營勝兩萬精銳護衛，那些追到狼神山玩命的，當然更不是他的對手！讓他在狼神山好好站住腳，來一個部落打一個部落，來多少尋仇的北胡人就吃掉多少！本帥還正愁找不到這些滿草原亂跑的留守部落，五萬精騎在手，他要是打不出翻三倍的戰果，就給老子提頭來見！」

蕭正綱雖是蕭家人，但是早年卻是投筆從戎而成的名將，平日裡威嚴歸威嚴，很少有像那些兵丁出身的人動不動就滿嘴粗話，這當兒居然爆出一句給老子提頭來見，對他來說已是真的發了脾氣。

大梁的征北軍雖然有四十餘萬眾，但大部分是步兵，若論騎兵人數，不過十萬不到。

蕭正綱大手一揮，將一半的騎兵調撥了過去。

幾個將領對視一眼，猛然抱拳低頭道：「末將定不辱命！」

五萬大梁精騎蹬鞍上馬，而此時此刻，辰字營已經來到了狼神山下。

「將軍，咱們繼續混進去，打他們一個措手不及？」

馮大安樂呵呵地咧開了大嘴，如今他終於有馬了，拜金帳大營繳獲豐厚所賜，現在辰字營幾乎是一人兩騎甚至是三騎，站在他身後的是一長串北胡打扮的辰字營軍士。

金帳大營裡有的是穿戴什物，如今眾人皆扮作北胡人，滿口流利的北胡話，再加上六七千匹馬，分明就是正在遷徙的北胡部落。

蕭洛辰卻是搖了搖頭，「這次混進去可不容易，人家問你從哪來你怎麼說？狼神山那兩萬多護衛哪個部落的人都有，三兩句話說不定就撞在誰的家門口。在草原上走走容易，想要把金帳大營的勾當再幹一遍可就難了。」

「那……咱們是要衝陣了？終於用上咱老馮的騎兵了吧！」馮大安大為興奮，雖然是三千對兩萬，可他這個好戰分子不但沒有絲毫畏懼，反倒熱血上頭。

蕭洛辰沒吭聲，而是抬起頭，慢慢望著遠處。

地平線盡頭的狼神山遙遙在望，這座早已經被他揣摩了無數次的草原名山，還真是山如其名，三面峭壁一面緩坡，就像在月夜嚎叫著的狼頭一般，那主峰則是指向天空的狼鼻。

馮大安登時洩了氣，騎兵衝陣他沒問題，問題在於，再勇猛的騎兵也沒法衝到山尖上去。

倒是蕭洛辰望著那尖尖的山峰，忽然笑了，轉頭問向親衛隊長張永志道：「你猜這狼神山的山頂上，能夠容納得下多少兵馬？」

張永志細細看了看，道：「最多三千，和我們人數相仿，充其量上下山的主路上還有些埋伏。所謂的兩萬多護衛，大多是在山腳下的各部聯營之中。」

「山頂上供著狼神，哪裡是誰都可以上的？我猜頂多三千的一半！」詭異的笑容又掛在了蕭洛辰的臉上，他笑咪咪地對著馮大安道：「老馮啊，你這個馬軍都統只怕還是要下馬嘍，只不過這陣子，咱們還得衝！」

天一點一點黑了下去，直到後半夜，辰字營的將士們才悄然逼近了狼神山，藉著夜幕的掩護，開始緩慢地向狼神山逼近。論潛伏匿行，天下恐怕再也找不出一支比辰字營更加精銳的部隊。

不到三里，根據四方樓過往的測試，這是北胡豹獒最大的嗅覺極限。

蕭洛辰打了個手勢，在他身後的辰字營將士們齊刷刷把手伸進懷裡。天黑之前他們得到的最後一個命令，居然是在河裡洗澡，而現在，每個人都掏出了一個盛滿液體的皮袋來。

「娘子，妳拚了命才做出來的東西，今兒派上用場了！」蕭洛辰從皮袋中倒出一些液體，塗抹在自己身上各處。觸手之際，安清悠那張不眠不休趕製除味劑的憔悴面龐，彷彿又出現在了眼前。

「丫頭……」蕭洛辰的臉上忽然露出了溫柔的神色，另一場戰爭即將開打。

（未完待續）

漾小說 130

鬥芳華 ⑥

國家圖書館出版品預行編目資料

鬥芳華 / 十二弦琴著. -- 初版. -- 臺北市：
麥田, 城邦文化出版：家庭傳媒城邦分公司發行,
2014.09
冊； 公分. --（漾小說；130）
ISBN 978-986-344-146-5（第6冊：平裝）

857.7 103009426

作者	十二弦琴
封面繪圖	畫措
責任編輯	施雅棠
副總編輯	林秀梅
編輯總監	劉麗真
總經理	陳逸瑛
發行人	涂玉雲
出版	麥田出版 城邦文化事業股份有限公司 104台北市中山區民生東路二段141號5樓 電話：（886）2-25007696　傳真：（886）2-25001966
發行	英屬蓋曼群島商家庭傳媒股份有限公司城邦分公司 104台北市中山區民生東路二段141號2樓 客服服務專線：（886）2-25007718；25007719 24小時傳真專線：（886）2-25001990；25001991 服務時間：週一至週五上午09:00~12:00；下午13:00~17:00 劃撥帳號：19863813；戶名：書虫股份有限公司 讀者服務信箱：service@readingclub.com.tw
麥田部落格	http://blog.pixnet.net/ryefield
香港發行所	城邦（香港）出版集團有限公司 香港灣仔駱克道193號東超商業中心1樓 電話：852-25086231　傳真：852-25789337 E-mail：hkcite@biznetvigator.com
馬新發行所	城邦（馬新）出版集團【Cite (M) Sdn Bhd】 41, Jalan Radin Anum, Bandar Baru Sri Petaling, 57000 Kuala Lumpur, Malaysia. 電話：(603) 90578822　傳真：(603) 90576622 Email：cite@cite.com.my
美術設計	洸譜創意設計股份有限公司
印刷	鴻霖印刷傳媒股份有限公司
初版一刷	2014年09月04日
定價	250元
ISBN	978-986-344-146-5